KRAUT UND RÜBCHEN

Elke Pistor, Jahrgang 1967, studierte Pädagogik und Psychologie. Seit 2009 ist sie als Autorin, Publizistin und Medien-Dozentin tätig. 2014 wurde sie für ihre Arbeit mit dem Töwerland-Stipendium ausgezeichnet und 2015 für den Friedrich-Glauser-Preis in der Kategorie »Kurzkrimi« nominiert. Elke Pistor lebt mit ihrer Familie in Köln.

ELKE PISTOR

KRAUT UND RÜBCHEN

Kriminalroman

emons:

Bibliografische Information der Deutschen Nationalbibliothek
Die Deutsche Nationalbibliothek verzeichnet diese Publikation
in der Deutschen Nationalbibliografie; detaillierte bibliografische
Daten sind im Internet über http://dnb.d-nb.de abrufbar.

© Emons Verlag GmbH
Alle Rechte vorbehalten
Umschlagmotiv: mauritius images/Cultura/Seb Oliver
Umschlaggestaltung: Nina Schäfer nach einem Konzept von
Leonardo Magrelli und Nina Schäfer
Umsetzung: Tobias Doetsch
Gestaltung Innenteil: César Satz & Grafik GmbH, Köln
Illustrationen Innenteil aus: Johann Georg Sturm, Deutschlands Flora
in Abbildungen. Mit Tafeln von Jacob Sturm, 1796.
Druck und Bindung: CPI – Clausen & Bosse, Leck
Printed in Germany 2018
ISBN 978-3-7408-0267-7
Neuausgabe

Unser Newsletter informiert Sie
regelmäßig über Neues von emons:
Kostenlos bestellen unter
www.emons-verlag.de

Dieser Roman wurde vermittelt durch die
Autoren- und Verlagsagentur Peter Molden, Köln.

Für meine Familie –
Vor- und Nachfahren und alle, die dazugehören

Dies ganze Buch ist mit Bedacht
Für Bauersleute so gemacht,
Dass, wer es liest und darnach thut,
Verstand, Gesundheit, guten Muth
Erhält, auch wohl ein reicher Mann
Nach dessen Vorschrift werden kann.
Zur Lust für Kind und Kindes-Kind
Viel schöne Bilder drinnen sind.
Vier baare Groschen gutes Geld,
Es achtzehn Kreuzer rheinisch hält,
Sind der wohlfeile Preis davon,
Wozu noch kommt der Finder-Lohn.
Was Guts darinn' ist, übe fein!
So wird der Kauf dich nicht gereun.

Rudolf Zacharias Becker
Noth- und Hilfsbüchlein für Bauersleute
1788

Brennnessel, *Urtica urens* – eine ausdauernde Pflanze, deren Stängel und Blätter mit Brennhaaren besetzt sind, wächst an Zäunen, Hecken und Wegesrändern. Ein Tee aus den Blättern der Pflanze hebt die allgemeine Widerstandskraft, wirkt bei Ekzemen und Blutarmut und vermehrt die Ausscheidungen.

EINS

Das hatte ich mir alles ganz anders vorgestellt.

Als Herr Dr. Habschick mich telefonisch vom Ableben meiner Tante Marion und meinem anstehenden Erbe informierte, hatte ich weniger Matsch und deutlich mehr Hochglanz im Sinn.

Ich weiß nicht, ob ich die realistischen Erinnerungen an diesen Ort aus meiner Kindheit einfach nur verdrängt hatte. Meine Phantasie gaukelte mir jedenfalls paradiesische Bilder vor. Über allem schien die Sonne, der Himmel strahlte in tiefstem Blau, und der Baum hinter Tante Marions Küche hing wie in meiner Kindheit voller süß-saftiger Kirschen.

Trotzdem bat ich den Notar um Bedenkzeit. Ich kannte mich. Schnell begeistert, himmelhoch jauchzend und dann umso betrübter, wenn der Absturz kam. Wobei Absturz in vielen Fällen mit Realität gleichzusetzen war. Einer Realität, die mich in vollem Galopp überholte.

Das war so gewesen, als ich in der Schule eine Gruppe organisierte, die Brieffreundschaften mit inhaftierten Jugendlichen pflegte, und einer der Knaben, die sich dafür gemeldet hatten, nichts Besseres zu tun hatte, als die Urlaubspläne meiner Freundin und ihrer Familie breitgefächert an mögliche Interessenten weiterzugeben.

Immerhin war er die Ausnahme gewesen, und bei uns anderen vieren trugen die Kontakte wirklich dazu bei, dass die Männer im Anschluss ihr Leben auf weniger dunkel verschlungenen Pfaden weiterführten. Nur die Begeisterung der Eltern meiner Freundin über ihr sehr sauber ausgeräumtes Haus hielt sich in Grenzen.

Das immerhin hatte ich bisher gelernt: Nicht alles, was auf den ersten Blick verführerisch lockte, hielt auch beim näheren Hinsehen seine Versprechen.

Außerdem war ich älter geworden. Mit zweiunddreißig wechselt man nicht mehr so spontan die Lebensräume. Auch wenn der Traum vom Leben auf dem Lande sich in meinem Hinterkopf seit meiner Kindheit hartnäckig festgebissen und in besonders stressigen Augenblicken verlockende Bilder einer Sonnenliege auf grüner Wiese direkt vor Tante Marions Küchentür durch mein Hirn gejagt hatte. Ich hatte schließlich ein Leben, eine Arbeit, Freunde. Hier in der Stadt. Nicht in Kleinhaulmbach.

In Kleinhaulmbach gab es Wiesen, Kühe und natürlich Marions wunderbaren Kräutergarten. Sie brachte mich bei meinen Sommerferienbesuchen auf den Geschmack und war der Grund für zunächst kindliche Experimente mit unterschiedlichstem Erfolg im Blumenkasten und letztlich für mein Biologiestudium.

»Fachgebiet Kräuter und Heilpflanzen« stand seitdem in meinem Lebenslauf, auch wenn ich wegen meiner journalistischen Arbeit die Praxis seit dem Uni-Abschluss sträflich vernachlässigt hatte.

Ich war also unschlüssig. Oder war das, was ich Vorsicht nannte, eigentlich Angst? Die Furcht vor Veränderung meines Lebensweges, den ich vor nicht allzu langer Zeit erst als Trampelpfad durch den Dschungel der Dauerpraktika geschlagen hatte? Die Bulldozer standen bereit und liefen sich schon warm, um aus dem schmalen Weg eine breite Straße zu machen. Sollte ich wirklich den Schlüssel abziehen und ihn einfach wegwerfen? Auf meiner Schulter schlug ein blond gelocktes Engelchen einen Ausdruck meines Rentenbescheides aus dem Jahr 2045 um die Ohren eines kleinen abenteuerlustigen Teufels in Indiana-Jones-Outfit. Der Engel gewann, Indiana Jones zog murrend davon und vergaß sogar seine Peitsche.

Dann meldete sich mein schlechtes Gewissen.

Abgesehen von den saisonalen Grußkarten zu Weihnachten und Ostern und den jährlichen Anrufen zum Geburtstag hatte ich den Kontakt zu Marion einschlafen lassen. Seit Ewigkeiten hatte ich sie nicht mehr besucht. Es mir nur immer wieder vorgenommen, mit dem Gedanken, es unbedingt zu tun, wenn endlich Zeit dafür da wäre.

Allerdings hatte sie von sich aus auch nichts hören lassen. Dazu war sie selbst zu beschäftigt. Sie brauchte die Zuwendung einer fernen Nichte nicht, um sich zu bestätigen.

Ab und an las ich in einer Zeitung von Umweltaktionen, an

denen sie maßgeblich beteiligt gewesen war, obwohl sie keiner Partei angehörte. Zweimal hatte ich sie auf einem Foto entdeckt. In der ersten Reihe, mit energisch entschlossenem Gesichtsausdruck. Das letzte Mal erst vor Kurzem, bei einer Demonstration gegen den Einzug eines riesigen Outlet-Stores in ihr Dorf. Sie war mir alterslos erschienen, und ich hatte keinen Gedanken daran verschwendet, dass sie eines Tages nicht mehr da sein könnte. Schon gar nicht so bald.

Dr. Habschicks Anruf hatte mich überrascht, und es hatte eine Weile gedauert, bis es mir klar geworden war: Ich hatte mir zu lange Zeit gelassen.

Vielleicht trugen die hübsch arrangierten Trockenblumensträuße, farbfröhlichen Patchwork-Bettdecken und weißen Vollholzküchen, die während meiner Arbeit täglich in Bildform auf mich einströmten, zu meiner Enttäuschung über den Anblick bei, den der Hof mir jetzt bot.

Wer regelmäßig über die »Königin des Speckpfannkuchens«, gefühlte vierhundertachtundneunzig Möglichkeiten der Kürbiszubereitung und die besten pflanzlichen Hausmittel gegen Blasenentzündung berichten muss, verliert irgendwann den Bezug zur Realität. Oder wie mein Chefredakteur Björn es gern ausdrückte: »den Kontakt zur Scholle«.

Dabei war Björns intensivster Berührungspunkt zur Natur der Kauf eines in Plastikfolie verhüllten Blumenstraußes im örtlichen Discounter.

Er war so ziemlich gegen alles allergisch und hasste Frischluft, was auch seine selbst bei größter Hitze geschlossenen Bürofenster erklärte. Fahrrad fahren hieß für ihn, auf dem Trimm-Rad zu strampeln, während er eine Folge seiner Lieblingsfernsehserie ansah, die er stets akribisch aufzeichnete. Sonntagsausflüge führten ihn prinzipiell ins Kino oder manchmal ins Theater. Freunde traf er grundsätzlich in der virtuellen Welt oder am Abend auf Partys in den angesagten Clubs der Stadt. Eine romantische Sommernacht verbrachte er auf dem Lounge-Sofa vor der riesigen Panoramascheibe seines Lofts und genoss den atemberaubenden Blick über die Skyline. Mit eingeschalteter Klimaanlage selbstverständlich. Das Wetter störte ihn nie, da er es nur sah, aber nicht spürte.

Björn war ein Stadtmensch durch und durch. Er sah gut aus, bestach durch seinen Charme und jenen besonderen Witz, der Intelligenz durchblitzen ließ, jedoch nie arrogant oder herablassend wirkte.

Aber er war geizig.

Blätterte in Sonderangebotsprospekten, freute sich auf die Schlussverkaufssaison wie ein Kind auf Weihnachten. Oft hatte er mehr Freude daran, etwas günstig erworben zu haben, als an der Sache selbst. An manchen Tagen war er stolz darauf, weniger als drei Euro für sein Essen ausgegeben zu haben, obgleich er am Abend Kopfschmerzen vor Hunger hatte. Wobei sein Ehrgeiz ihn das Essen während der Arbeit sowieso oft vergessen ließ. Er durchdrang ein Thema, wenn es ihn einmal gefesselt hatte. Biss sich fest und ließ nicht locker, bis er alle Facetten ausgeleuchtet hatte und den letzten Dingen auf den Grund gegangen war, die andere lieber im Dunkeln gelassen hätten.

Björn war ein großartiger Journalist. Sein Kontaktnetzwerk spannte sich durch alle Gesellschaftsschichten der Republik. Er kannte alles und jeden. Vor allem aber hatte er sein Ziel vor Augen: In nicht allzu ferner Zukunft wollte er in der Redaktion eines der ganz großen Politmagazine landen, möglichst hoch angesiedelt.

Sein bisheriger Erfolg gab ihm recht. »Natürlich Land«, wie unsere Zeitschrift hieß, erfreute sich in den letzten Jahren stetig wachsender Abonnentenzahlen. Den Begriff »Auflagenmisere« kannten wir nur vom Hörensagen. Unser Credo hieß, die Sehnsucht der Leser nach Natürlichkeit, Natur und echten Erlebnissen zu erfüllen.

Björn hatte mit der Besetzung des Chefredakteurpostens seine Sehnsucht nach einer raschen Karriere erfüllt. In schwachen Minuten gestand er manchmal ein, die Materie zu verabscheuen, und amüsierte sich über die auf herbstlich dekorierten Kaffeetafeln drapierten Kastanien und überMenschen in Karohemden oder Biozopfpullovern zwischen Heuballen. Er kannte jedoch keine Verwandten, wenn es um seinen Vorteil ging, und war sich nicht zu schade, Begeisterung zu heucheln, wo er bestenfalls Langeweile und im schlimmsten Fall Abneigung empfand.

Dennoch entpuppte er sich als talentierter Liebhaber. Ich genoss seine Aufmerksamkeit und Zuwendung, wenn er mir am Abend ein Glas Wein eingoss, wir über Gott und die Welt sprachen und ich unter seinen massierenden Händen dahinschmolz. Meine Arbeit fand mehr Beachtung, seit er die Artikel wirkungsvoller im Magazin positionierte und ich den besseren unserer beiden Fotografen mit zu den Vorort-Terminen nehmen durfte. Dass wir die Affäre geheim hielten, beruhte auf gegenseitigem Einverständnis. Es hätte ein schlechtes Licht auf uns beide geworfen. Zum Gegenstand von Klatsch und Tratsch zu werden ist niemals förderlich für die Karriere.

Björn und ich liebten uns im Verborgenen, und ich muss gestehen, dass eben das einen großen Anteil an dem Reiz hatte, den die ganze Sache auf mich ausübte, auch wenn die Ungerechtigkeit meiner Vorteilsnahme durch die intime Bekanntschaft zu ihm immer wieder mahnend an meinem Gewissen kratzte. Wenn böse Zungen die Gelegenheit gehabt hätten zu behaupten, ich würde mich hochschlafen, hätte ich sie noch nicht einmal Lügen strafen können. Obwohl bei uns beiden natürlich alles ganz anders war. Es war echt, wahr und gut. An einem Punkt unseres Zusammenseins, kurz nachdem ich von meinem Erbe erfahren hatte, erwogen wir sogar halbherzig, ins Licht der Öffentlichkeit zu treten und uns den Anfeindungen der Kollegen auszusetzen.

Dr. Habschicks Briefumschlag mit den Informationen zum Hof, den er mir nach unserem Telefonat zugeschickt hatte, ruhte während dieser Zeit unter einem stetig wachsenden Stapel Ablagepapiere und geriet mehr und mehr in Vergessenheit. Seine Anrufe auf dem Anrufbeantworter löschte ich, ohne sie mir anzuhören.

Björn schlug vor, alles zu verkaufen. Er könne gern seine Kontakte spielen lassen.

Ich selbst zog es vor zu warten. Worauf, wusste ich nicht. Ich war eine Meisterin im Aufschieben von Dingen, die mir Entscheidungen abverlangt hätten, die ich nicht treffen wollte. An einem Abend servierte Björn mir neben einem Teller Spaghetti auch die Idee einer gemeinsamen Wohnung. Das Vorhaben scheiterte schließlich an der Existenz meines Katers Herrn Hoppenstedt. Björn ertrug ihn nicht eine Sekunde ohne gerötete Augen, heftige Niesattacken und Hustenanfälle. Ich hingegen ertrug nicht eine Sekunde lang die Vorstellung, Herrn Hoppenstedt wegzugeben. Einen Kater, der Stöckchen apportierten, Türen öffnen und den Lichtschalter betätigen konnte, fand man nicht alle Tage. Außerdem liebte ich Herrn Hoppenstedt vorbehaltlos, und er liebte mich ebenso.

Ob das auch für mich und Björn galt, hatte ich bisher nicht ernsthaft hinterfragt. Als ich es dann tat, fiel die Antwort eindeutig aus.

Ich kannte Björns Schwächen, seinen Egoismus und seine Rücksichtslosigkeit. Bisher hatte ich diese Facetten seiner Persönlichkeit nur zur Kenntnis, aber ihm nicht übel genommen. Mit einem Mal störten mich die Schatten, die er warf. Sie waren deutlich länger, als ich gutheißen konnte. Selbst aus meiner Perspektive als Nutznießerin stieß mir seine Unterteilung der Redaktion in »Macher« und »Opfer« sauer auf. Ebenso die charmanten Frotzeleien, die sich bei genauerer Betrachtung als unter dem Deckmäntelchen des Sarkasmus versteckte Häme entpuppten.

Der Spiegel meiner Verliebtheitshormone sank rapide und hinterließ nichts als einen schalen Nachgeschmack.

Björn brachte kein Verständnis für meinen plötzlichen Sinneswandel auf und verabschiedete sich aus dem, was einmal eine Beziehung zwischen uns hätte werden können. Er sagte es zwar nicht direkt, aber ich bekam sein Beleidigtsein darüber, letztlich im Gunstvergleich gegen einen schwarzen Kater verloren zu haben, auf allen Ebenen zu spüren. Die interessanten Artikel, deren Recherchetouren in hübsche Wellness-Hotels, angesagte Landgasthöfe oder ins ländliche Ausland führten, erhielten nun die anderen. Ich wechselte übergangslos von den Machern zu den Opfern, weil er es so entschied. Meine Aufgabe bestand ab sofort in der Gestaltung der »Landtipps«, einer Mischung aus bezahlten Produktanzeigen, kleinen Rezepten und jahreszeitlich angepassten Gedichten. Eine Arbeit, die ausschließlich am Schreibtisch stattfand und mich von Tag zu Tag mehr anödete. Jeglicher Versuch, mit Björn auf einer sachlichen Ebene zu kommunizieren, scheiterte von vorneherein an seiner Weigerung, mich als Kollegin und nicht als die Frau, die ihn von ihrer Bettkante gestoßen hatte, zu sehen.

Als ich zum sechsten Mal ein Hausmittelchen gegen raue Winterhaut zusammenstellen sollte, reichte es mir. Ich räumte mein Arbeitszimmer auf, sortierte sämtliche Ablagestapel und rief Herrn Dr. Habschick an.

Und hier war ich nun.

Giersch, *Aegopodium podagraria* – gehört zur Familie der Doldenblütler. Seine Blätter erinnern in ihrer Form an Ziegenfüße. Heute gilt der Giersch als Unkraut, die Volksmedizin kennt ihn jedoch seit Jahrhunderten als wirksames Mittel zur Schmerzlinderung bei Rheuma und Gicht.

ZWEI

Ich fror. Zu Hause in der Stadt hatte sich der Sommer bereits mehr Terrain erobert. Hier kämpfte er in manchen Nächten noch mit dem Bodenfrost und scherte sich nicht um die Eisheiligen. Der kühle Wind hatte sich in meine Schultern verbissen, kaum dass ich aus dem Wagen ausgestiegen war. Die Einfahrt glich einer ostdeutschen Seenplatte. Regen war hier anscheinend kein Wetter, sondern Dauerzustand. Riesige Pfützen, voneinander getrennt durch graubraune Grasbüschelinseln, spiegelten den grauen Himmel.

Du hast die falschen Schuhe an, dachte ich, bis mir bewusst wurde, dass ich nicht nur die falschen Schuhe trug, sondern genau genommen überhaupt kein Modell besaß, das diesen Wasserlöchern gewachsen wäre.

Ich blinzelte. Am Haus blätterte an einigen Stellen der Putz ab, auf dem Dach fehlten gerade so viele Ziegel, dass es sich noch lohnen würde, sie zu ersetzen und nicht das gesamte Dach zu erneuern. Wenn darunter keine Löcher klafften, die ich mir von meiner Position aus nur vorstellen konnte, aber eigentlich nicht ausdenken wollte. Dicke Tropfen rannen die Fensterscheiben herunter und sammelten sich im aufgesprungenen Holz der Rahmen.

Am liebsten hätte ich mich ohne Umschweife wieder ins Auto gesetzt und wäre zurück in meine schöne, saubere, matsch- und pfützenfreie Stadt gefahren. Aber das ging nicht. Ich hatte diverse Papiere unterschrieben und war nun offizielle Besitzerin dieses Hauses. Nach dem Rechten sehen war das Mindeste, was ich hier tun musste.

»Wer wollte denn unbedingt aufs Land? Du doch, liebe Katharina«, schimpfte ich mit mir selbst. Endlich ein Garten statt eines Schlauchbalkons. Endlich ein eigener Komposthaufen anstelle von Guanodüngerorgien. Endlich Landluft statt Abgasdunst.

Hinter der Mauer aus Findlingen, die eine wilde Wiese von

der Einfahrt trennte, lehnte eine Schneeschaufel an der Wand. Laut Dr. Habschicks Informationen hatte Marion beim abendlichen Schneeschippen einen Herzanfall erlitten, war bewusstlos geworden und in der Nacht erfroren. Die Nachbarin hatte sie am nächsten Morgen in der Früh gefunden und sofort den Krankenwagen alarmiert, aber es war bereits zu spät gewesen.

Ich betrachtete den kümmerlichen gräulich weißen Überrest des Schneehaufens, den Tante Marion zusammengeschoben hatte, und dachte an die Schneemassen, mit denen uns der Winter beglückt hatte. Bis in den März hinein waren immer wieder Glatteisattacken, Kältewellen und Schneegestöber über uns hereingebrochen. Die apfelzimtliche Gemütlichkeit des Dezembers war im Januar der neuschneeknirschenden guten Laune gewichen. Der Februar hatte Frühlingshoffnungen geweckt. Allerdings nur kurz. Die Regengüsse verwandelten sich bald in Hagel und wurden im nahtlosen Übergang wieder zu Schnee. In der Redaktion sortierten wir die Bilder von Frühjahrsblühern in königsblauen Metallblumenkästen wieder aus und entwickelten stattdessen in Selbstversuchen Kräutertees gegen Winterdepressionen. Der Hausmeister hatte in diesen Wochen mit Salz und dem Räumgebläse gekämpft und geflucht, was das Zeug hielt. Welche Schneehöhen musste der Winter erst hier auf dem Land produziert haben? Auf jeden Fall zu hohe für Marion, die zwar im Herzen jung, aber nicht gesund geblieben war.

Ich balancierte auf Zehenspitzen um mein Auto, öffnete die Beifahrertür und schnallte Herrn Hoppenstedts Transportkiste ab. Er maunzte. Und er stank. Ich seufzte. Herr Hoppenstedt hasste Autofahrten. Oder besser gesagt, er hasste Autofahrten in seiner Transportkiste. Regelmäßig stand ihm weißer Schaum vor dem Maul, er jaulte und brummte zwischen seinen Ausbruchversuchen, und irgendwann hielt sein Verdauungssystem die Anspannung nicht mehr aus und gab nach. Ich hatte mir angewöhnt, ihn während der kurzen Strecken zum Tierarzt frei in meinem Wagen herumlaufen zu lassen. Natürlich wusste ich, dass das verboten war. Aber Herr Hoppenstedt zeigte sich den Stethoskopen, Fieberthermometern und Spritzen der Tierärztin gegenüber dann deutlich zugänglicher. Er saß während der Fahrt auf der Ablage, spielte Wackeldackel-Imitator und ließ sich am

Ziel relativ leicht mit Leckerlis bestechen, in seinen Transporter zu klettern.

Die Fahrt zu Marions Hof hatte allerdings über zwei Stunden gedauert und führte über Autobahnstrecken. Also musste Herr Hoppenstedt in seinen Kasten, ob er wollte oder nicht. Er wollte nicht. Und hatte das auch sehr deutlich gezeigt. Jetzt stank er, jammerte kläglich und schaute mich mit Schaumresten vor dem Maul an, als ob ich ihn an eine Tierversuchsstation verschachert hätte.

Ich kramte den Schlüssel zu Marions Haus aus meinem Rucksack. Vollgepackt mit Katerkiste und einem Koffer mit meinen Utensilien, hüpfte und sprang ich im Slalom durch die Kraterlandschaft bis zur Eingangstür. Das Schloss klemmte und gab erst einem vehementen Dagegenstemmen nach.

Im Flur roch es anders, als ich es erwartet hatte. Acht Wochen waren eine lange Zeit. Zu lange für ein altes Gemäuer, um nicht gelüftet zu werden. Aber statt Muff und Staub empfingen mich frische Luft und ein Hauch von Kräuteraroma. Ich ging ein paar Schritte ins Dunkel des Hausflurs und parkte Kater und Koffer. Ehe ich Herrn Hoppenstedt auch nur kurzfristig in die Freiheit entließ, um seinen Transporter sauber zu machen, wollte ich die Lage überprüfen.

Ich drückte den Bakelitschalter nach unten, und eine funzelige Lampe glomm auf. In meiner Wohnung besaß ich keine einzige Energiesparlampe. Ich hasste dieses diffuse Licht und hatte mich nicht von den falschen Fakten seitens der Industrielobby einlullen lassen. Seit dem Tod der Glühbirne hatte ich nur Halogen und LED eingesetzt. Erstens gaben die vernünftigeres Licht, und zweitens waren sie deutlich umweltfreundlicher und energiesparender. Hier alles umzurüsten, würde allerdings ein paar Euro kosten.

In der Küche hatte jemand nach Marions Tod aufgeräumt. Auf dem Tisch unter dem Fenster stapelten sich Briefe und Werbezeitschriften, als ob Marion nur in Urlaub und nicht für immer verreist wäre. Die Stühle waren ordentlich herangeschoben, die Lehnen berührten die Kanten. Die Spüle war leer, die weiße Keramik glänzte. Auf dem Herd stand ein Wasserkessel. Bündel getrockneter Kräuter hingen an einer Schnur über dem Herd.

Brotkasten und Kühlschrank waren geleert, geputzt und ihre Türen mit verschlungenen Geschirrtüchern am Zufallen gehindert worden. Der Wasserhahn tropfte leise in die Stille hinein. Ich kam mir fremd vor. Ein Eindringling.

Ich wandte mich um und ging am Kater vorbei durch den Flur. Herr Hoppenstedt maunzte. Ich vertröstete ihn und stieß mit der flachen Hand die Wohnzimmertür auf. Auch hier nichts als penible Ordnung, die zeigte, wie lange Marion bereits tot war. Der zweite Name meiner Tante war Chaos. Ihre vielen Interessen, ihre Agilität und Energie hatten sich immer auch in ihrer Umgebung gespiegelt. In meiner Erinnerung lagen Bücher aufgeschlagen übereinander, Zeitschriften in wilder Reihenfolge unter der Ablage des Wohnzimmertisches, und Notizzettel, CD-Hüllen, Entwürfe von Plakaten und politischen Spruchbändern bevölkerten Boden und Ablageflächen. Bei meinen wenigen Besuchen in den letzten Jahren hatte ich den Raum immer so vorgefunden. Marion hatte Aufräumen für eine Verschwendung von Zeit gehalten. Zeit, die man – beziehungsweise sie – deutlich effektiver und nutzbringender einsetzen konnte. Jetzt hatte der Raum die Erinnerung an Marion bereits verloren, er war nur noch der Ort, an dem sie einmal gelebt hatte.

Trotz Herrn Hoppenstedts Protesten stieg ich an ihm vorbei in die erste Etage des kleinen Hauses. Niedrige Decken, kleine Kammern. Ein Schlafzimmer, ein Bad. Alles einfach, schlicht und sauber.

Vor der letzten der drei Türen blieb ich kurz stehen. Der geheime Raum, so hatte ich ihn als Kind genannt. Geheimnisvoll. Ein bisschen unheimlich. Ich betätigte die Klinke und trat ein. Büchertürme lehnten sich aneinander, deckenhohe Regale bogen sich unter ihrer Last. Kleine Zeichnungen von Kräutern und Heilpflanzen hingen in alten Rahmen an den wenigen freien Stellen an den Wänden. Vor dem Fenster stand Marions Schreibtisch mit der alten Tintenfeder, die sie zur Dekoration an den Rand der Platte gestellt hatte. Daneben eine schmale Vitrine, in der sie ihre Schätze aufbewahrte. Eine silberne Dose, ein Mörser, eine Holzschale. Ein altes Messer mit abgewetztem Holzgriff, an dessen Klinge der Rost nagte. Die Vitrinentür stand einen Spaltbreit offen. Staub hatte sich auf den Gegenständen und den

Glasregalen niedergelassen. Das unterste Bord war leer. Eine staubfreie rechteckige Fläche zeigte an, dass hier etwas fehlte. Eine Kiste? Ich sah mich um. Ohne Erfolg. Wer auch immer die Kiste aus dem untersten Regal genommen hatte – er hatte sie nicht einfach im Raum abgestellt, sondern mit sich genommen. Vielleicht derjenige, der hier für Ordnung gesorgt hatte. Jemand, der sich in diesem Haus augenscheinlich besser auskannte als ich. Ich schauerte, schlang die Arme um meinen Oberkörper und fühlte mich unwohl. Sollte ich wirklich hierbleiben wollen, wartete eine Menge Arbeit auf mich. Vermutlich war es mit Streichen und dem Umräumen und Aussortieren von Möbeln nicht getan. In der Treppe wohnten die Holzwürmer, die Fenster hatten nur eine Einfachverglasung, und die altertümlichen Lichtschalter ließen auf eine vorsintflutliche Elektroinstallation schließen. Und das Dach musste ich mir auch genauer ansehen.

»Du hast hier nichts zu suchen, Katharina«, sagte ich betont in die Stille hinein und erwartete beinahe eine Antwort auf mein Selbstgespräch: Umkehren. Ich nickte. »Das ist alles sowieso nur eine Schnapsidee. In der Theorie hört sich das alles immer sehr einfach, aufregend und im Endergebnis befriedigend an. In der Praxis zieht es hier wie Hechtsuppe.«

Meine Stimme klang hohl. Einsam. Für einen Moment hatte ich die schreckliche Vorstellung, in diesem Haus festgehalten und alt zu werden, ohne einen meiner Freunde jemals wiederzusehen.

»Jetzt übertreibst du aber, Katharina«, sagte ich streng und rief mich zur Ordnung.

Diese Selbstgespräche führte ich immer, wenn das reine Denken mir zu unübersichtlich wurde, weil zu viele Gedanken in meinem Kopf gleichzeitig um meine Aufmerksamkeit buhlten, oder wenn ich zu einem endgültigen Entschluss gelangen musste. So wie jetzt. Ich hatte bisher nichts, aber auch wirklich nichts gefunden, was auch nur annähernd meiner Vorstellung von einem harmonischen Leben auf dem Lande entsprach. Ich musste mir eingestehen, selbst der naiven Illusion aufgesessen zu sein, die wir unter den Lesern unserer Zeitschrift so gern verbreiteten.

Also: Kater und Sachen wieder über die Pfützenlandschaft zum Auto manövrieren, Kleinhaulmbach den Rücken kehren und Dr. Habschick darüber informieren, dass er doch bitte einen landbegeisterten Verrückten finden solle, der mir das Ganze für eine erträgliche Summe abkaufen würde.

Herr Hoppenstedt randalierte unten in seinem Gefängnis. Etwas knackte, gefolgt von einem Scheppern. Ich rannte aus dem Zimmer und sah gerade noch einen schwarzen Katzenschwanz um die Ecke des unteren Treppenaufgangs huschen. Die Transportkiste lag quer auf der Seite, das Gitter war herausgebrochen. Die dicke Papierhandtuchschicht, mit der ich in weiser Voraussicht den Boden ausgelegt hatte, lag zerknüllt in der hintersten Ecke und zeigte deutliche Anzeichen der autobedingten Inkontinenz des Katers.

»Herr Hoppenstedt?« Ich hastete die Treppe herunter, riss die Tür, die den kleinen Vorflur von der eigentlichen Wohnetage trennte, auf und schaute mich suchend um.

Mist! Die Kellertür stand offen. »Herr Hoppenstedt?«, gurrte ich erneut und lauschte hinunter, in der Hoffnung, ihn zu hören. Aber alles blieb still. Langsam betrat ich die Treppe. Das Betätigen des Lichtschalters blieb ohne Erfolg, und so musste ich mich mit dem Schein in meinem Rücken und dem Licht zufriedengeben, das durch die schmutzig braune Scheibe des Kellerfensters in den Treppenschacht fiel. Vorsichtig tastete ich mich nach unten.

An der rechten Seite der Treppe befand sich ein Absatz, auf dem Marion alles Mögliche abgestellt hatte. Einen Behälter mit gesammelten Plastiktüten, Kanister, an deren Böden noch Reste von bunten Flüssigkeiten schwappten, ein Fischkescher, mit den Jahren matt gewordene Einmachgläser.

»Herr Hoppenstedt?« Ich gab meiner Stimme nun einen strengeren Klang, obwohl mir klar war, dass das im Endeffekt auch nichts brachte. Wenn der Kater nicht wollte, dann half alles nichts außer seinen Lieblingsleckerchen, und die hatte ich, wie mir gerade auffiel, vergessen. Ich blieb stehen, lauschte erneut.

Der nächste Schalter funktionierte, und ich konnte endlich mehr als nur die Umrisse von allem erkennen. Vier Türen gab es hier unten, drei davon waren verschlossen. Die vierte führte in eine Art Werkzeuglager. Alte Holzkisten mit noch älteren Werkzeugen stapelten sich in Regalen übereinander. Drei Fahrräder unterschiedlicher Größe rosteten ihrem Schicksal entgegen.

Hinter mir explodierte die Welt. Es krachte und schepperte. Ich fuhr herum. »Hoppenstedt!«

Ein Schraubendreher rollte vor meine Füße und blieb liegen. Der Kater hatte eine komplette Kiste aus dem Regal geschoben. Vermutlich bei dem Versuch, sich dahinter zu verstecken, was ihm aufgrund seiner Leibesfülle aber nicht gelungen war. Er kauerte sich für eine Sekunde zusammen und schoss, als ich mit ausgestreckter Hand auf ihn zuschlich, durch den Türspalt nach draußen und die Treppe wieder hinauf.

Ich stolperte über Kater und Stufen und griff nach allem, was mir Halt versprach. Ohne Erfolg. Oben stieß ich gegen einen schweren Garderobenständer aus Eisen. Er krachte gegen die Wand, der Putz riss und rieselte, fiel in großen Brocken zu Boden. Mir blieb kaum Zeit, mich über das nicht unerhebliche Loch zu ärgern, weil Herr Hoppenstedt panisch zwischen meinen Beinen hindurch und an mir vorbeihuschte und im Obergeschoss verschwand. Ich fluchte, schnappte mir mit Ausnahme der Papierunterlagen-Überreste die Einzelteile der Transportkiste und folgte ihm. Neue Taktik. Ich würde den Transporter am oberen Ende der Treppe aufstellen und mich selbst darunter auf die Stufen hocken. Irgendwann würde seine Neugierde siegen, und er käme aus seinem Versteck. Da war ich mir sicher. Nicht sicher war ich mir darüber, wie lange ich dort würde sitzen müssen. Ein Kissen als Unterlage wäre sicher angenehm unterm Sitzfleisch. Auf dem Sessel im Schlafzimmer hatte ich welche gesehen.

Meine zusätzliche Hoffnung, Herrn Hoppenstedt dort vielleicht auf dem Bett liegend vorzufinden, wurde enttäuscht.

»Hallo?« Eine Frauenstimme.

»Ja?« Ich beugte mich über das obere Treppengeländer. Jemand stand im Flur. »Machen Sie die Tür zu!«

Die Frau folgte der Anweisung und sah zu mir hoch.

»Ist er jetzt rausgelaufen?«

»Wer?«, fragte sie.

»Herr Hoppenstedt.«

Sie schüttelte langsam den Kopf. »Hier ist niemand durch die Tür.«

»Herr Hoppenstedt ist mein Kater.«

»Ach so.«

Während ich die wenigen Stufen zu ihr nach unten ging, dachte ich über den Eindruck nach, den ich wohl auf sie machen musste. Normalerweise achtete ich darauf, Fremden ein professionelles Äußeres zu präsentieren. Das bedeutete in meinem Fall die Basisausstattung, als da wären: gekämmte Haare, saubere und gegebenenfalls modische Kleidung sowie anständige Schuhe. Als Journalistin muss man vertrauenerweckend aussehen, sonst hocken die Leute auf ihren Informationen wie die Hühner auf den Eiern und rücken sie nicht raus. In diesem Moment kam ich mir ganz und gar nicht professionell vor. Auf der Jeans prangten an den Oberschenkeln dicke Flecken aus Spinnweben und Wandfiasko-Resten. Mein Pullover hatte ebenfalls sehr gelitten. Darüber, wie viele meiner braunen Haare noch in dem Zopf steckten, den ich heute Morgen gebunden hatte, konnte ich nur Spekulationen anstellen. Der Staub hatte sie vermutlich grau gefärbt, und die Frau hielt mich jetzt für fünfundfünfzig statt für zweiunddreißig. Da ich aber sowieso nicht vorhatte zu bleiben, konnte mir das alles egal sein.

»Und?«

»Was und?«

»Ist er?«

»Nein.«

Wir starrten uns an. Die Frau streckte mir ihre Hand entgegen.

»Mila Seidenmacher. Die Nachbarin.«

Ich ergriff die Hand und schüttelte sie. Ihre Haut fühlte sich rau an, wie die Haut eines Menschen, der viel mit den Händen arbeitete. Vermutlich tat sie das auch.

»Katharina Rübchen.«

»Die Nichte«, stellte Mila Seidenmacher fest. Ich nickte und schwieg. Was sollte ich auch sagen?

Sie verlor kein Wort über mein Fernbleiben bei Marions Beerdigung. Kein Vorwurf, keine hochgezogene Augenbraue. Gut so. Ich hatte keine Lust, mich ihr gegenüber zu rechtfertigen, wie ich es mir selbst gegenüber ständig tat, weil mein schlechtes Gewissen immer wieder wie ein kleiner Teufel aus der Kiste sprang. Mila Seidenmacher ließ meine Hand los.

»Ich habe hier nach dem Rechten geschaut, seitdem Marion gestorben ist.«

Sie redete nicht um den heißen Brei herum. Sagte nicht so etwas wie »von uns gegangen« oder »hat uns verlassen«. Sie sagte »gestorben«, ohne mit der Wimper zu zucken. Das gefiel mir.

»Die Post haben Sie sicher schon entdeckt. Ich wollte sie nicht öffnen. Der Nachlassverwalter hatte Ihr Kommen angekündigt, und da dachte ich, dass ...«

»Vielen Dank«, unterbrach ich sie. »Ich habe die Briefe gefunden. Ich werde sie mitnehmen und zu Hause in Ruhe durchgehen. Ich kann Ihnen gern meine Adresse dalassen. Oder nein, ich werde einen Nachsendeantrag stellen, dann haben Sie keine Mühe mehr damit.«

»Sie bleiben nicht hier? Der Nachlassverwalter, dieser Doktor ...« Sie suchte nach dem Namen.

»Habschick. Dr. Habschick«, half ich aus.

»Genau. Dieser Habschick hatte uns gesagt, Sie würden sich hier niederlassen wollen.«

»Ich habe es mir anders überlegt.«

»Oh.« Sie zögerte einen Moment. »Warum?«

Nichts in ihrer Miene verriet, wie sie darüber dachte. Freute es sie, oder bedauerte sie es?

»Weil das alles hier«, ich umfasste mit einer Geste die Umgebung, »nichts für mich ist. Ich bin kein Land ...« Ich verstummte.

»Landei wollten Sie sagen, richtig?« Sie grinste, und um ihre Augen herum erschienen erstaunlich viele Lachfältchen. Ich blickte zu Boden.

»Nein, ich wollte ...«

»Schon gut.« Sie nahm mir die Transportkiste aus der Hand und stellte sie ab. »Wir dachten nur, wo Sie doch Kräuterexpertin sind und Marion hinter dem Haus so einen riesigen Kräutergarten angelegt hat.«

»Meine praktische Erfahrung liegt bereits etwas länger zurück. Ich bin Journalistin. Bei der Zeitschrift schreiben wir über die Pflanzen, wir schauen ihnen nicht beim Wachsen zu. Dazu fehlt in der Redaktion die Zeit.«

»Hmm«, murmelte sie. »Aber Sie wollen doch sicher nicht gleich heute wieder weg.«

»Wenn ich den Kater in der nächsten halben Stunde einfangen kann, dann schon.«

Sie schaute mich an, und wieder hatte ich den Eindruck, dass sie mich abschätzte. Dann nickte sie. »Okay. Ich helfe Ihnen suchen.« Sie wandte sich ab und sah sich um. »Wo könnte er sein?«

Ich zuckte mit den Schultern. »Überall.«

»Das ist ja schon mal ein Anhaltspunkt«, brummelte sie leise, und obwohl ich ihr Gesicht nicht sah, konnte ich mir gut vorstellen, wie sie gerade die Augen verdrehte. Sie ging in die Hocke, streckte eine Hand aus und schnalzte mit der Zunge. Ich betrachtete ihre Rückensansicht. Ihre dunklen Haare fielen ihr bis auf die Schultern, und die Jeans saßen eng an ihrer schmalen Figur. Die Ärmel ihrer karierten Bluse waren bis zu den Ellbogen hochgekrempelt und ließen ihre sehnigen Unterarme frei.

Ich ertappte mich dabei, wie ich im Geiste automatisch nach geeigneten Stellen im Haus für eine Fotostrecke suchte. Sie wäre ein wunderbares Model in ihrem Hemd und der leicht verschlissenen Jeans.

»Ist irgendwas?« Sie drehte den Kopf und schaute mich über ihre Schulter hinweg an. Ich zuckte zusammen und fühlte mich ertappt. Hatte sie Augen im Rücken?

»Nein«, gab ich zurück. Sie musste mich wirklich für eine Vollidiotin halten.

»Ich habe übrigens einen Streuselkuchen mitgebracht«, sagte sie und kroch auf allen vieren durch den Flur. »Er steht draußen vor der Tür. Vielleicht sollten wir ihn reinholen, bevor es wieder anfängt zu regnen.« Sie beugte die Ellbogen, legte ihre Wange auf den Boden und spähte unter die Anrichte. »Ist Ihr Hoppenstedt ein ziemlich fetter schwarzer Kater?«

»Könnte hinkommen.«

»Gut. Dann holen Sie jetzt mal den Kuchen rein. Solange das Viech hinten an der Wand klebt und keine Anstalten macht, herauszukommen, können wir es uns genauso gut schmecken lassen.« Sie stand auf und ging in die Küche. Mit raschen Griffen, die mir zeigten, wie vertraut sie mit der Einrichtung war, nahm sie zwei Teller und zwei Gläser aus dem Schrank. Ich drehte mich um und ging durch den Flur zur Haustür.

Sorgfältig achtete ich darauf, die Zwischentür zu schließen, damit Hoppenstedt nicht einen Überraschungsmoment ausnutzen und im Schnellstart nach draußen entwischen konnte. Dabei betrachtete ich das Ergebnis meines Nahkampfs mit dem Kater. Das Loch an der Seite des Windfangs neben der Haustür war recht groß. Fetzen der Tapete hingen an den Rändern. Auf dem Boden davor lagen weißer Staub und Stücke der Rigipswand. Noch eine Baustelle. Ich seufzte.

»Später, Katharina. Eines nach dem anderen. Erst der Kuchen. Dann die Arbeit.«

Trotzdem wäre eine annähernde Vorstellung über die Größe des Schadens nicht schlecht. Ich ging näher heran. Die Nachbarin würde schon nicht verhungern, wenn sie eine Minute länger warten musste. Vorsichtig befingerte ich die Bruchstelle. Mehr Gips bröckelte unter der Tapetenschicht ab und rieselte vor und in das Loch. Ich kniete mich auf den Boden und spähte hinein. Es war eine Doppelwand, wie sie häufig in alten Häusern zu finden ist. Hinter der vorderen, mit Gipsplatten verkleideten Wand befand sich ein Hohlraum, in den ursprünglich wohl einmal Dämmmaterial gegeben worden war, wovon aber nicht mehr viel zu sehen war. Ein Rohr verlief senkrecht durch den Zwischenraum. Etwas war zwischen dem Rohr und der Wand eingeklemmt. Es sah aus wie ein flaches Paket, aber im Dunkeln konnte ich es nicht genau ausmachen.

Ich streckte meinen Arm durch das Loch und tastete mich zu der Stelle vor, an der ich das Päckchen vermutete.

»Haben Sie den Kuchen gefunden?« Mila Seidenmachers Stimme drang gedämpft durch die geschlossene Tür zu mir. Geschirr klapperte.

»Komme gleich!«, rief ich, zog meine Hand aus dem Loch und schaute noch einmal hinein, um mich zu orientieren. Zweiter Versuch. »Na geht doch«, murmelte ich, als ich das Päckchen zu fassen bekam und aus dem Hohlraum zog.

Ein Ledereinband kam zum Vorschein, nachdem ich das alte Einschlagpapier entfernt hatte. Eine Kladde, etwas schmaler als ein kleines Schulheft, aber deutlich dicker. Ich drehte das Buch um. Außen war nichts darauf geschrieben. Ein dünnes Lederbändchen war zweimal um den Einband gewickelt und zu einer Schleife gebunden worden. Ich runzelte die Stirn. Was konnte das sein? Das Buch roch muffig, und an einigen Stellen war das Leder brüchig. Ich strich über die trockene Lederhaut, schob die Enden des Bändchens hin und her. Warum hatte ich Skrupel? Das Buch hatte in der Wand des Hauses gesteckt, das ich geerbt hatte. Es war also genau betrachtet mein Eigentum, und ich konnte damit machen, was ich wollte. Trotzdem kam es mir vor, als ob ich in etwas sehr Privates eindringen würde, zu dem ich eigentlich kein Zugangsrecht hatte. Ich löste das Band und schlug das Buch wahllos an einer Stelle auf. Eine altertümliche Handschrift füllte die Seiten, und ich hatte Mühe, sie zu entziffern. Lange her, dass ich so eine altmodische Schreibschrift hatte lesen müssen. Es dauerte einen Moment, bis die Worte einen Sinn für mich ergaben.

Sie wollte nicht, dass er litt. Deswegen war die Auswahl der Mittel von besonderer Bedeutung. Einen schnellen, von allen Schmerzen befreiten Tod kann man auf vielerlei Weisen herbeiführen. Die Natur deckt uns den Totentisch dazu. Ich brachte ihr das Säcklein, sprach die Anweisungen, und als sie am nächsten Tag in Witwentracht bei mir erschien, wusste ich, dass mein Vorhaben wieder einmal geglückt war.

»Katharina?« Mila Seidenmacher versuchte, die Tür zu öffnen, vor der ich hockte. Ich klappte das Buch zu, schlug es in das Papier ein und stopfte es unter meinen Pullover. Ich fühlte mich ertappt wie ein kleines Schulmädchen. »Ist irgendwas?«, fragte sie durch den Spalt.

»Nein, nein. Alles okay.« Ich trat einen Schritt von der Tür weg. »Ich habe mir nur kurz das Loch angeschaut, das Herr Hoppenstedt und ich verbockt haben. Ich hoffe, ich kann es reparieren, bevor die ersten Käufer zur Besichtigung kommen.«

Hatte ich da gerade wirklich von einem Mord gelesen? Oder sogar von mehreren? »... dass mein Vorhaben wieder einmal geglückt war.« Das konnte doch nicht sein. Was war das für ein Buch, das ich in der Wand meines Hauses gefunden hatte? Am liebsten hätte ich sofort nachgesehen, aber Mila drückte sich an mir vorbei, öffnete die Haustür und griff um die Ecke. Als ihre Hand wieder zum Vorschein kam, hielt sie darin einen Teller mit einem kleinen Kuchen unter einer Plastikhaube.

»Tadaa.« Sie nahm die Haube ab und hielt mir den Kuchen unter das Gesicht. Sofort zog mir ein verführerischer Duft nach Aprikosen in die Nase, und ich merkte, wie hungrig ich war. Ich folgte ihr in die Küche, zog einen der Holzstühle vom Tisch weg und setzte mich.

Das Buch musste warten, bis Mila wieder verschwunden war. Das war etwas, was ich nicht an die große Glocke hängen wollte. Wer weiß, wer das geschrieben hatte. Wenn es nun Marion gewesen war?

»Streusel mit Aprikosen und Schmandcreme«, sagte Mila Seidenmacher. Sie nahm ein Messer, teilte den Kuchen in vier Stücke und legte jeweils eins auf die beiden Teller. »Kaffee ist keiner da, aber ich habe noch etwas von Marions Gundermann-Giersch-Sirup gefunden.« Sie hielt eine kleine Flasche hoch, in der eine grün-gelbliche Flüssigkeit schwappte. »Marion nannte es immer ihre Unkrautlimonade. Schmeckt super mit frischem Wasser.«

Ich hatte Mühe, mich auf das, was sie sagte, zu konzentrieren, nickte nur und aß einen Bissen vom Kuchen.

»Wenn Sie das Haus verkaufen wollen«, sagte Mila und legte ihre Gabel hin, »was soll dann mit den Ziegen passieren?«

»Welche Ziegen?« Ich nahm einen Schluck von dem Kräutergetränk und ließ es mir über die Zunge laufen. Eindeutig zu süß für meinen Geschmack, aber die Lakritznote gefiel mir.

»Marions kleine Herde. Sie hat drei Ziegen und einen Bock. Er heißt Ludwig. Eines der Weibchen ist auf jeden Fall trächtig, bei den anderen beiden ist es noch nicht sicher.« Sie griff wieder nach ihrer Gabel und stach auf ihr Kuchenstück ein. »Ich habe sie in den letzten Wochen versorgt, aber es ist auf Dauer schon ein bisschen viel für mich.«

Entgeistert sah ich sie an. Das hatte mir gerade noch gefehlt. Eine Ziegenherde passte nun definitiv nicht in meine Pläne. Wer kaufte schon ein altes heruntergekommenes Haus mit einem Haufen Viecher dazu?

»Sie müssen zweimal am Tag gefüttert werden, solange sie noch im Stall stehen. Dazu kommt das Ausmisten.« Sie schob die letzten Krümel über den Teller und trank ihr Glas aus. »Heute Abend zum Beispiel kann ich das nicht machen. Ich dachte ja,

Sie bleiben hier, und da hab ich mir …« Sie verstummte und hob entschuldigend die Schultern.

Ich ließ die Gabel sinken und schloss für einen Moment die Augen. Ein Haus, das im Schlamm versinkt, poröse Wände, eine schwangere Ziegenherde und eine Art Tagebuch, in dem von Mord die Rede ist. Nichts davon fand sich auf der imaginären Wunschliste, die ich mir für mein neues Leben auf dem Land gebastelt hatte.

Mila Seidenmacher stand auf und stellte ihren Teller und das leere Glas in die Spüle.

»Ich muss dann auch mal. Bleiben Sie ruhig sitzen. Ich kenne den Weg.« Sie ging durch den Flur, und ich hörte, wie sie die Wohnungstür zuzog.

Ich seufzte und stützte meinen Kopf in beide Hände. Ziegen füttern. Klar. Ich, die keine Ahnung von nichts hatte. Ich blickte auf und schob den Stuhl zurück. Mila Seidenmacher musste mir zumindest noch sagen, was die Viecher zum Abendessen bekamen. Ich ging ihr hinterher. Vielleicht erwischte ich sie noch. Mit Schwung stieß ich die Tür zum Eingangsflur auf.

Mila hockte auf dem Boden, eine Hand gegen die Wand gestützt, mit der anderen tastete sie das Innere des Hohlraums ab. Sie fuhr zusammen, als sie mich sah. Sie räusperte sich.

»Ganz schönes Kaliber, dieses Loch.« Sie nickte zur Bestätigung ihrer eigenen Worte. »Und hier«, sie zog ein Bündel trockenen Strohs aus der Tiefe der Wand, »das ist vermutlich in allen Zwischenräumen im Haus so. Kein Wunder, dass Marion im Winter so viel heizen musste. Da isoliert nichts mehr.« Sie stand auf, wischte ihre Hände aneinander ab und schob sich an mir vorbei nach draußen. »Stellen Sie mir die Kuchenhaube einfach vor die Tür, bevor Sie fahren.« Sie zeigte auf das nächste Haus, das in fünfzehn Metern Entfernung stand, wandte sich ab und trabte die Stufen hinunter. Im Gehen zog sie ein Päckchen Zigaretten aus der Hosentasche und zündete sich eine Zigarette an.

Ich runzelte die Stirn. Ein bisschen überstürzt, der Aufbruch. Was hatte sie an dem Loch zu schaffen gehabt? Vielleicht hatte sie wirklich nur nach dem Schaden sehen wollen. Vielleicht aber auch nicht. Ich drehte mich auf dem Absatz um, ging wieder ins Haus und zog das Buch unter meinem Pullover hervor. Jetzt hatte ich

sie doch nicht nach den Ziegen gefragt. Egal. So schwer konnte
das nicht sein. Die Viecher erwarteten sicher kein Vier-Gänge-
Menü.

»Herr Hoppenstedt, du kannst dich ruhig noch ein Weilchen
unter der Anrichte aufhalten«, wandte ich mich an das tierische
Familienmitglied *im* Haus. »Wir fahren heute doch nicht zurück.«

Bittersüßer Nachtschatten, *Solanum dulcamara* – breitet sich als Kletterpflanze bis zu zehn Meter aus. Alle Teile der Pflanze enthalten Steroidalkaloide und Saponine, ein Gift, das sich auf das zentrale Nervensystem auswirkt und durch Atemlähmung zum Tod führen kann. Früher sprach man den Pflanzen Schutzwirkung gegen Teufel und Zauberei zu.

Dunkles, abgewetztes Leder. An einigen Stellen so brüchig, dass kleine Stückchen der obersten Schicht abbröckelten. Ich betrachtete das Buch vor mir auf dem Tisch und strich behutsam mit der Hand darüber, bevor ich es aufschlug. Diesmal nicht mittendrin, sondern auf der ersten Seite. Gelbliches Papier knisterte. Mein Handy vibrierte und tanzte über den Tisch. Eine unterdrückte Nummer.

»Rübchen.«

»Katharina?«

»Ja.« Es war Björn.

»Sag mal, was fällt dir eigentlich ein, hier alles stehen und liegen zu lassen und einfach abzuhauen?«, tönte es aus dem Hörer.

Verblüfft starrte ich mein Handy an, bevor ich mich wieder fing.

»Ist das der Grund, warum du mit unterdrückter Nummer anrufst? Weil du mich zusammenfalten willst und Angst hast, ich gehe nicht ran, wenn ich sehe, dass du das bist?« Wenn er beim ersten Satz so einen Ton anschlug, musste er sich nicht wundern, wenn ich zurückbiss.

»Jetzt lenk nicht vom Thema ab. Wo bist du?«

»Woher weißt du, dass ich weg bin?«

»Dein Schreibtisch ist leer.«

»Und daraus schließt du, dass ich weg sein muss. Da du mir ja so wunderbare Aufgabengebiete verpasst hast, die die Möglichkeit einer Recherchetour definitiv ausschließen.«

»Red doch keinen Unsinn. Du hast neue Kompetenzen und mehr Entscheidungsfreiheiten bekommen. Das ist doch sehr positiv.«

»Nennt man das heute so, wenn man jemanden ins Aus stellt? Mehr Entscheidungsfreiheiten?«, imitierte ich seinen Tonfall.

»Du interpretierst das alles fehl.«

»Tue ich das? Mich beschleicht ein anderer Eindruck.«

»Daran kann ich nichts ändern. Also: Wo bist du?«

»Ich wüsste nicht, was dich das angehen sollte.«

»Mich persönlich vielleicht nicht, aber mich als dein Chef.«

Björn klang zusehends genervter. Aber ich hatte keine Lust, ihm zu erzählen, wo ich war und was ich vorhatte. Erst recht nicht, wenn er mich so behandelte, wie er es gerade tat. Herablassend und über mich bestimmend. Auch wenn ich mich in der Durchführung meines ursprünglichen Planes, hierzubleiben, bisher so konsequent gezeigt hatte wie eine Schokoladensüchtige bei einer Kohlsuppendiät, wollte ich auf keinen Fall das Heft aus der Hand geben.

»Also gut«, lenkte ich ein. »Ich bin auf einer Dienstreise.«

»Einer Dienstreise?« Er schnaubte. »Und wieso weiß ich davon nichts?«

»Hast du meine Nachricht nicht gefunden?«

»Deine Nachricht?«

Wenn er nicht bald aufhörte, Bruchstücke meiner Sätze als Fragen zu wiederholen, würde ich noch wütender werden, als ich ohnehin schon war.

Im Grunde hatte er ja recht. Ich konnte nicht einfach der Redaktion fernbleiben. Ich hatte weder Urlaub eingereicht noch mich krankgemeldet. Aber früher war das auch kein Problem gewesen. Da hatte ich keine Anwesenheitspflicht gehabt. Konnte kommen und gehen, wie ich wollte. Hauptsache, ich erschien zu den Redaktionssitzungen und brachte anständige Arbeitsergebnisse. Anscheinend wollte er mir auch noch diese Freiheit nehmen.

»Ja.« Ich kniff die Augen zusammen.

Denk nach, Katharina. Lass dir was einfallen. Etwas Glaubwürdiges, Nachvollziehbares.

»Nein, eine Nachricht habe ich nicht gefunden.«

»Ich habe dir den Zettel ins Fach gelegt.« Das hatte ich natürlich nicht getan. »Vielleicht ist er herausgefallen oder hängt jetzt irgendwo zwischen deinen anderen Papieren.«

»Das glaube ich eher nicht.« Er machte eine Pause, und ich konnte hören, wie er den Hörer von einem Ohr zum anderen wechselte, während er sich in seinem Chefredakteursessel nach hinten lehnte. »Sag mir, was draufstand.«

»Dass ich für ein paar Tage weg bin.«

»Weg?« Er tat es schon wieder.

»Ja.«

»Um was zu tun?« Seine vorgetäuschte Geduld troff förmlich aus dem Hörer.

»Um einen Artikel darüber zu schreiben, wie es ist, aus der Stadt aufs Land zu ziehen.«

»Aufs Land zu ziehen.«

»Björn, jetzt hör auf damit.«

»Womit?«

»Du wiederholst ständig meine Formulierungen.«

»Deine Formu…« Er brach ab und holte tief Luft. »Drei Worte zum Konzept?«

»Ich werde in einer Art Selbstversuch herausfinden, wie es ist, wenn man als Städter aufs Land hinauszieht. Welche Schwierigkeiten auf einen zukommen.«

Björn knurrte unwirsch.

»Und wie man mit den Schwierigkeiten klarkommt«, ergänzte ich im Hinblick auf das Credo unserer Redaktion, nur die positiven Aspekte des Landlebens in den Vordergrund zu stellen. »Die Herzlichkeit der Dorfbewohner, die gute Luft, das ursprüngliche Leben, der ganze Kram eben. Landleben Vollprogramm.«

»Bis wann?«

»Bis wann was?«

»Bis wann hast du den Artikel fertig?«

Zum zweiten Mal in diesem Gespräch schaute ich verblüfft auf den Hörer. Hieß das, er glaubte mir? Ich biss mir auf die Lippe, um ein Grinsen zu unterdrücken, bis mir klar wurde, dass er mich am Haken hatte. Wollte ich mein Gesicht nicht verlieren, musste ich diesen Artikel schreiben, komme, was wolle. Ich schaute mich in Marions Küche um. In den oberen Ecken des Raumes wurde der Putz nur noch von Spinnweben an der Wand gehalten. Feine Risse in der Farbe zogen sich von der Decke bis zum Boden. Der Fensterkitt bröckelte bereits beim Hinsehen.

»Es wird ein wenig dauern. Renovierungen brauchen Zeit.«

»Zehn Tage.«

»Zehn …«

»Jetzt wiederholst du meine Worte, Katharina. Zehn Tage. Dann will ich den Artikel auf meinem Tisch sehen.« Er räusperte sich. »Frohes Schaffen.« Er legte auf.

Ich sank auf meinem Stuhl in mich zusammen. Was für einen

Mist hatte ich mir da eingebrockt? Wo bekam ich jetzt genug Stoff für eine Story her? Das übliche Geschwafel von in der üblichen Technik restaurierten Lehmwänden und den üblichen Mosaikfliesenböden würde Björn nicht vom Hocker hauen.

Meine Finger trommelten auf die Tischplatte.

Das hatte noch Zeit. Ich betrachtete das Buch und rückte den Stuhl näher heran.

Die erste Seite war bis auf einige Flecken leer. Behutsam nahm ich das Papier zwischen Daumen und Zeigefinger, hielt den Buchrücken mit der Rechten fest und blätterte die Seiten im Schnelldurchgang durch. Zeichnungen von Pflanzen, Listen und, wie es schien, Rezepte wechselten sich mit längeren Textpassagen ab. Was war das für ein Buch? Ein Tagebuch? Eine Niederschrift? Das Datum über der ersten beschriebenen Seite lautete 13. März 1898.

Der Gevatter wartet auf mich. Ich habe ihn durch das Zimmer schleichen hören, auch wenn ich ihn in seinem dunklen Umhang noch nicht sehen kann. Ich habe ihn hereingebeten, ihn willkommen geheißen, aber noch tut er sich schwer, mich alte Frau mitzunehmen auf die Reise in sein Reich. Was mich dort erwartet? Ich weiß es nicht. Wenn ich dem Pfarrer oben in seiner Kanzel Glauben schenke, sollte ich die ewige Verdammnis fürchten und ewige Höllenqualen. Ich, die Todbringerin. Aber zählt nicht in Gottes Augen das Werk, das man auf Erden vollbringt? Doch wer bestückt die Waagschale? Was zählt?

Nichts, was ich tat, geschah aus Gier oder aus Habsucht. Nie handelte ich aus niederen Gründen. Ich habe geholfen, wo ich konnte. Habe meine Kunst und mein Können eingesetzt, um denen zu helfen, die in Not waren und meiner Hilfe bedurften. Wenn sie vor mir standen, grün und blau am Leib von den Schlägen, krank und dem Tode nahe, weil ihnen keine Ruhe gegönnt wurde, wie hätte ich mich da weigern können? Ein Tod ist immer ein Tod, sagt man. Aber wiegt der Tod des Bösen ebenso viel wie der des Gerechten? Der des Peinigers ebenso schwer wie der des Gepeinigten?

Die Kinder, Agnes' Sohn Johannes und meine Tochter Katharina, meine Kinder, führen den Hof und lassen mich auf dem

Altenteil ruhen wie jemanden, dessen Lebenswerk vollbracht ist.
Aber noch ist es nicht zu Ende. Noch wartet eine Pflicht auf mich,
deren Schuldner sie ebenfalls sind, ohne es zu wissen. Für sie muss
ich mich entscheiden, ob der Tod eines weiteren Menschen aus
meiner Hand eine gute oder eine schlechte Tat sein wird. Und
mich erinnern an die, die vorausgegangen sind. Vor ihrer Zeit
von mir auf die Reise geschickt.

Ich lehnte mich zurück, starrte auf die aufgeschlagenen Seiten
und konnte nicht glauben, was ich da las. »Der Tod eines weiteren
Menschen aus meiner Hand« ließ darauf schließen, dass es zuvor
schon andere gegeben haben musste. Der Satz »Vor ihrer Zeit von
mir auf die Reise geschickt« schloss letzte Zweifel aus. Hielt ich
hier das Tagebuch einer Mörderin in den Händen? Versteckt und
wieder ans Tageslicht gekommen durch einen Zufall? Ich stand
auf, öffnete einige Schränke, bis ich die Tassen und kleine Dosen
mit Teekräutern fand, und kochte mir einen Kamillentee. Herrn
Hoppenstedts Fressen stellte ich vor die Anrichte im Flur, ging
wieder zum Buch und setzte mich.

Alles hat irgendwann einen Anfang, der in der Rückschau klarer
wird, je weiter man sich davon entfernt. Wenn ich es aufschreiben,
es ordnen und mich erinnern will, muss ich mit dem Tag beginnen,
der wie ein Leuchtfeuer durch die Nebel der Jahrzehnte scheint.
Den ich nicht vergessen kann, nicht vergessen darf und nicht
vergessen will.
Der Gutsherr war vor vier Monaten im April gestorben. Er
hatte lange krank gelegen. Seine Frau Agnes und ich wechselten
uns an seinem Lager ab. Pflegten und wuschen ihn. Brachten ihm
das Essen und die Neuigkeiten vom Gut. Er fühlte sich immer
schwächer.
Von Kindesbeinen an hatte ich zugehört, gefragt und gelernt,
was über die Kräuter und die wilden Pflanzen zu lernen war. Von
den alten Mägden. Von den Frauen, die wussten, welches Kraut
heilte und welches Verderben brachte. Ich hatte mein Wissen
gesammelt, geprobt und vervollkommnet. Doch keines meiner
Kräuter half ihm mehr, nur die Schmerzen konnte ich ihm lin-
dern. Die Krankheit zehrte und fraß an dem stattlichen Mann,

bis nichts mehr übrig blieb, aber er wollte es nicht wahrhaben. Sein Tod kam schwer über ihn und alle, die dabeisaßen und für ihn beteten.

Nach der Beerdigung hatte die Witwe seine Stelle angetreten, war Gutsherrin geworden, gab Anweisungen, lenkte die Knechte und Mägde. Ein großer Teil der Ernte war bereits eingefahren, die Scheunen waren voll.

Manchmal sah ich Agnes weinen. Um den Mann und um ihr Schicksal. Dann ging ich zu ihr und tröstete sie. Sie nahm den Trost an, obwohl ich nur ihre junge Magd war.

Meine Kenntnis über die Kräuter und ihre Heilkräfte hatte sich im Dorf herumgesprochen. Wir verkauften meine Tees und andere Mischungen gegen viele Zipperlein. Trotz der harten Zeit ging es uns gut. Hier auf dem Land hörten wir nichts von den Dingen in der Welt und der Politik. Hier war anderes wichtig. Die Ernten, das Wetter, die Tiere. Agnes stand ihren Mann, und ich bewunderte sie dafür. Sie holte oft meinen Rat ein. Die natürlichen Grenzen zwischen ihr und mir, zwischen Magd und Herrin, oben und unten, lösten sich auf.

Eines Abends rief sie mich zu sich, bat mich an den Tisch und schob mir eine Schiefertafel und einen Griffel zu.

»Kannst du lesen und schreiben?«, fragte sie mich und zeigte auf die Tafel.

»Nein.«

»Dann wird es Zeit.« Sie schrieb eine Reihe Zeichen auf die Tafel. »Hier. Das Alphabet. Fangen wir an.«

Von diesem Tag an saßen wir jeden Abend zusammen, und sie übte mit mir das Lesen und das Schreiben. Ich machte schnell Fortschritte.

»Du solltest aufschreiben, was du über die Pflanzen und Kräuter weißt, wie du deine Mischungen zusammenstellst«, sagte sie an einem Abend zu mir und legte ein leeres Heft vor mich hin. »Es wird uns hier von Nutzen sein, wenn du an Michaeli weggehst, wie es die Tradition ist.«

Ich war erschrocken über ihre Worte. »Willst du, dass ich mir einen anderen Herrn suche?«

»Nein, aber du bist jung, und ich dachte, du willst vielleicht weiterziehen. Ich möchte, dass du bleibst.«

»Sehr gern.«
Agnes lächelte zur Antwort.
Ich nahm das Heft an mich. Die Seiten knisterten beim Umblättern. Ich drückte es an meine Brust und trug es in meine Kammer.
Wir hatten genügend zu essen, die Tiere gediehen, die Knechte und Mägde murrten nicht. Trotzdem trafen uns die Blicke der anderen Dörfler beim Kirchgang. Ein herrenloses Gut. Das konnte keinen langen Fortbestand haben. Weiberherrschaft führte zu nichts. Ich sah sie tuscheln. Agnes wollte es nicht hören.
Mehr als einmal kam der Ortsvorsteher zu uns, redete auf Agnes ein, den Hof zu verkaufen oder einen neuen Mann zu nehmen. Die Last und die Verantwortung allein zu tragen sei nichts für ein schwaches Weib. Agnes blieb immer höflich, versprach, darüber nachzudenken, aber wenn er vom Hof geritten war, brach die Wut aus ihr heraus. Über die Arroganz der Männer, ihre Überheblichkeit, den Frauen keinen Wert zuzusprechen. Ihre selbstverständliche Annahme, dass Frauen allein nicht zum Leben taugten.

Es klirrte, und ich schrak zusammen. Herr Hoppenstedt war aus seinem Versteck gekrochen und leckte misstrauisch an seinem Futter, bevor er sich dazu entschloss, den einen oder anderen Bissen zu sich zu nehmen.

Mein Magen knurrte, und ich ertappte mich dabei, den Geruch des Katzenfutters appetitlich zu finden. Ein untrügliches Zeichen für akute Unterzuckerung. Mila Seidenmachers Kuchen hatte zwar wunderbar geschmeckt, hielt aber nicht besonders lange vor.

Ich sah auf die Uhr. Halb fünf. Vermutlich gab es hier im Ort keinen Laden, und ich musste erst ewig weit durch die Gegend fahren, bevor ich einkaufen konnte. Früher hatte Marion mich immer einige Straßen weiter in einen kleinen Tante-Emma-Laden geschickt, um Besorgungen zu machen. Dort gab es direkt gegenüber der Eingangstür ein komplettes Regal mit offenen Dosen, aus denen man sich die Süßigkeiten in kleine Tüten sortieren konnte. Aber dieses Geschäft hatte schon vor Jahren geschlossen und das Ladenlokal sich in eine Wohnung gewandelt. Ich zog mein Handy aus meiner Handtasche, öffnete den Browser und erinnerte mich im gleichen Augenblick an den miesen Empfang hier draußen. Telefon ging, aber was das Internet betraf, war Kleinhaulmbach definitiv Diaspora. Ich seufzte, wog den Hunger gegen die Neugierde ab und las weiter.

Als Arnold Froböss hoch zu Ross auf dem Hof erschien, ahnte ich nichts Gutes. Froböss gehörte das angrenzende Gut, und er führte dort ein hartes Regiment. Knechte und Mägde redeten miteinander über ihre Herren, und zu Froböss gingen sie keinen zweiten Sommer. Seit vor drei Jahren seine Frau gestorben war, herrschte ein noch rauerer Ton auf dem Hof. Agnes und ich waren allein, alle anderen auf dem Feld.

»Wo ist die Bäurin?«, herrschte er mich an, noch bevor er abgestiegen war und mir den Zügel zugeworfen hatte.

»In der Stube.« Ich führte das Pferd zur Tränke und band es fest. Schweiß glänzte auf den Flanken des Tieres, und im Fell auf seiner Kuppe erkannte ich die Spuren harter Peitschenhiebe. Ich klopfte seinen Hals und wandte mich ab, um ihm eine Handvoll Hafer zu holen.

»Bring mich zu ihr.«

Ich wischte meine Hände an der Schürze ab und bedeutete ihm, mir zu folgen. Seine Schritte klangen dumpf und schwer auf dem harten Lehmboden des Hofes.

»Der Frobössbauer«, kündigte ich sein Erscheinen an. Agnes saß über Papiere gebeugt und rechnete. Erschrocken fuhr sie hoch.

»Was wollt Ihr?«, fragte sie statt einer Begrüßung, stand aber auf und kam ihm mit ausgestreckter Hand entgegen. Froböss reagierte nicht darauf.

»Ihr habt eure Schulden bei mir nicht bezahlt, du und dein Mann, und ich komme, um sie einzutreiben.« Er stellte sich breitbeinig mitten in den Raum und zog den Kopf ein wenig ein, um nicht an die niedrige Decke zu stoßen. Das Schultercape seines dunklen frackartigen Mantels und die betonte Taille ließen ihn noch größer wirken, als er ohnehin schon war.

»Welche Schulden sollen das sein?« Agnes stemmte die Hände in die Hüften und straffte den Rücken.

»Ich habe deinem Mann im letzten Jahr eine große Summe Geld geliehen. Er versprach, es zügig zurückzuzahlen.« Froböss griff in die Innentasche seines Mantels und zog einen Brief hervor. Er öffnete den Umschlag, entnahm ihm ein Blatt Papier und hielt es Agnes hin. Ich erkannte durch die Rückseite ein rotes Siegel und zwei Unterschriften. Agnes nahm das Blatt und überflog es. Sie wurde blass.

»Er war sehr krank.«

»Und konnte seine Schuld nicht begleichen, bevor er starb. Ich weiß. Friede seiner Seele.« Froböss räusperte sich. »Aber das ändert nichts an der Sache. Ich habe dich bisher geschont. Dir eine Trauerfrist gelassen, Agnes. Aber jetzt muss es wieder auf den Tisch kommen.«

»So viel Geld habe ich nicht.« Agnes blieb vor Froböss stehen, wich keinen Millimeter vor ihm zurück. »Ich werde jetzt einen Teil der Schuld begleichen, einen weiteren Teil im Herbst nach der Ernte und den Rest im nächsten Jahr.« Sie lächelte.

»Ich brauche das Geld sofort.«

Ihr Lächeln schwand. »Ich habe es nicht.«

Stille. Ich hörte nur das Atmen der beiden, die sich wie Kampf-hähne gegenüberstanden. Keiner bereit, auch nur ein Jota zu-rückzuweichen.

»Und ich wusste nichts von den Schulden. Anders hat mir nichts gesagt.«

»Ein Mann muss seine Geschäfte nicht mit seiner Frau bespre-chen.«

»Anders hat es aber getan.«

»Er wollte nicht, dass jemand davon erfährt. Es war eine An-gelegenheit ausschließlich zwischen ihm und mir. Niemand weiß davon.« Er schaute auf den Schuldschein. »Und wenn du willst, wird es auch so bleiben.«

»Ich kann Euch das Geld nicht geben, Frobössbauer, weil ich es nicht habe.«

»Es gibt eine andere Möglichkeit, die Schuld auszugleichen.« Froböss ging zum Tisch, zog einen Stuhl darunter hervor und knöpfte seinen Mantel auf. Breitbeinig setzte er sich und wies mit der Hand auf den anderen freien Stuhl. »Komm zu mir, Agnes«, sagte er, und in seine Stimme mischte sich ein schmeichelnder Un-

terton. Mir schenkte er keine Aufmerksamkeit. Mägde sind wie Inventar, sie verdienen keinerlei Beachtung.

Agnes nahm Platz, nicht ohne mir einen warnenden Blick zuzuwerfen. Ich zog mich in den Schatten neben dem Fenster zurück. Sollte Froböss meine Anwesenheit ruhig vergessen. Wenn Agnes mich brauchte, wäre ich zur Stelle.

Er lächelte Agnes an. »Wir sind beide im Witwerstand, deine Trauerzeit ist nahezu vorbei, und unsere Felder grenzen aneinander. Was hältst du davon, wenn wir uns zusammentun?« Er rückte mit seinem Stuhl ein wenig näher an Agnes heran und ergriff ihre Hand. »Du solltest mich heiraten, Agnes. Dann wären alle deine Probleme mit einem Schlag gelöst.«

Ich hielt die Luft an. Agnes' Hochzeit mit ihrem ersten Mann war keine Liebeshochzeit gewesen, sondern eine von den Eltern gutgeheißene Vernunftehe, um Haus und Hof zusammenzuhalten. Trotzdem hatte zwischen den beiden Freundschaft und Respekt geherrscht. Ein Vertrauen darauf, sich auf den anderen verlassen zu können. In allen Belangen. Der Herr war ein guter Mensch gewesen, gerecht zu seinem Weib, zu den Knechten und sorgsam mit dem Vieh. Nie hatte er seine Hand gehoben. Froböss' Jähzorn und Härte waren über die Grenzen des Ortes hinaus bekannt.

Agnes drückte den Rücken durch, setzte sich sehr gerade hin und entzog Froböss ihre Hand.

»Vielen Dank für Euren Antrag, Frobössbauer«, bemühte sie sich um Höflichkeit. »Aber ich werde nicht wieder heiraten.«

Ich seufzte vor Erleichterung leise auf. Froböss erstarrte. Seine Miene verhärtete sich.

»Agnes«, sagte er kalt, »du verstehst die Lage nicht. Mein Besuch hier dient nicht dem Zweck, um dich zu werben, sondern die Einzelheiten unserer Heirat zu besprechen. Du hast keine Wahl. Dein Hof hat keinen Herrn, der nach dem Rechten sieht, und du bist hoch verschuldet.«

»Ich habe immer eine Wahl, Frobössbauer.« Agnes stand auf. Ihr Stuhl rutschte krachend nach hinten. »Wir kommen sehr gut zurecht. Ich werde meine Schuld bei dir begleichen. Mit Geld. Und mit nichts anderem.«

Sie ging zu dem großen Schrank, in dem das gute Geschirr und emons: verlag **Tel. 0221-56977-0 · info@emons-verlag.de**

Bitte senden Sie mir das aktuelle Verlagsprogramm zu

Ich möchte den Newsletter von emons: per E-Mail erhalten

Ich habe Interesse an Krimis aus folgender Region:

f Besuchen Sie uns auch auf **www.facebook.com/EmonsVerlag**

Name

Straße

PLZ/Ort

E-Mail

emons: verlag
Cäcilienstraße 48
50667 Köln

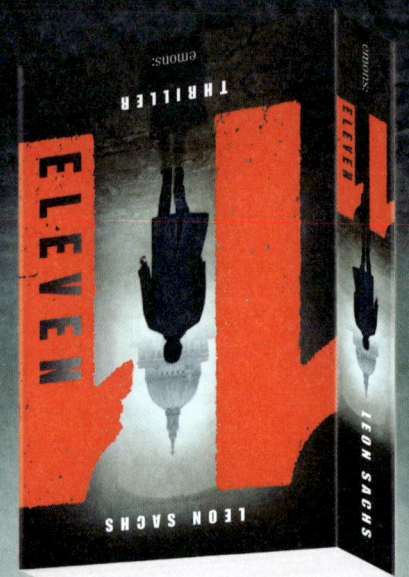

die Wäsche für die Festtage aufbewahrt wurden, suchte aus dem großen Bund an ihrem Gürtel den richtigen Schlüssel heraus und öffnete die Tür. Aus dem untersten Regal nahm sie ihre Nähkiste und trug sie zum Tisch.

»Hier.« Sie hielt Froböss ein Bündel Geldscheine hin. »Das ist alles, was ich im Moment habe. Nimm es. Bis zum Ende der Woche bekommst du den Rest.«

Froböss richtete sich zu seiner vollen Größe auf. »Und wo willst du es herbekommen?«

»Das muss nicht deine Sorge sein.« Agnes schob das Kinn vor. Froböss schnaubte und trat dicht vor sie. Ich zuckte zusammen, bereit, ihr zu Hilfe zu eilen, wenn er sie schlagen würde.

»Du bist hochmütig, Agnes«, zischte er. »Das wird dir nicht bekommen. Es gibt mehr als nur den Frost und die Trockenheit, die unsere Ernten und Erträge bedrohen.« Er verengte seine Augen zu Schlitzen. »Wie schnell springt ein Funke von der Esse in den Heuschober des Stalles? Wie schnell reißt das Vieh die Zäune nieder und verläuft sich auf Nimmerwiedersehen?«

Agnes hielt seinem Blick stand. »Nimm das Geld und geh, Frobössbauer.« Sie drückte ihm das Bündel Scheine in die Hand. »Geh!«

Die Adern an seinem Hals schwollen an. Hochrot vor Wut hob er den Arm und schlug Agnes mit dem Handrücken ins Gesicht. Sie stürzte, fiel gegen die Anrichte und richtete sich langsam wieder auf, ohne einen Schmerzenslaut von sich zu geben. Ich wollte ihr zu Hilfe springen, aber ein Blick von ihr stoppte mich. Er packte das Geld.

»Geh.« Sie ging zur Tür und hielt sie ihm auf.

»Es wird dir leidtun, Agnes.« Froböss stapfte an ihr vorbei.

Ich lief zu Agnes und legte meine Hand auf ihre Wange, an die Stelle, die er getroffen hatte. Das Fleisch unter meinen Händen schwoll an. Sie verzog das Gesicht.

»Ich hole dir Arnika«, sagte ich und wollte in die Kammer gehen, in der ich meine Kräutermedizin aufbewahrte, aber sie hielt mich zurück.

»Er hat uns bedroht. Sieh nach, ob er wirklich fortreitet.«

Ich lief in den Flur und sah durch den Türspalt auf den Hof. Froböss' Pferd tänzelte nervös, als er seine Tasche am Sattel be-

43

festigte. Er schlug es mit der flachen Hand auf die Kruppe und riss am Zügel.

»Was können wir tun?«

Agnes antwortete nicht. Ich drehte mich zu ihr herum. Sie stand blass und am ganzen Leib zitternd in der Mitte des Hausflurs. Mit wenigen Schritten war ich wieder bei ihr und nahm sie in den Arm.

»Wir werden einen Teil des Viehs und das meiste Korn verkaufen müssen, um an das Geld zu kommen. Und vielleicht will Mayerhofer das Feld übernehmen, das direkt an seines grenzt. Ich werde zu ihm gehen und ihn fragen.«

»Wenn wir das Korn verkaufen, kommen wir selbst nicht über den Winter. Und im Frühjahr wird uns das Saatgut fehlen«, wandte ich ein, aber ich wusste, es blieb uns keine andere Möglichkeit. Agnes' Zittern ließ nach. Sie versteifte sich unter meinen Händen.

»Du hast recht. Wenn ich diese Dinge verkaufe, wird es uns an allen Enden fehlen, und wir können den Hof nicht weiterführen. Dann hat Froböss ein noch leichteres Spiel.« Sie nahm meine Hände in ihre und schaute mich an. »Ich werde ihn heiraten müssen, Hilda.«

Froböss' Pferd wieherte auf dem Hof, und ich hörte ihn fluchen. Ich strich ihr tröstend über den Arm. Wieder wieherte das Pferd und stampfte wild. Ich ging zur Tür und öffnete sie. Froböss saß im Sattel und peitschte das Tier, das mit wild rollenden Augen scheute. Von einer Sekunde zur anderen bäumte der Wallach sich auf. Froböss kämpfte darum, im Sattel zu bleiben. Er schrie und schimpfte, drosch die Peitsche auf die Flanke des Pferdes. Der Wallach schoss nach vorn, Froböss verlor den Halt und schlug dumpf mit dem Rücken auf dem Boden auf.

Ich rannte zu ihm und beugte mich über ihn. Der Sturz musste ihm Rippen und Lungen geprellt haben, und er schnappte nach Luft. Er hob eine Hand und streckte sie nach mir aus. Ich wich einen Schritt zurück, betrachtete ihn. Er hatte Glück im Unglück gehabt. Der große Wackerstein, mit dem wir unseren Heuwagen vor dem Wegrollen sicherten, lag nur wenige Zentimeter neben seinem Kopf.

Froböss stöhnte. Er drehte sich langsam zur Seite, sein Atem beruhigte sich. Wäre er auf den Stein aufgeschlagen, seinen Schä-

del hätte es gespalten. Der stolze Gutsherr, gestorben bei einem Reitunfall. Tot. Ich atmete tief ein. Es wäre die beste Lösung. Ein Reitunfall.

Ich bückte mich und hob den Stein mit beiden Händen auf. Kurz …

»Entschuldigung?« Eine Hand legte sich von hinten auf meine Schulter.

Ich schrie und sprang auf. Der Stuhl polterte mit lautem Getöse über den Küchenfußboden. Mit meiner linken Hand schlug ich wild nach hinten und schien Erfolg gehabt zu haben. Jemand stöhnte. Ich fuhr herum, die Hände in der Angriffshaltung erhoben, die ich vor Jahren in einem Selbstverteidigungskurs gelernt hatte. Vor vielen Jahren. Mir war klar, dass ich es besser nicht auf den Ernstfall ankommen lassen sollte. Aber solange mein Angreifer sich darüber nicht ebenfalls im Klaren war, standen die Chancen fünfzig zu fünfzig.

Der Mann wich vor mir zurück und hob abwehrend die Hände. Aus seiner Nase tropfte Blut auf den Boden. Er bemerkte es und streckte langsam seine linke Hand in Richtung der Papiertuchrolle aus, die neben ihm an der Wand hing.

»Darf ich?«, fragte er und zeigte auf die Rolle. »Du hast ganz schön zugeschlagen.«

»Was wollen Sie von mir?«, keifte ich und setzte meinen bedrohlichsten Blick auf. Er riss mit einer Hand ein paar Blätter ab und hielt sie sich unter die Nase. Er ging zum Waschbecken, drehte den Wasserhahn auf, wusch sich unter dem laufenden Wasserstrahl das Blut aus dem Gesicht und presste das angefeuchtete Tuch auf die Nasenwurzel. Ich ließ ihn nicht aus den Augen.

»Ich bin der örtliche Tierarzt«, stellte er sich nuschelnd vor und hielt mir aus seiner gebückten Haltung eine nasse Hand zur Begrüßung hin. »Ich wollte dir mit den Ziegen helfen. Mila hat mir Bescheid gesagt.«

Ich gab die Kampfhaltung auf, beugte mich vor und schüttelte seine Hand. Er schien keinen direkten Angriff auf mich zu planen.

»Katharina Rübchen.«

»Ich weiß.« Er richtete sich auf, und ich reichte ihm eines der Geschirrhandtücher, mit denen die Kühlschranktür vor dem Zufallen gesichert war.

»Es tut mir leid.« Ich wies auf seine Nase. »Ich hoffe, sie ist nicht gebrochen.« Er tastete vorsichtig über sein Gesicht und versuchte ein schiefes Grinsen.

»Keine Angst. Als Landtierarzt ist man einiges gewohnt. Die Kühe in den Ställen nehmen auch keine Rücksicht.«

»Aha.« Na wunderbar. Mit einer Stallkuh war ich bisher noch nicht verglichen worden. Er blickte auf das aufgeschlagene Tagebuch auf dem Tisch.

»Habe ich dich bei etwas Wichtigem gestört?«

»Nein.« Hastig schlug ich das Buch zu und nahm es an mich. Ich lächelte ihn übertrieben an. Warum duzte er mich so penetrant? Gehörte das hier zum guten Ton?

Ich hatte den Eindruck, dass ihm noch etwas unter den Nägeln brannte, aber er schwieg.

»Sie sagten, Sie wollten mir mit den Ziegen helfen?«, fragte ich schließlich und brach so das Schweigen, das für meinen Geschmack bereits einige Sekunden zu lange andauerte.

»Ja. Das sagte ich.« Er blieb stehen.

»War das eine reine Absichtserklärung, oder wollen Sie Ihren Worten auch Taten folgen lassen?« Ich drehte mich um, öffnete den Hängeschrank, vor dem ich gerade stand, und schob das Buch zwischen zwei Tellerstapel. Hier stand es erst einmal gut. So lange würde er ja nicht bleiben. Ich wollte so schnell wie möglich wissen, wie es mit Hilda und Agnes weiterging. Und mit Froböss. Aber jetzt war erst einmal der Tierarzt dran. Oder besser gesagt die Ziegen.

Wenn ich ehrlich war, konnte ich heilfroh sein, dass Mila meine Ahnungslosigkeit mit den Ziegen richtig erkannt und ihn informiert hatte. Womöglich hätte ich den Tieren noch das falsche Futter gegeben, und sie hätten furchtbare Bauchkrämpfe bekommen. In Gedanken notierte ich mir die Ziegenhaltung als erstes Stichwort für meinen »Natürlich Land«-Artikel. Dann wandte ich mich wieder dem Tierarzt zu. »Wollen wir? Ich wäre so weit.«

Er musterte mich von oben bis unten. »Wenn du meinst. Besser, du ziehst dir etwas anderes über.« Er trat zur Spüle und warf die Papiertücher in den Mülleimer, der sich im Schrank darunter befand.

Noch jemand, der sich im Haus meiner Tante Marion erstaunlich gut auskannte.

Frauenmantel, *Alchemilla vulgaris* – gehört zur Familie der Rosengewächse. Im Mittelalter glaubte man, dass der Frauenmantel die verlorene Jungfräulichkeit wiederherstellen könne. Heute weiß man um seine gefäßzusammenziehende Wirkung und wendet ihn bei Unterleibsproblemen in der Frauenheilkunde an.

VIER

Der Stall am unteren Ende des Gartens war größer, als ich erwartet hatte, und wirkte neuer auf mich als der Geräteschuppen direkt daneben. Marion musste ihn nach meinem letzten Besuch bei ihr gebaut und die Ziegen angeschafft haben. Am Hinterausgang hatte ich zwei Paar Gummistiefel und einen Arbeitsoverall entdeckt, die mir beide zwar etwas zu groß waren, aber ihren Zweck fürs Erste erfüllten.

Der Tierarzt hatte das Haus durch die Vordertür verlassen und wartete beim Stall auf mich. Wenn er mich nicht gerade zu Tode erschreckte, sah er nicht schlecht aus. Groß und mit einer Statur, die ich mir sehr gut beim Kühe-Niederringen vorstellen konnte. Seine dunkelblonden Haare, die ihm vorhin bis auf die Schultern gefallen waren, hatte er jetzt zu einem Zopf zusammengebunden. Ein Bild schwebte vor meinem inneren Auge vorbei und verflüchtigte sich, bevor ich es deutlich sah. Er erinnerte mich an jemanden, aber ich kam nicht drauf. Der Tierarzt knöpfte eine graue Jacke zu, die er sich auf dem Weg hierher übergeworfen haben musste.

Der Ziegenstall bestand aus zwei Gebäuden, die durch eine Art Innenhof miteinander verbunden waren. Die Ziegen streckten ihre Mäuler durch den Zaun, als sie mich kommen sahen. Es waren kleine Ziegen. Nicht viel höher als meine Knie. Eine rote, eine nahezu weiße und eine schwarze. Der Bock stand abseits, zeigte sich aber ebenfalls sehr interessiert.

Ich streckte meine Hand durch das Gitter und kraulte die Gescheckte am Ohr.

»Mach das nicht bei dem Bock.«

»Warum nicht? Ist er aggressiv?«

»Nein, das nicht unbedingt. Es ist gerade keine Deckzeit. Dann ist Ludwig ganz erträglich. Aber du würdest den Geruch über Tage nicht mehr loswerden.« Er grinste. »Ziegenböcke tragen ihre Duftdrüsen nicht am After, sondern am Hornansatz.«

Ich wich ein paar Schritte vom Zaun zurück. Der Tierarzt lachte.

»Keine Angst. Es ist nicht wie bei Stinktieren. Er wird dich nicht mit seinem Sekret beschießen.«

Unwillkürlich fiel ich in sein Lachen ein. Es war so herzlich. Ich stutzte und betrachtete ihn genauer. Die dunklen Augen, die Art, wie er seinen Kopf bewegte.

»Sagen Sie mal, kennen wir uns?« Ich stützte mich auf den Zaun. Er hatte seinen Namen immer noch nicht genannt, sich nur mit »Ich bin der Tierarzt« vorgestellt, von mir als übliche Vorstellungsweise hier auf dem Land interpretiert. Vielleicht war es aber auch einfach so, dass er davon ausging, dass ich ihn kannte. Wieder lachte er.

»Ich dachte schon, du hättest mich vergessen.«

Die zweite Variante also. Er blieb neben mir stehen, und in meinem Kopf ratterte die persönliche Männersuchmaschine los. Er kam mir noch bekannter vor, fast vertraut, aber sein Gesicht passte nicht in die Erinnerungsfetzen, und die Stimme auch nicht. Nein.

Ich sah die rote Ziege an, als ob sie die Antwort wüsste. Sie konnte mir nicht helfen.

Ich hatte nicht so viele Liebhaber gehabt, als dass ich mich nicht hätte erinnern können. Und Aussetzer, die zu totalen Gedächtnislücken geführt hätten, hatte ich in meinem Leben bisher ebenfalls sorgfältig vermieden. Wo also sollte ich ihn hinsortieren? Der Freund einer Bekannten? Studium? Ich merkte, wie ich rot wurde.

»Wir kennen uns von früher«, sagte er und brachte mich damit nicht wesentlich weiter. »Aus den Sommerferien hier.« Er strich sich einige Haare aus der Stirn. »Ich bin die kleine Nervensäge, die dich am See immer mit Matsch beworfen hat.«

Etwas verschob sich in meiner Erinnerung und rutschte an den richtigen Platz. Ein Jungengesicht grinste mich frech an, streckte mir die Zunge raus und verschwand zwischen den Büschen.

»Alex?« Ich schlug mir mit einer angedeuteten Geste vor die Stirn. »Du bist Alex. Da hätte ich ja auch drauf kommen können. Wie blöd von mir.«

»Richtig«, antwortete er, ohne sich genauer darüber zu äußern, welche meiner Aussagen er damit bestätigte.

»Dann bist du also hier in dem Kaff hängen geblieben.« Eine kleine Retourkutsche musste erlaubt sein.

»Zurückgekommen. Ein feiner Unterschied.«

»Und wo warst du in der Zwischenzeit? Studieren?«

»Natürlich. Man wird nicht durchs Zuschauen Tierarzt.« Er ging um das Ziegenstallgelände herum, bis er das Gatter erreicht hatte. Ich folgte ihm. »In England war ich zwei Jahre, in Frankreich eines. Danach habe ich noch im Ausland gearbeitet, in einem Tierheim auf Zypern. Ich bin jetzt seit einem Jahr wieder hier und habe die Praxis vom alten Friedrichs, Milas Schwiegervater, übernommen.«

»Ist Mila auch von hier?« Ich kramte in meinen Erinnerungen, wurde aber nicht fündig.

»Nein. Mila ist zugezogen. Eine Fremde.« Alex öffnete das Gatter und betrat das Gehege. »Eingeheiratet. Vor ungefähr zehn Jahren.«

»Eine Fremde? Nach zehn Jahren? Vermutlich genauso lange, wie du selbst weg warst? Das ist jetzt nicht dein Ernst.«

Alex zuckte mit den Schultern. »So ist es halt. Sie ist auch nicht viel im Dorf unterwegs, arbeitet außerhalb. Außer ihrem Mann und Marion hat sie nicht so viel Anschluss gefunden.«

»Aber du kennst sie.«

»Wie man sich halt so kennt als Tierarzt und Tierhalter.« Er schloss das Gatter hinter mir. »Bei den Damen hier musst du übrigens aufpassen«, sagte er, und es dauerte einen Augenblick, bis ich begriff, dass er die Ziegen und nicht die Dorfbewohnerinnen meinte. Was ich ihm aber ebenfalls unbesehen geglaubt hätte.

»Wieso? Die erscheinen mir ganz nett.«

»Sind sie auch. Aber es sind Ziegen. Keine Kuscheltiere.«

»Haben sie Namen?«

Alex nickte.

»Und?«

»Marylin«, er zeigte auf die weiße Ziege, »Jane und Rita.«

»Das klingt aber nicht nach Nutzviehhaltung.«

»Marion hatte auch nicht vor, sie zu schlachten.«

»Gut. Geben sie Milch?«

»Zurzeit nicht. Wenn die Lämmer da sind, dann ja.«

Wir betraten den eigentlichen Stall. Ich riss die Augen auf. An den Wänden hingen auf verschiedenen Höhen Bretter wie Regalböden. Einige Bretter standen mit einer kurzen Seite auf dem Boden, mit der anderen stießen sie an eines der aufgehängten Regalbretter.

»Was ist das?«

»Liegebretter für die Ziegen. Sie brauchen ihre Auszeiten neben der reinen Schlafzeit. Immerhin sind es Wiederkäuer. Sie lieben es, dabei etwas höher zu liegen. Ziegen sind ursprünglich für das Gebirge konstruiert.«

Mit wenigen routinierten Griffen füllte er die Futtertröge und mistete den Stall aus.

Ich beobachtete ihn. Das musste doch zu schaffen sein. Alex betrat einen kleinen Nebenraum.

»Hier könntest du theoretisch melken, wenn du das denn wolltest. Aber es ist eine Menge Arbeit, wenn du einmal damit anfängst. Und bei den Miniviechern sind die Erträge sowieso eher überschaubar.« Er nahm einen überdimensionierten Klostein mit Kordel aus einem alten Schrank.

»Salzleckstein?«, fragte ich, stolz, endlich selbst Fachwissen beisteuern zu können.

Alex nickte. »Sie sind völlig verrückt danach.« Er hielt mir die Tür auf und verbeugte sich leicht. »Feierabend.«

Im Hinausgehen kraulte ich Rita noch einmal ausführlich hinter den Ohren. Zumindest glaubte ich, dass es Rita war. Sie schien es ausgesprochen zu genießen.

»Hast du eigentlich schon was vor heute Abend?«, fragte Alex beiläufig.

»In erster Linie etwas zwischen die Rippen zu bekommen, was aber in Anbetracht des leeren Kühlschrankes nicht ad hoc zu bewerkstelligen sein dürfte. Und eine Pizzeria gibt es hier wahrscheinlich nicht.«

»Keine Pizzeria. Aber extra dir zu Ehren haben wir ein Dorffest arrangiert. Mit Musikkapelle, Tanzboden und allem Zipp und Zapp.« Er lächelte mich freundlich an, während wir um das Haus herumgingen.

Vor seinem Auto blieben wir stehen. Mir ging auf, was er da gerade gesagt hatte.

»Ist nicht dein Ernst.«

»Doch, klar. Heute ab neunzehn Uhr gibt es einmal das komplette Programm. Inklusive Pommesbude.«

»Für mich?«

»Ja, sicher.« Seine Mundwinkel zuckten. Ich sah ihn scharf an, bis er sein Lachen nicht mehr unterdrücken konnte.

»Idiot.«

»Ist mein zweiter Vorname.« Er sah auf seine Armbanduhr. »In einer Stunde komme ich dich abholen. Schaffst du das?«

»Was?«

»Na das, was ihr Frauen so macht, bevor ihr abgeholt werdet.«

»Ich denke schon.«

»Gut.« Er stieg in seinen Wagen und ließ den Motor an. »Dann bis um sieben.« Wieder strahlte er mich an, und das Kleine-Jungen-Gesicht von früher schob sich vor mein geistiges Auge. Fehlte nur noch, dass er mir die Zunge rausstreckte.

Ich drehte mich auf dem Absatz um und lief zurück in die Küche. So viel Zeit blieb mir nicht, wenn ich mich in einen vorzeigbaren Zustand versetzen wollte. Ich war hin und her gerissen. Ich nahm das Buch aus dem Schrank. Ich hatte die Seite verschlagen, und es dauerte ein paar Sekunden, bis ich die Stelle wiedergefunden hatte.

»Der große Wackerstein, mit dem wir unseren Heuwagen vor dem Wegrollen sicherten, lag nur wenige Zentimeter neben seinem Kopf«, las ich leise vor, rückte mir den Stuhl wieder zurecht und setzte mich. Die Neugierde war stärker als meine Eitelkeit. Ich wäre schnell zurechtgemacht. Es war ja nicht der Presseball, zu dem Alex mich geladen hatte. »Froböss stöhnte. Er drehte sich langsam zur Seite, sein Atem beruhigte sich. Wäre er auf den Stein aufgeschlagen, seinen Schädel hätte es gespalten.« Ich schluckte. Wollte ich wirklich wissen, wie es weiterging? Wollte ich wirklich Dinge erfahren, die zwar schon lange zurücklagen, die aber auf irgendeine Weise mit diesem Haus zu tun haben mussten? Meinem Haus?

»Natürlich willst du, Katharina«, rief ich mich zur Ordnung. »Was für eine Frage!« Mein Finger fuhr unter den Zeilen entlang, um der zierlichen Handschrift besser folgen zu können.

Der stolze Gutsherr, gestorben bei einem Reitunfall. Tot. Ich atmete tief ein. Es wäre die beste Lösung. Ein Reitunfall.

Ich bückte mich und hob den Stein mit beiden Händen auf. Kurz zögerte ich und schloss die Augen. Sein wütender Gesichtsausdruck tauchte vor mir auf, der Hass in seinen Augen, als er Agnes bedrohte und sie schlug. Bilder unserer Zukunft, die dann nicht mehr unsere eigene sein würde, sondern die, die er für uns vorsah.

Froböss' Schädel knackte wie ein morscher Ast, als das Gewicht des Steins ihn traf. Er erstarrte in der Bewegung, kippte wieder auf den Rücken. Ich sah in tote Augen.

Der Schuldschein erwartete meine suchende Hand in der inneren Tasche seines Mantels. Ich hatte gesehen, wie er ihn dorthin gesteckt hatte, und fand ihn sofort neben dem Geldbündel.

Agnes stand in der offenen Haustüre. Ich ging auf sie zu, nahm ihre Hand und legte ihr Schuldschein und Geld hinein. Sie sah zu Froböss hinüber. Eine dünne Blutspur lief über ihre Wange. Die Schwellung war an einer Stelle aufgeplatzt.

Ich legte das Buch auf den Tisch, strich langsam mit der flachen Hand die Seiten glatt und hob den Kopf, um aus dem Fenster sehen zu können. In der Küche war es bis auf den tropfenden Wasserhahn still.

Das Buch war über hundert Jahre alt, wenn die Worte und der Zustand des Buches nicht logen. Alles, was darin geschildert wurde, war längst geschehen und konnte nicht mehr rückgängig gemacht werden. Niemand lebte mehr, um zur Verantwortung gezogen zu werden. Ein historisches Dokument. Trotzdem berührte mich die Stimme, die aus den Zeilen zu mir sprach, machte die Geschehnisse zu einem Teil von mir. Als wären sie ein Stück meiner eigenen persönlichen Vergangenheit. Das hier war kein Spaß, kein Roman, kein oberflächliches Vergnügen von der Art, mit der ich eine Menge Zeit in den letzten Jahren verbracht hatte. Das hier war echt. Auch wenn ich kein Fachmann für alte Schriftstücke war, war ich mir sehr sicher, dass das keine Fälschung sein konnte. Wer sollte sich auch so eine Mühe machen? Und warum? Die Zeichnungen, die Rezepte, mehrere hundert Seiten dicht an dicht von Hand beschrieben.

Ich sah auf die Uhr, sprang erschrocken auf und presste das Buch an mich. Nur noch knapp eine halbe Stunde, bis Alex mich abholen kam. So wie ich aussah, wollte ich auf keinen Fall unter fremde Leute gehen. Ich ging hinaus, schlüpfte in ein paar Clogs, die in der Garderobe des kleinen Flurs standen, und stapfte zum Auto. Mein Kosmetikkoffer stand hinter dem Beifahrersitz im Fußraum. Verblüfft stellte ich fest, dass ich das Tagebuch immer noch in der Hand hielt. Das kam davon, wenn man zu viele Dinge gleichzeitig bedachte. Ich steckte es in das Netz an der Hinterseite des Sitzes, raffte meine Kosmetikutensilien zusammen und warf die Autotür zu. Vor dem Spiegel der kleinen Gästetoilette renovierte ich mein Erscheinungsbild und zwang meine Haare in eine vorzeigbare Form. Fünf Minuten. Zum Glück lagen die Klamotten noch nicht zu lange im Koffer, und Stretchjeans verziehen einem so einiges. Dazu eine saubere Bluse mit Karomuster und rote Joggingschuhe.

Ich betrachtete mich im Spiegel und befand mich für landkompatibel und ausgehfein. Es klingelte. Perfektes Timing. Ich schnappte meine Handtasche und den Schlüsselbund, bevor ich zur Tür ging und öffnete.

»Sie können mit mir gehen.« Mila Seidenmacher stand draußen und zog ein mürrisches Gesicht. »Der Tierarzt hat mich angerufen und mir gesagt, ich soll Sie mitnehmen. Er musste noch zu einem Patienten raus und kommt etwas später.«

Ich zuckte mit den Schultern. Auch wenn ich auf Alex eingestellt gewesen war, störte es mich nicht, gemeinsam mit der Nachbarin zum Fest zu gehen, da sie ohnehin die einzige Person war, die ich außer Alex kannte. Ich nahm meine Jacke vom Haken und folgte ihr.

Kleinhaulmbach hatte ungefähr neunhundert Einwohner. Die Hälfte davon, so mein Eindruck, saß dicht gedrängt an langen Biertischreihen in einem Festzelt auf dem Marktplatz. Für eine so große Menschenmenge herrschte eine erstaunliche Ruhe. Es dauerte eine Weile, bis ich begriff, dass das leise Summen kein Stimmengewirr war, sondern von einer Mikrofonanlage stammte, die vorne auf dem Podium gerade von einem einzelnen Herrn bekämpft wurde. Es quietschte durch die Lautsprecher, und einige Besucher zogen mit schmerzverzerrten Gesichtern die Köpfe zwischen ihre Schultern. Sie sahen aus wie Schildkröten mit Migräneproblematik.

»Bevor wir unser diesjähriges Dorffest eröffnen, hier noch ein paar Fakten zu unserem derzeitigen Problem«, sagte der Mann hinter dem Mikro, der den Kampf zumindest fürs Erste gewonnen zu haben schien, wobei er nicht sagte, was für ein Problem er genau meinte. Anscheinend war das aber auch weder nötig noch gewünscht, denn die meisten Anwesenden nickten wissend.

»Was für ein Problem …«, hob ich an, aber Mila Seidenmacher legte nur stumm den rechten Zeigefinger auf ihren Mund und nickte in Richtung des Redners.

»Wir haben inzwischen bei der Kreisverwaltung diverse Eingaben gemacht und auf die zu erwartenden Negativauswirkungen der ganzen Angelegenheit hingewiesen. Angefangen bei der Zerstörung der kleinen Geschäfte vor Ort über die Umweltschäden, die so ein Großprojekt auf jeden Fall nach sich ziehen würde, bis hin zum Verlust unserer Dorfidentität, unserer Heimat. Die Verwaltung hat zugesagt, die Angelegenheit genau zu prüfen, aber wir wissen ja alle, dass diese Mühlen langsam mahlen. Es ist also vermutlich besser, wenn wir uns direkt an die zuständigen Stellen wenden und vor Ort die Initiative ergreifen.«

Zustimmendes Gemurmel. Der Redner ließ seinen Blick schweifen. Als er Mila sah, huschte ein Lächeln über sein Gesicht, und er nickte unmerklich. Fast hatte ich den Eindruck, er meinte mich, aber das konnte ja nicht sein.

Nimm dich nicht immer so wichtig, Katharina, dachte ich und trat einen Schritt zurück.

»Wir haben als Dorfgemeinschaft bisher immer unsere eigenen Wege gefunden, um solche Sachen aus der Welt zu schaffen«, fuhr der Redner fort. »Der Einsatz jedes Einzelnen und die speziellen Fähigkeiten unserer Dorfbewohner waren dabei immer sehr nützlich. Ich rechne auch diesmal wieder mit eurer tatkräftigen Unterstützung.«

Diesmal lächelte er offen in Milas Richtung, während er von der improvisierten Bühne abtrat. Die Anwesenden folgten seinem Blick. Mehrere hundert Gesichter wandten sich um und schauten mich an. Diesmal war es sicher keine Einbildung. Sie meinten nicht meine Nachbarin, sondern mich. Die Neue.

Ich spürte, wie die Hitze langsam meinen Hals hochkroch. Na wunderbar. Ich wusste, dass es nur noch eine Frage von Sekunden war, bis mein Gesicht mit roten Flecken übersät sein würde.

Als ich zwölf war, zogen meine Eltern mitten im Schuljahr um, und ich musste die Schule wechseln. Die Blicke, die mich damals in der Klasse getroffen hatten, waren trotz der erhöhten Peinlichkeitsempfindlichkeit einer Fast-Pubertierenden mit dem hier nicht annähernd zu vergleichen. Freundliche bis unverhohlene Neugierde, Zweifel, Unsicherheit und Misstrauen schlugen mir offen entgegen. Ich hatte es nie glauben wollen, wenn ich Berichten von anderen Zugezogenen gelauscht hatte. Berichten von Menschen, die glaubten, einfach in irgendein Dorf ziehen, dort Freunde finden und glücklich werden zu können, ohne dort geboren worden zu sein oder zumindest lebende Verwandte zu haben. Jetzt wusste ich, was sie meinten. Ich räusperte mich und kämpfte den Frosch meinen Hals hinunter, der mir die Luft zum Atmen nahm.

»Hallo«, sagte ich in die Stille hinein und nickte freundlich in die Runde. In einer der hinteren Reihen hob jemand sein Bierglas und prostete mir zu. Wie auf Kommando erhob sich Gemurmel und Stimmengewirr, Musik setzte ein, und alle schauten wieder ihr Getränk oder ihren nächsten Nachbarn an. Ich war uninteressant geworden.

»Das lief doch ganz gut.« Mila Seidenmacher fasste meinen Ellenbogen und schob mich an einer Reihe dicht gedrängter Rücken entlang. Niemand nahm mehr von mir Notiz, bis wir vor einem Tisch standen, an dem nur Frauen saßen. »Mädels, das ist Katharina. Marions Nichte.« Sie quetschte sich zwischen eine Silberblonde mit kurzer Dauerwelle und eine Rothaarige mit Sommersprossen und Pferdeschwanz und forderte mich auf, mir ebenfalls einen Platz zu suchen. Unschlüssig blieb ich am Tischende stehen.

»Hier, Katharina.« Eine weitere Silberdame klopfte mit der Hand neben sich und rückte ihr beachtliches Hinterteil einige Zentimeter zur Seite. »Es tut mir sehr leid, das mit Marion.« Sie seufzte. »Sie hatte noch so viel vor. Wollte noch so viel verändern. Noch so vielen helfen.«

»Ja.« Ich nickte. Sie war die Erste, die mir so etwas wie Beileid zu Marions Tod aussprach, und ich war ihr dankbar dafür. Auch wenn ich nicht in der engsten Beziehung zu Marion gestanden hatte, trauerte ich auf meine Weise um sie, und es tat gut zu sehen, wie beliebt sie gewesen war. Ich hätte ihr auch noch viele engagierte Jahre gewünscht.

»Hattest du in der letzten Zeit viel Kontakt zu ihr?«

»Nein.« Sie duzte mich mit der Selbstverständlichkeit der Älteren, aber ich hatte keinen Schimmer, wie sie hieß. »Katharina Rübchen«, sagte ich deshalb und hielt ihr meine rechte Hand hin. »Ich hatte mich noch gar nicht richtig vorgestellt.«

Sie lachte und zeigte eine Reihe großer weißer Zähne. »Das brauchst du doch nicht. Ich kenne dich doch.«

Ich grinste freundlich zurück. Musste ich sie auch kennen? War sie auch eine der Figuren meiner Kindheit, die der Zahn der Zeit für mich unkenntlich gemacht hatte? Ich betrachtete sie. Wenn ich sie direkt nach ihrem Namen fragen würde, wäre sie wahrscheinlich beleidigt, weil ich sie vergessen hatte. Das wollte ich auf keinen Fall riskieren, wo sie mir als eine der wenigen mit solcher Freundlichkeit begegnet war.

»Streng dich nicht an. Du kannst nicht wissen, wie ich heiße.« Sie lachte erneut. »Ellen Wintherscheid. Es ist erst wenige Jahre her, dass ich mich mit Marion angefreundet habe. Sie hat mir damals spontan in einer Notlage geholfen. Seitdem treffen wir uns regelmäßig.« Sie stockte, und Trauer flog über ihr Gesicht wie ein schneller Schatten. »Trafen«, korrigierte sie sich.

»Woher kennst du mich dann?« Ich hatte beschlossen, sie ebenfalls zu duzen. Es schien ihr recht zu sein.

»Aus Marions Schilderungen. Sie hat sehr oft von dir gesprochen.«

»Oh.« Ich betrachtete meine Hände und spürte, wie mein Gewissen sich wieder regte und langsam anschwoll wie ein Ballon. Ich hatte nicht oft an Marion gedacht.

»Das macht nichts, Kind.« Ellen Wintherscheid legte tröstend einen Arm um mich, während ich mich fragte, ob sie Gedanken lesen konnte. »Marion wollte, dass du zuerst deinen

Weg gehst. Die Hauptsache ist, dass du nun hier bist und hier weitermachst.«

»Katharina weiß noch nicht, ob sie hier wohnen möchte«, mischte Mila sich von der anderen Seite des Tisches her ein. »Sie braucht noch ein bisschen Bedenkzeit.«

Ellen nickte.

»Das kann ich gut verstehen. Es ist ja auch eine große Aufgabe, die Nachfolge ...«

»... auf dem Hof anzutreten«, fiel Mila ihr ins Wort. »Das Haus ist ganz schön runtergekommen und muss sehr gründlich renoviert werden. Das will natürlich gut überlegt sein.«

»Aber ...«, machte Ellen, hatte jedoch gegen Milas Redeschwall keine Chance.

»Man kann ja auch wirklich niemanden zwingen, sich an so etwas heranzuwagen. Dazu muss man nicht nur Talent, sondern auch Nerven haben.«

Ich biss mir auf die Lippen. So eine Bruchbude war Marions Haus ja nun auch wieder nicht, und ich hatte gewiss keine zwei linken Hände.

»Ich werde es mir überlegen«, sagte ich deswegen und lächelte Ellen und Mila an. »Noch habe ich weder Nein noch Ja gesagt. Zuerst muss ich mal einen Überblick bekommen, was da alles auf mich wartet.«

»Richtig.« Ellen legte mir ihren Arm um die Schultern, zog mich an sich und drückte mich einmal fest. »Lass dir Zeit. Lass dir alle Zeit, die du brauchst.« Sie klopfte mit den Fingerknöcheln auf den Tisch. Die anderen unterbrachen ihre jeweiligen Gespräche und sahen sie an. »Und wenn du dich entschieden hast, stehen wir dir alle jederzeit mit Rat und Tat zur Seite.« Die Damen am Tisch nickten, und ich konnte mich des Eindrucks nicht erwehren, dass sie genau wussten, worum es ging, obwohl sie eigentlich nichts von unserem Gespräch mitbekommen hatten.

»Jederzeit«, erwiderte die Rotbezopfte. »Das sind wir Marion schuldig.« Sie hob ihr Glas und prostete mir zu. »Aber jetzt wird erst einmal gefeiert.«

Den Heimweg fand ich gerade noch allein. Obwohl das Bier sehr lecker schmeckte und die Stimmung mit jeder Stunde ausgelassener wurde, hatte ich den Rückzug antreten wollen, bevor ich von beidem zu viel intus hatte.

Alex war mit erheblicher Verspätung aufgetaucht und hatte mir erklärt, dass kalbende Kühe keine Rücksicht auf Abendplanungen nahmen. Trotzdem hatte er mich mehr als einmal zum Tanz aufgefordert. Unter den kritischen Blicken der anderen kratzte ich sämtliche Tanzschulerinnerungen zusammen und dilettierte mich durch den gnadenlos auf alle Lieder getanzten Discofox. Gesellschaftstanz wurde in den Clubs der Stadt nicht so wertgeschätzt wie hier, und so dauerte es ein wenig, bis wir unseren Rhythmus gefunden hatten. Als Alex mich zum wiederholten Male mit Schwung über die Tanzfläche wirbelte und mich mit festem Griff wieder einfing, musste ich widerwillig zugeben, dass mir die ganze Angelegenheit Spaß machte. Großen Spaß. Erst als die Band begonnen hatte, statt des englischen Charts-Gedudels deutsches Schlagergut zu spielen, war meine Toleranzgrenze erreicht gewesen. Zu viel Assimilation auf einmal vertrug mein Innenohr nicht.

Mila hielt sich auf eine auffällige Weise unauffällig von uns fern. Ab und an fing ich einen ihrer Blicke auf, bevor sie ertappt zusammenzuckte und dann betont gelassen in eine andere Richtung schaute. Sie wirkte nachdenklich und schien die Situation als bedrückend zu empfinden. Weswegen? Machte sie sich Hoffnungen auf Alex? Laut seiner Aussage kannten sie sich nur im Zusammenhang mit seinem Beruf. Außerdem war Mila verheiratet, wenn ich den lebenden Beweis, ihren Mann, bisher auch noch nicht zu Gesicht bekommen hatte. Was war es dann? Eine oberflächliche Schwärmerei? War Mila Seidenmacher eine dieser frustrierten Ehefrauen, die, nachdem sie morgens um neun alle Arbeiten erledigt hatten, gepflegte Langeweile schoben und dankbar jeden Tennislehrer in ihr Hirn und Herz ließen?

Ich grinste in mich hinein. Nein, ich musste mir deswegen kein schlechtes Gewissen machen. Ganz sicher nicht deshalb, weil ich mit Alex einen netten Abend verbracht hatte. Darüber hinaus existierten von meiner Seite aus schließlich keine weiteren Pläne.

Die Außenleuchte neben der Haustür warf ihr warmes Licht

auf die Pfützen in der Einfahrt, und es gelang mir, einigermaßen trockenen Fußes bis ans Haus zu kommen. Ich kramte nach dem Schlüssel und stutzte, als ich aufschließen wollte. Die Tür stand einen Spaltbreit offen.

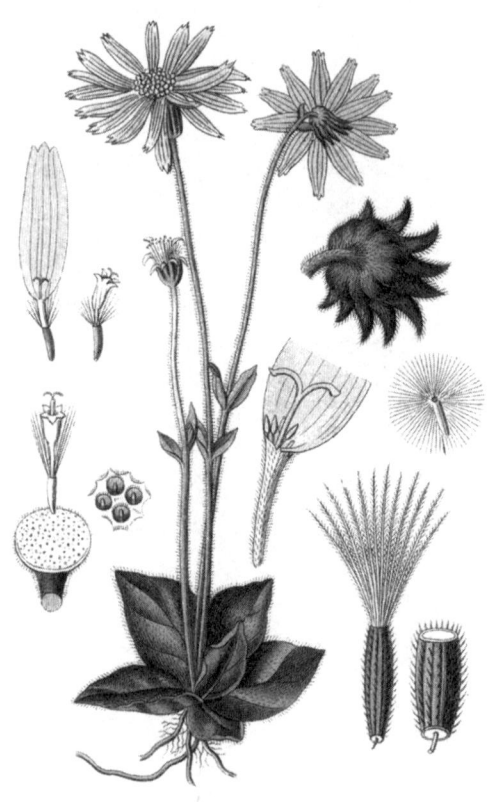

Arnika, *Arnica montana* – ist eine der meistgebrauchten Heilpflanzen. Äußerlich wirkt sie desinfizierend und entzündungshemmend, innerlich gefäßerweiternd und gegen Blutarmut.
Arnika ist mit Vorsicht zu genießen und nicht zur innerlichen
Eigenanwendung geeignet.

FÜNF

Der Schlüsselbund lag schwer in meiner Hand. Nein, so viele Biere hatte ich definitiv nicht getrunken. Hundertprozentig hatte ich das Haus abgeschlossen. Das vergaß ich nie. Zumindest nicht mehr, seit ich es einmal doch vergessen hatte und Herrn Hoppenstedts Vorgängerin Chantalle die Haustür geöffnet, einen Spaziergang durch den nahe gelegenen Park gemacht und sich eine Art Spielkameraden mitgebracht hatte. Dieser Spielkamerad hatte meine Küche vollgeblutet, bevor sie ihm die Gedärme fein säuberlich vors Gesicht sortiert und er daraufhin seine Seele dem großen Rattengott empfohlen hatte. Ich hatte den Anblick deutlich weniger appetitlich gefunden als Chantalle und war ins Badezimmer gerannt. Als ich dort wieder rauskam, zog sich die Blutspur durch den Flur bis ins Wohnzimmer unter mein Sofa. Es hatte einige Zeit gedauert und bedurfte meinerseits eines gewissen Durchsetzungsvermögens meinem Magen und Chantalle gegenüber, bis ich den Rattenkadaver artgerecht entsorgen konnte. Der Anblick von Blut war nicht so meins. Das wusste ich seit diesem Tag genau. Ebenfalls seit diesem Tag achtete ich penibel auf das ordnungsgemäße Abschließen der Haustür, bis es zu einem Automatismus geworden war. Chantalle hatte das nicht so gut gefunden. Mich beruhigte es. Die offene Tür hier beruhigte mich nicht. Ganz im Gegenteil.

Die Scharniere knarrten leise, als ich die Haustür vorsichtig öffnete, zunächst ins Haus lauschte und dann, als ich nichts hörte, den kleinen Vorflur betrat. Ich schloss die Augen und horchte erneut. Nichts. Stille. Wenn jemand eingebrochen war und noch hier sein sollte, verhielt er sich ruhig. Vielleicht wäre es eine gute Idee, ein bisschen Lärm zu machen und so meine Ankunft deutlich anzuzeigen? Vielleicht wäre es aber auch eine noch bessere Idee, die Polizei zu rufen, bevor irgendein Eindringling mir sein Brecheisen über den Schädel ziehen konnte, und nicht wie ein Idiot im billigen Film der Gefahr direkt in die Arme zu laufen.

»Rübchen«, flüsterte ich ins Handy, als ich mich wieder nach draußen und bis ins Auto geschlichen hatte.

»Wer ist da?« Die Stimme am anderen Ende klang müde. »Bitte sprechen Sie deutlich, damit ich Sie verstehen kann.«

Ich räusperte mich.

»Rübchen«, wiederholte ich laut. Es gab ja eigentlich auch keinen Grund zu flüstern. »Katharina Rübchen. Ich glaube, bei mir ist eingebrochen worden.«

»Wo sind Sie?«

»Vor meinem Haus. Ich sitze im Auto.«

»Bleiben Sie dort, bis die Kollegen eintreffen. Ist noch jemand im Haus?«

»Ich weiß es nicht. Ich habe bisher nicht nachgesehen und habe es auch nicht vor.«

»Gut«, sagte die Stimme, und es beruhigte mich, obwohl ich mir nicht darüber im Klaren war, was genau sie für gut befand. Dass ich nicht wusste, ob sich noch Einbrecher im Haus aufhielten, oder meine Weigerung, das zu überprüfen. Ich nannte die Adresse und richtete mich auf eine längere Wartezeit ein. Die Wege auf dem Land sind ja bekanntlich etwas länger, und nicht jedes Kaff hat seine eigene Polizeistation, aber zu meinem großen Erstaunen dauerte es keine drei Minuten, bis der Streifenwagen in den Hof einbog. Zwei Polizisten stiegen aus, blickten sich um und kamen dann zu meinem Wagen. Ich ließ die Seitenscheibe herunter.

»Alles in Ordnung?«

Ich nickte.

»Sind Sie Frau Rübchen?«

Erneutes Nicken.

»Hat in der Zwischenzeit jemand das Haus verlassen?«

»Nein.«

»Dann schauen wir jetzt nach.« Sie drehten sich um und gingen auf das Haus zu.

Wenn mich nicht alles täuschte, zog der Rechte der beiden eine Waffe und entsicherte sie. Ich stieg aus dem Auto.

»Herr Hoppenstedt –«, sagte ich, unterbrach mich aber, weil ich ahnte, dass es zu Irritationen führen könnte, »mein Kater ist im Haus. Bitte erschießen Sie ihn nicht irrtümlich.«

Der Linke wandte sich um und warf mir über die Schulter einen Blick zu, der genau die richtige Mischung aus »Jetzt beruhigen Sie sich mal, wir haben alles im Griff« und Augenverdrehen war. Es dauerte fünf Minuten, bis sie wieder vor mir standen.

»Wir haben niemanden gefunden. Im Haus sieht es auch nicht nach einem Einbruch aus. Nichts ist durchwühlt oder auffallend durcheinander. Sind Sie sicher, dass Sie die Haustür abgeschlossen haben und sie nicht durch einen Windstoß aufgesprungen sein kann?«

»Sehr sicher.« Ich fuhr die Seitenscheibe wieder nach oben und stieg aus. »Konnten Sie denn keine Einbruchspuren an der Tür oder am Rahmen feststellen?« Die beiden wechselten einen Blick, verschränkten synchron die Arme und schüttelten dann, ebenfalls gleichzeitig, den Kopf.

»Nein. Keine Einbruchspuren«, sagte der eine.

»Wenn Sie die Tür«, sagte der andere und betonte das »wenn« sehr deutlich, »ganz sicher verschlossen haben, muss der Einbrecher einen Zweitschlüssel gehabt haben und damit ins Haus gekommen sein. Wissen Sie von einem Zweitschlüssel?«

»Nein.« Ich dachte nach. »Ich habe das Haus von meiner Tante geerbt und bin erst heute hier angekommen. Aber ich werde die Nachbarin fragen. Vielleicht weiß sie etwas.«

»Wie heißt Ihre Nachbarin?«

»Mila Seidenmacher.«

»Hat Frau Seidenmacher vielleicht einen Schlüssel?«

»Das kann sein.«

Der eine Polizist legte die Hand auf das Wagendach. »Dann ist es doch vielleicht möglich, dass sie nach dem Rechten sehen wollte?«

»Nein. Bestimmt nicht. Mila Seidenmacher war die ganze Zeit bei mir. Sie hat mich abgeholt und mich mit auf das Dorffest genommen. Sie kann Ihnen höchstens bestätigen, dass ich wirklich abgeschlossen habe.«

Der andere Polizist lachte. »Wir brauchen keine Zeugenaussagen, Frau Rübchen, höchstens die Versicherung. Immerhin handelt es sich hier nicht um Mord.« Er deutete mit der flachen Hand in Richtung Haus und ließ mir den Vortritt. »Am besten wäre es, wenn wir jetzt noch einmal gemeinsam ins Haus gehen und Sie uns sagen, ob etwas fehlt.«

»Nichts«, sagte ich, nachdem sie mit mir jeden Raum betreten und ich mich umgesehen hatte. Ich kannte zwar nicht alle von Marions geheimen Schätzen, aber auf den ersten Blick schien alles in Ordnung zu sein. Sogar mein Laptop im Koffer war noch da. Die beiden schauten sich wieder an.

»Dann machen wir uns mal wieder auf den Weg, Frau Rübchen. Wenn Sie noch etwas bemerken, wissen Sie ja, wo Sie uns finden.«

Ich nickte und fühlte mich unter ihren Blicken paranoid. Es *war* jemand hier gewesen. Ich sah es an Kleinigkeiten, die ich den beiden aber nicht unter die Nase reiben wollte. Die Küchenstühle standen nah an der Tischkante, so, als ob jemand rasch wieder eine Ordnung hatte herstellen wollen, an die er sich zwar nicht erinnerte, die ihm aber richtig erschien. Der Stapel Papiere auf der Fensterbank lag jetzt mit der bedruckten Seite nach unten. Auch das war vorhin nicht so gewesen. Ich erinnerte mich an das Firmenlogo auf dem obersten Briefbogen, das mir bereits beim Sortieren der Post aufgefallen war.

»Ich begleite Sie noch hinaus«, sagte ich und folgte den beiden bis nach draußen.

Unschlüssig wartete ich, bis der Polizeiwagen vom Hof gerollt war, ging zu meinem Auto und zog das Tagebuch aus dem Netz auf der Rückseite des Sitzes.

Im Haus verschloss ich die Tür besonders gründlich und ließ den Schlüssel stecken. Wenn derjenige nicht das gefunden hatte, was er suchte, würde er vielleicht wiederkommen und es erneut versuchen. Zumindest würde der Schlüsselbund dann eine Menge Krach machen. Seltsamerweise hatte ich keine Angst davor, allein hierzubleiben.

Ich rief nach Herrn Hoppenstedt, obwohl mir klar war, dass er diese Nacht voraussichtlich unter der Anrichte verbringen würde. Also öffnete ich eine neue Dose Futter für ihn, stellte das Schälchen vor die Anrichte und bückte mich. Herr Hoppenstedt war nicht zu sehen. Vermutlich hatte er meine Abwesenheit genutzt und sein Versteck gewechselt. Oder die offene Tür, um zu entwischen? Eher unwahrscheinlich. Herr Hoppenstedt war ein erfahrener Wohnungskater, der die Vorzüge einer warmen Couch mit den Jahren zu schätzen gelernt hatte und allem Neuen gegenüber sehr skeptisch war. Sich im Dunkeln vor die Tür zu wagen passte nicht zu ihm. Ich kämpfte einen Schwall übermäßiger Sorge nieder. Selbst wenn. Hier gab es weit und breit keine großen Straßen, Bahngleise oder sonstige Örtlichkeiten, an denen Katzen erhöhten Lebensrisiken ausgesetzt waren. Eines allerdings war sicher: Der Hunger würde ihn früher oder später aus seinem Versteck treiben.

Das Bettzeug roch ebenso nach frischen Blumen und Kräutern wie Marions komplettes Schlafzimmer. Mila Seidenmacher hatte mir versichert, die Wäsche gewechselt zu haben, als sie alles für meine Ankunft vorbereitete. Ich fühlte Kindheit, als ich zwischen die Laken kroch und nach dem Tagebuch griff. Froböss war tot. Hilda hatte ihn erschlagen, bevor er ihre und Agnes' Zukunft zerstören konnte.

Agnes nahm den Schuldschein und das Geld aus meiner Hand und steckte beides in ihre Schürzentasche. Langsam ging sie zu Froböss. Ich folgte ihr. Wolken zogen über den Himmel, und es schien, als bewegte sich am Hoftor ein Schatten. Ich sah auf, wandte den Kopf und kniff die Augen zusammen, konnte außer dem Braun der Felder aber nichts erkennen.

Wir hoben den Leichnam auf, trugen ihn in die Küche und legten ihn dort auf die Holzbank. Agnes öffnete Froböss' Mantel, lockerte die Kleidung und ging dann zum Waschzuber, um feuchte Tücher zu holen. Stumm wusch sie das Blut von seinem Gesicht.

»Wir müssen den Arzt benachrichtigen«, sagte sie schließlich und legte ihm einen weiteren Stofflappen über die Stirn. »Und den Pfarrer.«

»Die können nichts mehr ausrichten.« Ich ging zu ihr und packte ihr Handgelenk. Hatte sie begriffen, was geschehen war? Was ich getan hatte? Für sie. Für uns. Oder wollte sie es nicht wahrhaben? Sie blieb stehen, senkte den Kopf und sah auf meine Finger an ihrem Arm.

»Wenn wir sie rufen, sieht es so aus, als ob wir uns nach seinem Sturz um ihn gekümmert haben. Als ob wir alles getan haben, um seine arme Seele zu retten.« Sie kniete sich vor Froböss auf den Boden und zog ihm die Schuhe von den Füßen. »Geh, Hilda. Bring sie hierher.«

Ich tat es.

Die Herren kamen, eilig, bestürzt und schließlich aufgeregt. Auch die Polizei wurde gerufen, alles aufzunehmen und festzuhalten.

Froböss erhielt seinen letzten unverdienten Segen, wurde weggebracht. Das Pferd, dem sie alle Schuld gaben, vergaßen sie. Ich stellte es in unseren Stall, fütterte und tränkte die arme Kreatur. Sollte es hier ein schönes Leben führen.

Der Schuldschein lag auf dem blank gescheuerten Küchentisch. Agnes saß davor, mit sehr geradem Rücken, und betrachtete das Papier wie ein Insekt.

»Er hat mir nichts davon gesagt.«

»Hätte er das müssen?« Meine Dienste auf anderen Höfen in den vergangenen Sommern hatten mich gelehrt, dass die Frauen nichts wert waren. Auch die Ehefrauen der Dienstherren nicht. Sie waren nichts als weitere dienstbare Geister, die mal mehr, mal weniger gut behandelt wurden.

»Anders war ein guter Mann.« Agnes lächelte. »Er hat nicht nur die Last geteilt.« Sie streckte die Hand nach dem Schuldschein aus. Ihre schmalen Finger strichen über die Tinte und das Siegel. »Das Korn stand im letzten Jahr nicht gut. Zu lange Frost und dann die Trockenheit im Sommer. Ich weiß nicht, ob wir in Geldnöten waren.« Sie sah mich an.

»Willst du sagen, dass Froböss die Schuld erfunden hat?«

»Um mich unter Druck zu setzen.«

»Weil du ihn niemals zum Mann genommen hättest, wenn du nicht dazu gezwungen gewesen wärst?«

Sie nickte. »Aber darum kann es ihm nicht gegangen sein. Er hat zwei Söhne, genug Erben.«

»Es ging ihm darum, sich den Hof und die Felder einzuverleiben. Seine Güter zu vermehren. Nicht um dich.«

»So wird es sein.« Sie schloss ihre Finger um den Schuldschein und ballte sie zur Faust. Das Papier knisterte. Ohne ein weiteres

Wort stand sie auf, ging zum Ofen und öffnete die Feuerklappe. »Wir werden nie wieder danach fragen, mit niemandem je wieder darüber reden.« Sie sah mich an. »Versprich es mir, Hilda.« Ich versprach es.

Bis heute konnte ich mein Versprechen halten. Wir beide hielten es und schwiegen so lange, bis wir das Schweigen selbst vergaßen.

Lachen und ein gutes Auskommen kehrten in unser Leben zurück. Agnes' Sohn, der beim Tod seines Vaters noch nicht hatte laufen können, gedieh prächtig, die Ernten brachten gute Erträge, und wir fanden Zeit, weiter an meinen Schreib- und Lesekünsten zu arbeiten.

Ich sammelte den Sommer über Kräuter, vervollkommnete mein Wissen über ihre Wirkungen und probierte neue Rezepte, schrieb sie auf. Immer häufiger kamen die Frauen des Dorfes mit ihren Krankheiten und Nöten zu mir. Ich half, so gut ich konnte. Heilte Ausschläge und Hustenkatarrhe, wo der Weg zum Arzt zu weit oder zu kostspielig war.

Es ging uns gut, und ich dachte nicht mehr an Froböss und sein verdientes Ende. Bis zu dem Tag, an dem die Mayerhoferin vor mir stand, grün und blau an Armen und Beinen, und mich um Hilfe bat.

Sie knüpfte ihr Leibchen auf und zeigte mir schweigend ihren Oberkörper. Arme, Rücken und die Rippen unterhalb ihrer Brust waren mit Flecken übersät, die im Licht der Öllampe dunkel schimmerten.

»Eine Kuh hat mich so zugerichtet«, murmelte sie und vermied dabei, mir in die Augen zu sehen. Ich untersuchte sie. Betrachtete die Ergüsse. Einige waren von tiefem Rotblau, andere lilafarben, wieder andere grünlich-gelb.

»War es nicht eher ein Ochse?« Ich stand auf und ging, um meine Tinkturen zu holen. Ich kannte den Mayerhofer. Ein grober Kerl, der seine Tage oft bei einem Krug Bier und mehr als einem Schnaps zubrachte, statt in der Schmiede zu arbeiten. Drei Kinder hatte er zu füttern, zwei waren gestorben. Doch es war die Mayerhoferin, die den Kindern das Essen einbrachte. Sie verdingte sich bei den Bauern, brachte Brot und manchmal ein Stück Fleisch mit nach Hause.

Jetzt weinte sie, biss sich auf die Lippen und senkte den Kopf.
»Nein.«

»Diese Flecken hier hast du an einem anderen Tag bekommen als diese.« Ich wies auf die Stellen an ihrem Körper. Sie nahm ihr Leibchen und presste es an sich. »Ich sehe es an ihrer Farbe.« Ich strich ihr sanft über den Arm. »Bei mir brauchst du nicht zu lügen, Mayerhoferin. Die Wahrheit ist nicht zu übersehen.«

Sie schwieg.

Ich stellte die Tiegel mit Arnika, Zaubernuss, Ringelblume und Sonnenhut auf den Tisch. In einem Topf erwärmte ich Schweineschmalz, bis es geschmolzen war. Nacheinander tat ich die Kräuter in das warme Fett und ließ alles aufkochen. Während die Masse durchzog, wandte ich mich wieder der Mayerhoferin zu.

»Trinkt dein Mann immer noch so viel?«

»Ja.« Sie nickte und sah mich an. »Immer mehr. Er braucht nun schon morgens sein Bier, wird unleidlich, wenn er nichts bekommt. Das Arbeiten fällt ihm immer schwerer, und er will mich…« Sie brach ab und weinte wieder.

»Was will er? Seine Eherechte?«

Die Mayerhoferin nickte. »Aber wenn ich noch ein Kind austrage, weiß ich nicht, wie ich die Arbeit schaffen soll.«

»Wenn du dich weigerst?«

»Dann…« Sie verstummte und schlang die Arme um ihren Oberkörper, als würde sie frieren.

»Dann wird die Kuh im Stall wild und tritt um sich.« Ich strich ihr eine Tinktur aus Kampfer und Rosmarin auf die geschundenen Stellen.

»Ja.«

»Zieh dich wieder an, Mayerhoferin.« Ich ging zum Herd, nahm den Topf von der Flamme und goss den Inhalt in einen Tonkrug. »Hier. Lass es kalt werden und bestreiche damit die Flecken. Bewahre es kühl auf, dann hält es eine Weile.« Ich umarmte sie vorsichtig. »Gegen den Ochsen hilft es nicht.«

»Dagegen ist wohl leider kein Kraut gewachsen.« Sie lächelte, aber es war ein bitteres Lächeln.

Mir fielen die Augen zu. Obwohl mich jedes Wort, das ich las, fesselte und ich wissen wollte, wie es weiterging, kapitulierte ich und löschte das Licht.

»Herr Hoppenstedt«, rief ich im Halbschlaf, aber kein Fellbündel kam, um mir meine Füße zu wärmen.

Faltentintling, *Coprinus atramentarius* – wird bis zu zehn Zentimeter hoch. Er enthält das Gift Coprin, das in Verbindung mit Alkohol das Coprinus-Syndrom auslöst. Eine violett verfärbte Körperhaut, rote Gesichtsfarbe und Schweißausbrüche gehören zum Vergiftungsbild.

SECHS

Hilda stand vor mir, einen schweren Stein in der rechten Hand. Sie sagte nichts, schaute mich nur an.

Mein Herz klopfte.

Sie hob den Stein, hielt ihn mir hin und nickte mir zu. »Nimm ihn.«

Ich wich zurück.

»Nimm ihn«, wiederholte sie in ihrem eigenartigen Dialekt, der altertümlich, aber vertraut klang.

Ich blieb stehen und betrachtete sie. Ihre Haare hatten die gleiche Farbe wie meine, genau wie ihre Augen. Sie griff mit ihrer Linken nach meiner Rechten, drehte die Handfläche nach oben und legte den Stein hinein. Er fühlte sich warm an. Lebendig, wie ein kleines Tier. Ich konnte das Pochen seines Herzens spüren. Unwillkürlich schloss ich meine Finger darum, um ihn zu schützen und an mich zu pressen.

Hilda lächelte.

Ich sah nach unten auf meine Hand. Blut quoll zwischen meinen Fingern hindurch, lief über meinen Unterarm und tropfte auf den Boden. Rote Sprenkel spritzten in alle Richtungen, auf die Wände, die Fenster, die Gardinen und die Bücher. Ich schrie auf, ließ den Stein fallen und sprang nach hinten. Mit dem Rücken stieß ich an eine harte Kante. Marions Schreibtisch.

Meine Tante stand jetzt hinter Hilda und legte ihr eine Hand auf die Schulter. Beide Frauen lächelten. Aus dem Nebel, der zu ihren Füßen aufquoll, tauchten andere Frauengesichter auf. Verschwommen und verzerrt, wie durch eine Milchglasscheibe. Aber der Dunst klärte sich, und ihre Gesichter kamen näher und näher.

Ich spürte, wie Schweiß meinen Rücken hinunterlief. Ich sah ihre Augen. Hildas Augen. Marions Augen. Meine Augen. Ich schrie. Laut.

Mein Puls raste.

Ich setzte mich auf, tastete im Dunkeln. Für eine Sekunde wusste ich nicht, wo ich war. Nichts stand da, wo ich es erwartete. Dann fiel es mir ein: Marion. Ich war in Marions Haus. In Kleinhaulmbach.

Mit lautem Krachen fiel das Tagebuch zu Boden. Ich fand den Lichtschalter, und es wurde hell im Zimmer. Besser. Ich ließ mich nach hinten in die Kissen fallen und legte meinen Arm über meine Augen.

Was zur Hölle war das gewesen? Ich hatte seit Jahren keinen Alptraum mehr gehabt. Das Geschehen aus Hildas Tagebuch arbeitete in mir und gab keine Ruhe. Hilda war eine Mörderin. Trotzdem hatte sie ein Leben in Zufriedenheit gelebt. War das richtig? War das gerecht? Und wer war diese Hilda überhaupt? Im Traum hatte sie Marions Augen gehabt und meine. War das ein Hirngespinst?

Ich hatte kein Bild in dem Tagebuch gefunden, weder von ihr noch von Agnes. Vielleicht war es einfach nur ein Dokument aus einer längst vergangenen Zeit und hatte mit mir so viel zu tun wie die Unabhängigkeitserklärung der Vereinigten Staaten.

Aber was, wenn nicht? Wenn diese Hilda eine von Marions Vorfahren gewesen war? Und damit meine Ahnin. Würde das etwas ändern? Vorbei ist vorbei, dachte ich. Trotzdem blieb ein seltsames Gefühl in mir zurück. Neugierde. Sensationsgier. Und noch etwas anderes, von dem ich aber nicht sagen konnte, was genau es war.

Ich versuchte zu schlucken, schaffte es aber nicht, gegen die Trockenheit in meinem Hals anzukommen. Wasser wäre eine ausgezeichnete Idee.

Ich schob meine nackten Füße in die Wollpantoffeln, die ich unter Marions Kleiderschrank gefunden hatte, tappte in die Küche und füllte mir ein Glas aus dem Wasserhahn. Gierig leerte ich es und füllte es zum zweiten Mal. Während ich trank, schaute ich mich um. Im Dämmerlicht, das aus dem Schlafzimmer drang, wirkte die Küche fremd und ungewohnt auf mich. Die Schränke waren nicht so, wie ich sie aus anderen und meiner eigenen Wohnung kannte, Einbauschränke, sondern eine komplette Wand aus Holz, die bis zur Zimmerdecke ging. Sie war in einem hellen Beigeton gestrichen, und die Türen waren so darin eingelassen worden, dass der Eindruck einer Küchenzeile entstand. Hinter den Türen zogen sich Regale durch den Hohlraum zwischen der vorderen und der hinteren Wand, vollgestopft mit Töpfen, Tellern, Blechdosen und Pappkartons, über deren Inhalte ich nur rätseln konnte. Hier wartete eine Menge Arbeit auf mich. Ich warf einen Blick in Hoppenstedts Futternapf. Das Fressen war unangetastet.

Ich schlurfte zurück ins Bett. Wenn er Hunger hatte, würde er schon kommen. Lange hielt er es nie aus, den Beleidigten zu spielen. Erst das Fressen, dann die Eitelkeit. Vor dem Nachttisch bückte ich mich und hob das Tagebuch auf. Die Seite war verschlagen, und automatisch suchte ich die Stelle, an der ich vor wenigen Stunden aufgehört hatte zu lesen.

Am Sonnabend, nur eine Woche nach ihrem Besuch bei mir, wurde ich zum Haus der Mayerhoferin gerufen. Ihre älteste Tochter Grete stand vor mir, blass, dreckverschmiert und mit Tränen in den Augen. Sie bat mich um Hilfe, der Mutter ginge es schlecht.

Ich ging mit ihr und erschrak über das, was ich vorfand. Die linke Wange aufgeplatzt, das Auge darüber zugeschwollen. Die Mayerhoferin wimmerte leise, als ich sie abtastete und mein Ohr an ihre Rippen legte. Die Knochen in ihrem Brustkorb knirschten leise. Mindestens zwei davon waren gebrochen.

»Der Vater hat sie geschlagen«, murmelte Grete mit einer Hilflosigkeit in der Stimme, die mich ahnen ließ, dass auch sie schon zum Opfer der Raserei des Mayerhofers geworden war.

»Hatte er getrunken?« Hastig untersuchte ich die Frau im Bett weiter. Sie hatte Fieber.

Ich konnte nur hoffen, dass keine der Rippen in ihre Lunge eingedrungen war. Ich spürte, wie die Wut in mir hochkroch. Auf den Mann, der seine Frau bis ins Krankenbett schlug, der vor seinen Kindern keinen Halt machte. Die Tür zum Zimmer flog krachend auf.

Das Mädchen zuckte zusammen und duckte sich. Ich drehte mich um. Mayerhofer stand im Raum. Seine breiten Schultern bebten.

»Was tust du hier?«, herrschte er mich an, und ich konnte seinen biergeschwängerten Atem riechen.

»Mich um deine Frau kümmern. Sie ist krank.«

»*Sie soll aufstehen und nicht jammern.*«

»*Wenn sie nicht liegen bleibt und sich ausheilt, wird sie vielleicht nie wieder aufstehen, Mayerhofer.*« *Ich strich meine Schürze glatt und spürte, wie mein Herz schneller schlug. Er war nicht viel größer als ich, aber er war der Schmied des Dorfes. Seine Arme und Fäuste waren stark wie Hämmer, und was er damit anrichten konnte, sah ich hier vor mir.*

»*Sie soll mir eine Suppe kochen. Ich habe Hunger*«, *krakeelte Mayerhofer und ging zum Bett. Er riss die Decke fort, packte seine Frau am Arm und zerrte sie mit einer einzigen Bewegung von ihrem Krankenlager. Sie schrie auf, stöhnte und sackte in sich zusammen.*

»*Nicht!*« *Ich stürzte auf ihn zu und fiel ihm in den Arm.*

Er hob seine freie Hand, zögerte jedoch, als er mich sah. Er rülpste.

»*Ich werde dir eine Suppe machen. Lass deine Frau in Ruhe.*« *Er knurrte, stieß die Mayerhoferin achtlos wie ein Hemd aufs Bett und drehte sich um.*

»*Beeil dich, Frau*«, *sagte er und schwankte aus dem Zimmer. Ich wandte mich der kranken Frau zu. Betrachtete sie. Er würde sie immer wieder schlagen. Sie war nichts wert in seinen Augen. Diente ihm als Köchin, Hausdienerin und zur Befriedigung seiner körperlichen Lüste. Er würde nicht ablassen von ihr, denn sie war seine Frau. Sein Eigentum.*

Behutsam zog ich die Decke über ihren geschundenen Körper. Sie zitterte. Auf ihrer Stirn standen Schweißperlen. Über ihre Wangen, die unter den Wunden noch Reste ihrer ursprünglichen Reinheit bewahrt hatten, liefen Tränen.

Ich strich ihr über die verschwitzten Haare. Mein Entschluss stand fest.

»*Keine Angst, Mayerhoferin. Er wird dir nichts mehr tun. Dich nicht mehr quälen.*« *Sie sah mich an. Stumm. Aber ich erkannte die Dankbarkeit in ihrem Blick.*

»*Möge ein guter Segen auf diesem Mahl liegen*«, *sagte ich eine Weile später und hievte den Kessel mit der dampfenden Suppe in die Mitte des Tisches. Die Kinder senkten den Blick, als der Schmied den Löffel nahm und eine große Portion auf seinen*

Teller tat. »Kartoffelsuppe mit Tintlings-Pilzen, die ich selbst gesammelt habe.«
»Willst du mich vergiften?«, dröhnte der Schmied und schob den Teller fort.
»Würde ich selbst davon essen oder den Kindern davon geben, wenn die Suppe giftig wäre?« Ich verteilte den Rest der Suppe, setzte mich und aß einen Löffel.
»Hol Wasser für uns alle«, wies ich Grete an, die sofort aufsprang, um die Krüge aus dem Regal zu nehmen. Sie goss jedem von uns Wasser ein.
»Jetzt willst du mich wirklich vergiften. Ich will Bier, kein Wasser.« Der Schmied packte seine Tochter am Oberarm und schüttelte sie.
Grete duckte sich und hob zum Schutz einen Arm über ihren Kopf.
»Mayerhofer!« Ich sprang auf, und mein Stuhl krachte nach hinten. »Du schlägst das Mädchen nicht, solange ich hier bin.« Ich stützte mich mit beiden Fäusten auf der Tischplatte ab. »Und ich würde dir raten, kein Bier zu trinken.« Der Schmied lachte dröhnend.
»Einen Rat von einem Weib annehmen, so weit müsste es noch kommen.«
Er trank einen großen Schluck direkt aus dem Krug, den seine Tochter eilig geholt und neben ihm auf dem Tisch abgestellt hatte.
Ich hob den umgefallenen Stuhl auf, setzte mich und beobachtete, wie er die Suppe Teller um Teller in sich hineinschaufelte und mit reichlich Bier nachspülte. Sie schien ihm gut zu schmecken. Langsam aß ich meinen Teller leer. Es würde dauern, bis die Wirkung einsetzte.

Am Abend klopfte die Tochter der Mayerhoferin zum zweiten Mal an diesem Tag an meine Tür.
»Der Vater, komm schnell«, sagte sie und wartete, bis ich mir meinen Mantel übergezogen hatte. »Er schwitzt und ist am ganzen Körper rot angelaufen.«
»Dir und deinen Geschwistern geht es gut?«, fragte ich.
»Ja.« Sie nickte.

Wir machten uns auf den Weg.

Der Schmied lag auf der anderen Seite des Ehebettes neben seiner Frau, die ihn aus fiebrigen Augen anstarrte. Sie wirkte winzig neben ihm. Sein Gesicht, sein Hals stachen rotviolett aus den hellen Laken.

Unaufhörlich schabten seine Fingernägel über seine Haut und rissen blutige Striemen auf. Er rang nach Luft, und im Zimmer stank es nach Erbrochenem. Als er mich sah, versuchte er, sich hochzurappeln.

»Du hast mich vergiftet, du Hexe«, keuchte er und ließ sich wieder nach hinten fallen. Er griff sich an die Brust.

Ich legte eine Hand auf Gretes Schulter und schob sie zur Zimmertür.

»Lass mich mit deinen Eltern allein, Kind. Kümmere dich um deine Geschwister. Lauf.«

Das Mädchen warf einen Blick auf ihre Mutter und sah mich an. Dann drehte sie sich um und ging in die Küche. Ich hörte sie etwas zu den kleineren Geschwistern sagen, ohne dass ich ihre Worte verstand.

Der Schmied im Bett hinter mir stöhnte. Ich ging zu ihm und setzte mich neben ihn auf sein Bett.

»Nein, Mayerhofer. Ich habe dich nicht vergiftet. Das hast du ganz allein getan«, sagte ich und strich über seine Decke. »Heute und schon lange Zeit vorher.«

»Was?« Mehr gelang ihm nicht.

»Du solltest kein Bier zu der Suppe trinken. Ich habe dich gewarnt, aber du wolltest nicht hören. Der Alkohol macht das Gift, nicht die Pilze. Nun ist es zu spät. Dein Körper ist durch deine Trunksucht so geschwächt, dass dein Herz nicht standhalten wird.«

Der Schmied riss angstvoll die Augen auf und versuchte, etwas zu sagen. Er röchelte, fasste an seinen Brustkorb, krampfte. Dann erschlaffte er und verlor das Bewusstsein. Sein Atem ging stoßweise, wurde langsamer und erstarb.

Ich stand auf, ging um das Bett herum zu seiner Frau und wusch ihr mit einem feuchten Tuch, das neben dem Bett in einer Schale lag, die Stirn. Sie starrte an die Decke. Tränen liefen seitlich über ihre Schläfen.

»*Trauerst du um ihn?*«, *fragte ich leise und wischte ihr erneut die Schweißperlen ab.*

Sie tastete nach meiner Hand und drückte sie beinahe unmerklich.

»*Ich lasse dir einen Tee aus Tausendgüldenkraut und Sauerklee gegen das Fieber da. Deine Tochter wird ihn dir zubereiten.*«

Sie nickte und räusperte sich.

»*Danke*«, *flüsterte sie heiser.* »*Danke.*«

Hilda hatte den Schmied getötet. Ohne mit der Wimper zu zucken, hatte sie ihm die Pilzsuppe gekocht, weil sie wusste, dass er als starker Trinker nicht in der Lage sein würde, auf das Bier zu verzichten.

In verschiedenen Tintling-Arten fand sich Coprin, ein Stoff, der zusammen mit Alkohol heftige Vergiftungserscheinungen hervorrief. Mir war zwar kein Todesfall bekannt, aber wenn jemand schon geschwächt war und viel Alkohol trank, war die Sache nicht ungefährlich. Hatte sie ihn wirklich umbringen wollen? Oder wollte sie ihm nur eine Lektion erteilen? Sie hatte doch nicht wissen können, ob seine Gesundheit angeschlagen genug war, um an den Folgen der Vergiftung zu sterben. Aber sie hatte ihm auch nicht geholfen. Nein. Ich spürte, wie ein Schauer über meinen Rücken wanderte.

»Sie hat ihn getötet«, murmelte ich und schloss die Augen. »Sie hat ihn getötet, um die Frau und die Kinder zu schützen.« Genau wie sie Froböss getötet hatte, um Agnes und den Hof und sich selbst zu schützen.

Was hatte Hilda ganz am Anfang geschrieben? Ich suchte die Stelle zu Beginn des Buches. »Nichts, was ich tat, geschah aus Gier oder aus Habsucht. Nie handelte ich aus niederen Gründen. Ich habe geholfen, wo ich konnte. Habe meine Kunst und mein Können eingesetzt, um denen zu helfen, die in Not waren und meiner Hilfe bedurften.«

Ich wusste nicht, wie ich an ihrer Stelle gehandelt hätte. In ihrer Zeit. Mit ihren Möglichkeiten. Hätte ich der Mayerhoferin in ihrer Not ebenfalls geholfen? Was würde ich heute tun? Den schlagenden Mann anzeigen? Die Polizei benachrichtigen? Sie in ein Frauenhaus bringen? Mein Nacken schmerzte, und der Puls hämmerte durch den Kopf. All diese Fragen würde ich heute Nacht nicht mehr beantworten können. Vielleicht sollte ich mit jemandem darüber reden?

»Sprich mit Mila darüber, Katharina«, murmelte ich in mein Kissen. »Oder mit Alex.«

Ich schloss die Augen.

»Guten Morgen.«

Ich schreckte hoch. Das Kribbeln in meinen Fingerspitzen schoss durch den Arm und explodierte in meiner Schulter. Ich zuckte zusammen.

»Was?« Ich starrte die Frau im Türrahmen des Schlafzimmers an und brauchte einige Sekunden, bis ich sie erkannte und mein Puls sich wieder beruhigte. Langsam bewegte ich mich, versuchte, meinen Blutkreislauf wieder in Gang zu bekommen und das taube Gefühl abzuschütteln.

»Guten Morgen«, wiederholte Mila etwas lauter und grinste. »Sie sind also noch da. Wie schön. Ich wollte nur auf Nummer sicher gehen.«

»Und da spazieren Sie einfach so in mein Schlafzimmer?« Ich setzte mich gerade hin, zupfte an der Bettdecke herum und hoffte, nicht allzu viele Liegefalten im Gesicht zu haben.

»Nicht einfach so. Ich habe gerufen. Mehrfach.« Irrte ich mich, oder hörte ich einen Vorwurf in ihrer Stimme?

Es knisterte neben mir. Das Buch. Ich nahm es, klappte es zu und legte es mit der größtmöglichen Beiläufigkeit neben mich auf den Nachttisch.

»Als Sie nicht geantwortet haben, habe ich mir Sorgen gemacht und bin nachschauen gekommen. So macht man das hier.« Sie löste die Verknotung ihrer Arme und stemmte ihre Fäuste in die Hüften.

Ihr Blick fiel auf das Buch.

»Vielen Dank fürs Besorgtsein. Jetzt, da Sie wissen, dass ich wohlauf bin, können Sie ja wieder gehen.«

»Ich habe Kaffee mitgebracht.« Statt zu gehen, trat sie einige Schritte ins Zimmer und blieb wieder stehen, als ob sie zuerst meine Reaktion abwarten wollte, bevor sie weiterging.

»Aha.« Ich rührte mich nicht, ließ sie aber auch keine Sekunde aus den Augen.

»Ich dachte mir, Sie mögen Kaffee vielleicht lieber als Tee. Und Marion hat keinen im Haus.« Sie machte einen weiteren Schritt auf mich zu. Hätte sie die Hände auf dem Rücken gehabt, so hätte ich vermutet, dass sie ein Schlachtermesser oder eine Axt oder einen Vorschlaghammer hinter sich versteckt hielt, so wie sie schaute.

Ihr Blick sprang zwischen mir und dem Buch hin und her.

»Sie sind eine schlechte Schauspielerin.« Direkter Angriff ist die beste Verteidigung.

»Wie?« Sie räusperte sich und fasste sich an den Hals. »Wie meinen Sie das?«

»Ich meine, dass Sie nur unschwer Ihre Neugierde verbergen können.«

»Neugierde?«, echote sie.

»Neugierde. Auf das Buch.«

»Was für ein Buch?« Ihre Stimme kraxelte in ungeahnte Höhen.

Ich wartete darauf, dass sie flöten, ihre Hände auf dem Rücken verschränken und mit Unschuldsmiene an die Decke starren würde. Sie tat es nicht. Stattdessen biss sie sich auf die Lippen.

»Jetzt tun Sie nicht so.« Ich packte das Buch und hielt es hoch. »Das hier. Das Tagebuch. Sie haben es doch gestern schon gesucht, als Sie hier waren, oder etwa nicht?«

Mila starrte mich an. Ich sah, wie es in ihr arbeitete. Sie zögerte, machte einen halben Schritt nach vorne, zögerte noch einmal und gab sich schließlich einen Ruck. Mit einem Aufseufzen ließ sie sich auf der Bettkante nieder.

»Richtig.«

»Was davon? Das war eine Alternativfrage.«

»Richtig, ich habe das Buch gestern schon gesucht.« Sie seufzte noch einmal. »Aber das war nicht der einzige Grund, weshalb ich Sie besucht habe.«

»Nicht?«

»Nein. Ich wollte mich auch vorstellen. Wie man das halt so macht.«

»Hier auf dem Land«, ergänzte ich.

»Ja.« Sie nickte.

»Warum wollten Sie das Buch haben?«

»Ich wollte es nicht haben. Ich wollte es *wiederhaben*. Ich habe es selbst in dem Loch in der Wand versteckt, bevor ich zu Ihnen ins Haus kam, weil ich hoffte, es unauffällig wieder mitnehmen zu können, wenn ich nach Hause gehen würde. Dass Sie es vorher gefunden haben, war Zufall.«

»Warum haben Sie nicht einfach gesagt, dass es Ihr Buch ist? Und warum haben Sie es versteckt? Ich hätte doch kaum was sagen können, wenn Sie mit einem Buch unter dem Arm in meine Küche spazieren.«

»Weil ich vorher wissen wollte, wie Sie so drauf sind.«

»Vor was?«

»Bevor ich es zurückgebe. Es ist nicht mein, sondern Ihr Buch. Genau genommen ist es Marions Buch.« Sie hob beide Hände. »Also Ihr Buch. Ich hatte ein schlechtes Gewissen. Ich war nervös. Dass ich das Buch in das Loch gesteckt habe, war eine Kurzschlusshandlung. Sie schnaubte. »Meine Güte! Haben Sie noch nie spontan etwas Dummes gemacht?«

»Doch.« Ich hoffte, sie würde mir nicht ansehen, wie oft.

»Wieso hat Sie das nervös gemacht?«

»Weil ich wissen wollte, was drinsteht.«

»Das ist kein Grund.«

»Doch. Ist es. Ich sollte nicht wissen, was drinsteht. Ich hatte Marion gebeten, es mir zu geben. Sie hat aber Nein gesagt.« Sie senkte den Blick, betrachtete das Buch und seufzte. »Sie hat immer gesagt, das Buch sei für Sie bestimmt. Nur für Sie.«

»Für mich?« Ich sah das Buch an. Es lag auf dem Nachtisch. Dunkel und abgenutzt. »Warum?«

»Ich weiß es nicht. Sie hat gemeint, Sie wüssten es dann schon.«

»Haben Sie es gelesen?«

»Nicht ganz.« Sie sah mir in die Augen. »Ich habe es lange gesucht, und als ich es schließlich gefunden hatte, rückten Sie an, und ich musste dafür sorgen, dass es zurück an seinen Platz kam.«

»Sie haben hier aufgeräumt, Staub gewischt und geputzt und haben das Buch lange gesucht? Sie hatten acht Wochen Zeit.«

»Nein. Die hatte ich nicht.« Sie sah mir in die Augen. Ihre Stimme zitterte, als sie fortfuhr. »Sie können es sich vielleicht nicht vorstellen, aber ich habe um Marion getrauert.« Sie machte eine Pause und senkte den Kopf. »Ich vermisse sie immer noch. Marion war meine Freundin. Meine sehr gute Freundin. Ich konnte nicht einfach in ihr Haus spazieren und alles durchwühlen. Es ging nicht.«

»Aber irgendwann doch.«

»Ja, vor ein paar Tagen. Ich dachte, wenn Sie herkommen, würde es Ihnen hier besser gefallen, wenn zumindest alles sauber und aufgeräumt ist.«

»Ihre Trauer hat Sie am Ende nicht davon abgehalten, Marions Vertrauen zu brechen und sich das Buch trotzdem zu nehmen.«

Mila lachte bitter. »Ich war traurig. Ja.« Sie wurde lauter. »Aber ich war auch wütend. Warum hat Marion mir das Buch nicht gegeben? Ich war ihre Freundin. Ich war immer hier, wenn sie Hilfe brauchte. Ich habe mit ihr am Küchentisch gesessen und bis in die Nacht geredet. Nicht …« Sie verstummte.

»Nicht ich«, ergänzte ich. »Nicht die ferne Nichte.« Ich betrachtete sie nachdenklich. »Warum wollten Sie es überhaupt zurückgeben? Ich hätte doch gar nicht gewusst, dass es fehlt.«

»Ich dachte, Marion hätte Ihnen von dem Buch erzählt und Sie wüssten Bescheid.«

»Hat sie nicht.« Ich schlug die Decke zurück und schwang die Beine hinaus. »Wo haben Sie es denn gefunden? Hat Marion es versteckt?«

»Ja und nein.« Sie wiegte den Kopf hin und her.

»Das heißt was?«

»Sie hat es versteckt, indem sie es nicht versteckt hat. Da muss man erst einmal drauf kommen.«

»Wie kann man denn etwas …«, begann ich und runzelte die Stirn, aber sie unterbrach mich.

»Das ist doch ganz einfach. Wenn ich etwas verstecken will, weil ich weiß, dass andere es suchen, überlege ich mir, wo diese anderen zuerst suchen würden, richtig?«

Ich nickte und versuchte, ihren verwinkelten Gedanken zu folgen.

»Also«, fuhr sie fort, »packe ich so ein Buch natürlich nicht in irgendwelche Schubladen, Kisten oder hinter andere Bücher, weil da ja jeder zuerst suchen würde.« So langsam begriff ich, was sie meinte. »Ich suche mir stattdessen ein Versteck, das keines ist, weil es sozusagen vor aller Augen ist.«

»Hmm«, murmelte ich. Ich verstand, was sie sagen wollte, und wusste, wo sie fündig geworden war.

»Und deshalb hat es ein bisschen gedauert, bis ich das Buch gefunden habe.«

»In der Vitrine. Auf dem unteren Regal.«

»Genau.« Sie nickte und holte tief Luft, um zu weiteren Erklärungen anzusetzen, stoppte aber mitten in der Bewegung und sah mich an. »Sie wussten es doch.«

»Nein. Aber ich habe das Regal gesehen und mich gefragt, was da hätte liegen können. Das Buch passt in Form und Größe genau auf die staubfreie Stelle. Und die Vitrine ist so ein offensichtlicher Platz für wertvolle Dinge, dass man da nicht direkt nachschaut.« Ein rasselndes Geräusch erklang von unten herauf. Einmal, kurze Pause. Ein zweites Mal.

»Das ist die Türklingel«, erklärte Mila, vermutlich als Reaktion auf mein verwundertes Gesicht.

Ich stand auf, griff nach einem Bademantel, der innen an der Zimmertür hing, und zog ihn an.

»Das hat Marion auch immer gemacht.«

»Was?«

»Im Bademantel gefrühstückt.« Sie sah mich von unten herauf an und lächelte. »Jetzt sehen Sie aus wie sie.«

Ich hielt einen Moment inne, strich über den weichen Frotteestoff und fühlte mich auf eine freundliche Art geschmeichelt. Dann klemmte ich das Buch unter den Arm, ging nach unten zur Tür und öffnete sie. Mila folgte mir. Draußen standen ein Mann und eine Frau.

»Jens Schröder, Kriminalpolizei«, stellte der Mann sich vor. »Und das ist meine Kollegin Andrea Hallschlag. Wir möchten Ihnen gern ein paar Fragen stellen. Dürfen wir reinkommen?«

»Wegen des Einbruchs gestern Abend? Natürlich.« Ich gab den Weg frei. »Kann ich mir nur rasch etwas anziehen?« Jens Schröder sah seine Kollegin fragend an.

»Von einem Einbruch weiß ich nichts«, sagte die und ergänzte: »Wir sind hier, um mit Ihnen über Ihre Tante zu sprechen. Es gibt Fragen zu einem noch ungeklärten Todesfall.«

Waldmeister, *Galium odoratum* – wächst in schattigen Laubwäldern. Über seinen quirligen Blättern stehen kleine weiße Trichterblüten. Beim Trocknen wird die Pflanze schwarz. Wirksam gegen Migräne, unregelmäßige Herztätigkeit und bei Neuralgien.

SIEBEN

»Und wer sind Sie?«, fragte der Polizist Mila, als wir schließlich in der Küche saßen. Ich hatte mir nur schnell die Klamotten vom gestrigen Tag übergeworfen und es gerade so geschafft, meine Haare in einen Zopf zu zwingen. Jetzt dampfte der Kaffee in zwei Tassen, die Mila vor mir und sich selbst abgestellt hatte. Die Polizisten hatten das Angebot dankend abgelehnt.

»Ich bin die Nachbarin.« Mila legte ihre Hände um die Tasse und blies hinein. Über den Rand hinweg blickte sie die Polizisten mit ausdrucksloser Miene an.

»Unsere Fragen beziehen sich auf Frau Rübchens Tante.« Jens Schröder räusperte sich. »Ich muss Sie also bitten, uns allein zu lassen.«

»Frau Seidenmacher kennt meine Tante besser als ich. Sie waren befreundet«, warf ich ein, obwohl ich mich nicht hundertprozentig gut fühlte bei dem Gedanken, Mila mit in eine Sache hineinzuziehen, von der ich selbst noch nicht einmal wusste, wie weit sie ging. »Ich bin erst seit gestern hier und hatte lange keinen intensiven Kontakt zu meiner Tante.«

Jens Schröder rückte seinen Stuhl näher an den Tisch und nickte. »Wie Sie meinen.« Er schaute zu Andrea Hallschlag hinüber, die aus ihrem Rucksack einige Papiere nahm und sie vor sich ausbreitete, wobei sie darauf achtete, dass Mila und ich nicht sehen konnten, was darauf stand.

»Es geht um den Tod eines Mannes, dessen Frau eine Patientin Ihrer Tante war. Sie hatte ihr Medikamente gegeben«, sagte sie.

»Meine Tante war keine Ärztin. Sie hatte weder Patienten, noch hat sie Medikamente verschrieben.«

»Marion hat Pflanzenmischungen hergestellt, die der Unterstützung der jeweiligen natürlichen Heilungsprozesse dienen sollten«, warf Mila ein.

»Gibt es so etwas wie Krankenakten?« Jens Schröder tippte mit seinem Kugelschreiber auf die vor ihm liegenden Blätter.

»Ich weiß es nicht«, sagte ich und wandte mich hilfesuchend an Mila. Die stand auf.

»Wie hieß die Frau?«

»Wo sind die Akten? Wir möchten lieber selbst nachschauen.« Schröder erhob sich ebenfalls. »Wenn Sie erlauben, Frau Rübchen.«

Ich nickte. Was sollte ich mich seiner Bitte auch verweigern? Vermutlich brauchte er eigentlich einen Durchsuchungsbeschluss oder etwas Ähnliches, aber da ich nicht vom Fach war und meine Kenntnisse über polizeiliche Ermittlungsarbeit ausschließlich auf Fernsehkrimis und mörderische Vorabendserien beschränkt waren, ließ ich ihn und Andrea Hallschlag hinter Mila die Treppe hinaufsteigen. Ich hatte nichts zu verbergen. Was Marion gemacht hatte, wusste ich nicht, und es hatte auch keine Konsequenzen mehr. Ich lehnte mich gegen die Anrichte im Flur. Etwas schabte über den Boden. Ich sah nach unten. Aus Versehen hatte ich Herrn Hoppenstedts Fressnapf unter das Möbelstück geschoben. Ich bückte mich und zog ihn wieder hervor. Das Futter darin war angetrocknet und unberührt. Ich ging auf alle viere und spähte unter die Anrichte, konnte aber keinen Kater sehen.

»Mist«, fluchte ich laut, stand auf und ging ins Wohnzimmer. Auch hier keine Spur von Herrn Hoppenstedt. Keine Pfotenabdrücke oder Liegestellen auf den Sofakissen. Keine zerfetzten Papiere neben dem Abfalleimer.

Ich griff mit beiden Händen hinter die Bücherreihen. Vielleicht hatte er sich dort versteckt.

»Herr Hoppenstedt«, rief ich laut und machte mir Vorwürfe, dass ich nicht sofort heute Morgen nach ihm gesucht hatte. Wer weiß, wo er steckte. Vielleicht hatte er sich verstiegen und klemmte irgendwo fest. Schreckliche Bilder von strangulierten Katzen in Kippfenstern kamen mir in den Sinn, und ich schloss die Augen. »Nein, Katharina, du hast kein Fenster gekippt. Du achtest immer darauf, weil du weißt, wie gefährlich das ist. Herr Hoppenstedt ist bestimmt irgendwo in Sicherheit und lacht sich in die Pfote«, redete ich beruhigend auf mich ein.

»Mit wem sprechen Sie, Frau Rübchen?« Der Polizist stand hinter mir. Ich fuhr herum.

»Mit mir selbst. Ich spreche öfter mit mir selbst«, gab ich zur Antwort und wurde rot, ohne dass ich etwas dagegen tun konnte.

Ich hasste es, wenn man mich bei meinen Selbstgesprächen erwischte. Die Leute erwarteten so etwas von älteren schrulligen Damen. Nicht von einer Journalistin Anfang dreißig.

»Wir nehmen das hier mit.« Jens Schröder hielt mir eine dünne Kladde unter die Nase. »Sobald wir neue Erkenntnisse haben, melden wir uns bei Ihnen.«

»Worum geht es überhaupt, und was hatte meine Tante damit zu tun?« Meine Neugierde war geweckt.

»Ich darf Ihnen keine Einzelheiten mitteilen.«

»Aber Sie verdächtigen meine Tante«, schoss ich eine Nebelbombe ab.

»Es geht hier nicht um Verdächtigungen, sondern um Sachverhalte, die wir klären müssen. Der Tote ist an einer Überdosis eines Wirkstoffes gestorben, den seine Frau vermutlich von Ihrer Tante erhalten hat.«

»Meine Tante kann doch nichts dafür, wenn der Mann aus Versehen die Sachen seiner Frau ...«, warf ich ein, aber er unterbrach mich.

»Frau Rübchen. Herauszufinden, wer für was etwas kann und was für wen gemacht oder wem was gegeben wurde und mit welcher Absicht, das ist unsere Aufgabe. Nicht Ihre.« Er klemmte sich die Kladde unter den Arm, und mir fiel das Tagebuch wieder ein. Ich hatte es oben auf den Nachttisch gelegt. »Wir danken Ihnen jedenfalls für Ihre Kooperationsbereitschaft und halten Sie gegebenenfalls auf dem Laufenden.«

Er schob sich durch den Eingangsflur nach draußen. Seine Kollegin folgte ihm wie ein Schatten. Sie hatte sich die ganze Zeit im Hintergrund gehalten, fiel mir auf. War es heute etwa auch bei der Polizei immer noch so, dass die Männer das Sagen hatten und die Damen sich brav zurückhielten? Oder hatte Andrea Hallschlag eine andere, für Unbeteiligte wie mich nicht ganz so offensichtliche Aufgabe? Psychologische Beobachterin? Hatte sie meine und Mila Seidenmachers Reaktionen beobachtet, weil sie vermutete, dass wir, bei was auch immer, unter einer Decke steckten? Eine Dorfverschwörung. Ich grinste in mich hinein, zog mit einem Ruck den Saum meines T-Shirts nach unten und schloss die Tür hinter den beiden. Das Loch in der Flurwand klaffte mich vorwurfsvoll an. Ich seufzte. Eines nach dem anderen. Erst Herr

Hoppenstedt, dann so etwas wie Frühstück. Die Ziegen fielen mir ein, und Björn. Ich musste den Artikel schreiben. Irgendetwas musste ich schließlich essen. Einkaufen wäre keine schlechte Idee. So viel zu tun. Ich blieb reglos stehen. Völlig gleichgültig war mir die Sache mit Marion und der Polizei doch nicht. Auch wenn Marion tot war und ihr niemand mehr etwas anhaben konnte, ihrem Ruf würden derartige Ermittlungen sicher schaden. Und sie konnte sich nicht mehr dagegen wehren.

In der Küche klapperte Geschirr. Ich ging zurück und lehnte mich an den Türrahmen.

»Was stand in den Papieren?«, wollte ich wissen.

»Nichts Besonderes.«

»Sie haben sie also gelesen?«

»Überflogen.« Mila Seidenmacher hievte einen Korb auf die Spüle, nahm einen Laib Brot, eine Butterdose und ein Marmeladenglas heraus und stellte alles auf den Tisch. Es folgte ein mit Alufolie abgedeckter Teller, auf dem sie Wurst und Käse angerichtet hatte. »Ich dachte mir, nur mit dem Kaffee kann man nicht leben.«

»Woher wussten Sie eigentlich, wo Marion ihre Unterlagen aufbewahrt?« Ich setzte mich, trank einen Schluck von meinem mittlerweile kalt gewordenen Kaffee und schob den Teller ein Stück von mir weg. Mila Seidenmacher bemühte sich, mir einen herzlichen Empfang zu bereiten, aber allmählich ging mir ihr Verhalten ein Stück zu weit.

»Ich habe ihr ab und an geholfen.« Sie hob den Brotkorb an und hielt ihn mir hin. Ich lehnte dankend ab.

»Wobei?«

»Mit den Kräutern. Sie hat mir eine Menge beigebracht in den letzten Jahren. Ich weiß, wo die Pflanzen hier in der Gegend wachsen.« Sie bestrich ihr Brot mit Butter und klatschte sich einen Löffel aus dem Marmeladenglas darauf. »Hier zum Beispiel. Das ist Waldmeistergelee. Der wächst natürlich überall. Nichts Besonderes. Aber am liebsten unter Buchen und da dann auch besonders prächtig. Dementsprechend intensiv wirken die Pflanzen, die wir an diesen Stellen gesammelt haben.« Sie verteilte die klare, leicht grünliche Masse mit energischen Bewegungen und sah mich unter gesenkten Lidern an. »Jemand Fremdes bräuchte sehr lange, bis er alle Standorte gefunden hätte und sich so auskennen würde wie ich.«

»Sie meinen jemand Fremdes wie ich«, sagte ich beiläufig. Sie lächelte knapp. Ich betrachtete sie nachdenklich. Da war noch mehr.

»Sie sind gestern bei mir eingebrochen, richtig?«, sprach ich die Vermutung, die mir gerade gekommen war, laut aus. Ich war mir nicht ganz sicher, aber es würde passen.

Mila Seidenmacher senkte den Kopf wie ein ertapptes Schulkind. Treffer.

»Ja.«

»Wie ›Ja‹? Sonst nichts? Keine Erklärung? Nur ›Ja‹? Gehört das hier zur Tradition, bei neuen Nachbarn einzubrechen?«

»Nein.« Sie erwiderte meinen Blick. »Nein«, wiederholte sie dann mit festerer Stimme. »Natürlich nicht.« Sie holte tief Luft. Ich wartete. »Ich habe das Buch gesucht. Ich bin neugierig und wollte weiter darin lesen.«

»Aber Sie haben es nicht gefunden.«

»Nein.«

»Das konnten Sie auch nicht, weil es nicht im Haus war.« Mila Seidenmacher nickte stumm. »Okay.« Ich wollte das Thema beenden, weil ich mir erst noch darüber klar werden musste, wie ich zu dieser Sache stand. Pluspunkte brachte ihr das bei mir sicher nicht ein. »Was ist mit Herrn Hoppenstedt? Ist er Ihnen entwischt?«

»Ich habe ihn nicht bemerkt.«

»Sie haben nicht an ihn gedacht?«

»Nein.« Sie versuchte sich an einem Lächeln. »Es tut mir leid.« Ich hinterfragte nicht, was genau ihr leidtat. Der Einbruch oder ihr fahrlässiger Umgang mit Herrn Hoppenstedt?

»Vielleicht kann ich es ja wiedergutmachen? Ich könnte Ihnen alles zeigen, wenn Sie …« Sie verstummte und biss in ihr Brot.

»Wenn ich was?«

»Wenn Sie Marions Nachfolge antreten.«

»Nachfolge? Inwiefern?« Ich trank einen weiteren Schluck kalten Kaffee.

»Ihre Aufgaben hier übernehmen.«

»Ich habe meinen eigenen Beruf. Ich bin Journalistin.« Vom

Prinzip her stimmte das sogar, wenn auch gerade nicht in einer besonders festen Anstellung. Aber das musste ich ihr nicht auf die Nase binden. »Oder meinen Sie Marions Aufgaben hier im Dorf?«

»Das trifft es so ungefähr.« Mila nickte und biss wieder in ihr Brot. »Aber fühlen Sie sich zu nichts gedrängt. Wie gesagt, ich habe eine Menge von Marion gelernt und kann das auch machen.«

»Solange ich noch nicht einmal genau weiß, was mit ›Aufgaben im Dorf‹ gemeint ist …«

»Kein Problem. Das ergibt sich alles.« Sie hustete. »Was ist jetzt mit den Ziegen? Und wie geht es Ihrem Kater unter der Anrichte?«

»Lasst es euch schmecken, meine Damen, der Herr.« Ich verteilte einen Armvoll Heu auf dem Futtergestell. Mila hatte mir gesagt, dass die Viecher Äste mit frischem Laub liebten, und so ging ich die wenigen Meter quer über die angrenzende Wiese zum nahe liegenden Waldrand und schnitt einige Äste von einem Haselnussstrauch ab. Die Ziegen kamen sofort, als ich einen davon ebenfalls in das Gestell hängte, und fingen an zu fressen. Auch dem Bock gab ich einen Anteil. »Marilyn, Jane und Rita«, murmelte ich und kraulte die rote Rita hinter den Ohren, bis mir einfiel, dass ich das ja nicht machen sollte. Zumindest nicht bei Ludwig. Ob das in ähnlicher Form auch für die Ziegen galt, war mir jetzt nicht klar. Misstrauisch schnupperte ich an meinen Fingern. Eindeutig Ziege, aber erträglich.

Dass Marion die alten Hollywood-Schinken liebte, hatte sie mir irgendwann einmal verschämt gestanden. Und bis heute konnte ich diese Diven in den schimmernden und schillernden Kleidern, behangen mit Glitzer und Schmuck, nicht mit meiner herzlichen und rustikal gekleideten Tante in Verbindung bringen. Strohhut anstatt Diadem, Latzhose anstatt Abendkleid, Gummistiefel anstatt High Heels. Aber vielleicht war es gerade diese Andersartigkeit gewesen, die sie in ihren Bann gezogen hatte. Die Ziegen nach berühmten Filmschauspielerinnen zu benennen passte hingegen wieder wunderbar zu ihrer selbstironischen Art.

Marylin, die weiße Ziege, hörte auf zu fressen und sah mich an. Ich lächelte zurück.

»Zwischen Stall und Steno«, murmelte ich. »Das wär doch eine feine Überschrift für meinen Artikel, oder was meinst du, Marylin?« Marylin meinte nichts, sondern wandte sich wieder den Blättern zu. »Du hast recht. Es ist noch nicht gut. Klingt zu sehr nach Sekretärin.« Ich strich ihr noch mal über den Kopf, verließ den Stall und machte mich auf die Suche nach Herrn Hoppenstedt.

Der Cursor blinkte und hypnotisierte meinen Blick. Manchmal half dieser tranceartige Zustand, Ideen zu den Texten zu sammeln, um sie niederschreiben zu können. Diesmal funktionierte es nicht. Ich bekam den Kopf nicht frei. Herr Hoppenstedt blieb verschwunden. Ich hatte das Haus von oben bis unten durchkämmt, jedes Fenster, jede Schublade und jedes mögliche Versteck kontrolliert, auf das ich gestoßen war. Nichts. Ich tröstete mich damit, dass in diesem Haus aus Katzenperspektive sicher noch einige Ecken waren, die sich hervorragend zum Verkriechen eigneten. Oder er war doch ausgebüxt. Ich ging auf den Hof und schaute mich um. Ein Katzenparadies. Ihn hier zu finden war hoffnungslos. Ich rief ihn. Nichts. Wieder im Haus, blinkte der Cursor immer noch auf der weißen Seite und paralysierte mich. Ich schaffte es nicht, mich zu konzentrieren, und ärgerte mich sehr darüber. Je mehr ich mich ärgerte, umso weniger Platz blieb in meinen Gedanken für einen netten Artikelbeginn. »Wenn der Ziegenbock dreimal meckert – mein neues Leben auf dem Land.« Nein! Totaler Quatsch. Weg damit. »Zurück zu den Wurzeln – das moderne Kräuterweib.« Noch schlimmer. Löschen. »Spinnenbein und Krötendreck – Eine Journalistin packt's an.«

Ich schob den Laptop weg und ließ meine Stirn auf den Tisch sinken. Wenn ich selbst die Sache nicht ernst nahm, wie sollten unsere Leser das dann schaffen?

»Reiß dich am Riemen, Katharina«, befahl ich mir streng.

»Die Heilkraft des Landlebens.« Hmm. Schon besser, aber immer noch todlangweilig. Vielleicht sollte ich es anders angehen.

»Wenn Sie mich vor einem Jahr gefragt hätten, wo ich mich heute sehen würde, wäre meine Antwort bestimmt nicht gewesen: auf einem alten Gutshof inmitten von Kräutern.«

Der erste Satz war immer wichtig. Aber der hier gefiel mir

nicht. Mir gefiel nichts von dem, was da an Satzfetzen durch meinen Kopf wanderte. Unzufrieden lehnte ich mich zurück. Das Tagebuch lag auf der Küchenanrichte. Ich klappte den Laptop zu.

Sie stand am Eingangstor des Hofes und rührte sich nicht. Griff mit beiden Händen in die Falten ihres Rockes, knetete den Stoff, bevor sie ihn wieder fallen ließ und ihre Handflächen daran rieb. Ich beobachtete sie aus den Augenwinkeln, während ich Zuber um Zuber aus dem Brunnen schöpfte und das Wasser zum Haus trug. Heute sollten alle in den Genuss eines Bades kommen, Agnes, der Kleine und ich. Es dauerte, bis das Wasser im Kessel heiß geworden war und wir es in den Bottich schütten konnten. Die Kräuter, die wir in das Wasser geben wollten, lagen schon in der Kammer bereit, Ackerschachtelhalm, Arnika und einige getrocknete Blüten der Ringelblume, ein Sud aus Birkenblättern. Sehr früh am Morgen hatte ich sie gesammelt und vorbereitet. Johannes, Agnes' Sohn, litt unter starker Juckflechte, und die Kräuter halfen, seine Haut zu beruhigen. Ich zog den letzten Zuber über die Winde nach oben. Das Wasser schwappte über den Rand und durchnässte meine Schuhe.

»Was möchtest du?«, fragte ich in ihre Richtung, ohne sie anzusehen. Sie löste sich aus dem Schatten des Tors und wagte sich einige Schritte vor. »Keine Angst, ich beiße nicht.«

Ich wischte mir den Schweiß von der Stirn. Trotz der klammen Kälte, die aus dem Boden aufstieg, schwitzte ich von der Arbeit, und mein Herz schlug heftig. Vielleicht sollte ich dem Wasser später noch Senfmehl zufügen, um das fiebrige Gefühl zu vertreiben. Ein Regenschauer hatte mich auf meiner Suche nach den richtigen Pflanzen im Wald überrascht, und ich hatte gefroren, bis ich wieder im Warmen angelangt war und meine Kleider am Feuer hatte trocknen können.

»Ich bin krank.« Sie bewegte sich wie ein Reh, das aus Angst vor dem Jäger zögerte und das lockende Futter scheute. Ihre blonden Haare hatte sie zu einem Knoten gedreht, ein dunkles Tuch eng um die Schultern gebunden. Unter dem hellblauen Kleid trug sie eine weiße Bluse, die sauber und ohne Flecken war. Rote Knöpfe hielten ein enges Mieder.

»Angerl, du bist es«, begrüßte ich die Tochter des Weilerbauern, als sie mit gesenktem Kopf vor mir stand, und bemerkte nicht zum ersten Mal, dass es mir schwerfiel, die Menschen aus der Ferne richtig zu erkennen. »Du bist krank?«

»Die Mutter hat mich geschickt. In der nächsten Woche soll die Hochzeit mit dem Gregor Rosegger sein, und ich werde jeden Tag schwächer. Die Mutter meint, ob du nicht ein Kraut hast, das mich stärken kann.«

»Dazu muss ich wissen, was genau dich quält.« Ich nahm den Zuber hoch und wandte mich zum Haus. »Komm mit. Im Warmen lässt es sich besser reden.« Sie folgte mir.

In der Küche zeigte ich auf einen Stuhl in der Nähe des Fensters. »Setz dich.« Ich wartete, bis sie meiner Bitte gefolgt war, trat zu ihr und hob ihr Gesicht ins Licht. »Mach den Mund auf.« Sie streckte die Zunge weit heraus und schielte mich über ihre Nasenspitze hinweg an. »Danke«, sagte ich, nachdem ich einen Blick hineingeworfen hatte. Ich zog ihre unteren Lider herunter, schaute mir die Farbe des inneren Fleisches und das Weiß ihrer Augen genau an. Die Seiten ihres Halses waren glatt und ohne Schwellung. Ich fühlte ihre Stirn.

Angerl schwieg, ließ mich aber keine Sekunde aus den Augen. »Was quält dich denn? Hast du Schmerzen oder fühlst du dich anders krank?«

»Ich weiß nicht, was es ist. Ich habe keine Kraft, bin morgens so müde, dass ich nicht aus dem Bett aufstehen mag, und auf meiner Brust lastet ein Druck, den ich kaum ertragen kann.«

»Ich kann nichts finden. Du hast kein Fieber, alles sieht gesund aus.«

Angerl seufzte und senkte den Kopf. Wieder knetete sie ihre Hände in den Stoff ihres Rockes. Ich betrachtete sie. Sie war ein hübsches Mädchen mit ihren hellen Haaren und den blauen Augen. Ihre Zähne glänzten und standen in Reih und Glied. Angerl war schlank und hochgewachsen. Jeder Mann konnte sich glücklich schätzen, sie zur Frau zu bekommen.

»Ist es wegen der Hochzeit?«, fragte ich leise und legte meine Hände auf ihre. »Wegen Gregor?« Ich lächelte. »Hast du Angst vor dem, was dich erwartet?«

Eigentlich wäre es die Aufgabe ihrer Mutter gewesen, die

Tochter auf das Eheleben vorzubereiten, ihr das notwendige Wissen mit auf den Weg zu geben und ihr ihre Pflichten aufzuzeigen. Auch wenn die Töchter der Gutsherren und großen Bauern tugendhaft erzogen und von den Sünden ferngehalten wurden, konnten sie doch beobachten, wenn der Stier zu den Kühen geführt wurde oder der Hengst zur Stute. Ganz ohne Ahnung blieb keine von ihnen. Und sei es durch das Gemauschel des Gesindes, wenn manch einer Magd der Bauch auch ohne Segen des Pfarrers anschwoll. Ich nahm einen Stuhl und setzte mich ihr gegenüber hin, damit ich sie ansehen konnte.

»Nein.« Angerl senkte wieder den Kopf. »Ich weiß, was ich zu tun habe.« Ihre Hände fuhren mit einer schnellen Bewegung über ihren Leib und sanken wieder in ihren Schoß. Ich wartete ab und betrachtete sie.

»Du trägst ein Kind unter dem Herzen«, sprach ich meine Vermutung aus, als sie stumm blieb.

Sie blickte mich an. Ihre Augen füllten sich mit Tränen. Sie nickte.

»Aber dann ist es doch gut, wenn du deinen Gregor heiratest. Dann hat alles seine Ordnung.« Ich beugte mich zu ihr und strich sanft über ihre Wange. Sie weinte stumm.

»Es ist nicht Gregors Kind. Es ist von einem anderen.«

»Einem, den du lieb hast?«, fragte ich leise. Sie nickte. »Wer ist es?« Sie biss sich auf die Lippen, presste die Augen zusammen und senkte den Kopf. »Weiß die Mutter Bescheid?«

»Gott bewahre!« Sie sprang auf. Der Stuhl krachte polternd nach hinten. »Sie darf es nicht wissen. Und der Vater erst recht nicht.«

»Weiß dein Liebchen es denn?«

»Jakob ahnt es. Er hat ...« Sie errötete, und ein kleines Lächeln streifte ihre Lippen. »Er hat es gespürt, als wir zusammen waren.«

»Er liebt dich von Herzen, wie es scheint.« Vielen Männern würden die Veränderungen an Leib und Seele der Frauen nicht auffallen. Dass es bei Angerls Geliebtem so zu sein schien, zeigte, wie sehr er ihr zugetan war.

»Ich liebe ihn auch. Aber wir dürfen nicht darauf hoffen, den Ehesegen zu bekommen.«

»Jakob ist ein Habenichts?«

»Er ist Knecht auf unserem Hof.« Wieder fing Angerl an zu weinen und schlug die Hände vors Gesicht. »Als er hörte, dass ich den Gregor heiraten soll, wollte er am liebsten sofort auf einen anderen Hof, statt auf den Wechsel der Dienstplätze zu warten, der erst Anfang Februar ist.«

»Und der Gregor?«

»Weiß von nichts.«

»Wie lange trägst du dein Kind schon?«

»Es ist jetzt das dritte Mal, dass die Blutung ausgeblieben ist.« Sie sah mich an. »Ich weiß, dass du Kräuter kennst, die mich davon befreien könnten. Aber deswegen bin ich nicht zu dir gekommen. Das Kind wird das Einzige sein, was mir von Jakob bleibt.«

»Was willst du dann hier bei mir?«

Sie sah mich lange schweigend an, stand schließlich auf und ordnete ihre Röcke. Da waren viele Worte in ihrer Miene und auf ihrer Zunge, die sie unausgesprochen ließ. Die ich erahnte und an ihren flehenden Augen ablesen konnte. Ohne ihren Verlobten und ohne Hochzeit wäre sie frei für Jakob, so hoffte sie, doch das war ein Trugschluss. Niemals würde man ihr den Knecht zum Ehemann geben. Vorher nähme man ihr das Kind und brächte es zu Zieheltern. Die Kinder solcher Eltern konnten von Glück sagen, wenn sie die ersten Lebensjahre überlebten und heranwuchsen. Engelmacher, so nannte man diese Leute. Natürlich legte niemand direkt Hand an die kleinen Würmchen, aber ein offenes Fenster über einem verschwitzten, freigestrampelten Kinderleib ließ mit der kalten Nachtluft auch eine Lungenentzündung ein, die die oft schlecht genährten Körper nicht überstanden.

»Nichts, Hilda. Nichts«, sagte sie endlich. »Es gibt keinen Weg für mich und Jakob.« Es lag ein letzter Rest Hoffnung in ihrer Stimme und ihrem Blick.

»Nein. Es geht nicht nach der Liebe, Angerl. Der Hof heiratet. Nicht du. Und wenn der Gregor dir ein guter Mann und deinem Kind ein guter Vater sein wird, sei froh und dankbar.« Ich erhob mich und ging in die Vorratskammer, um eine kleine Flasche zu holen. »Hier.« Ich reichte ihr das Fläschchen. »Es wird dich stärken und deinem Kind guttun.«

Misstrauisch beäugte sie die dunkle Flüssigkeit.

Ich lachte. »Keine Angst. Ich würde dir gegen deinen Willen nie etwas geben, was deinem Kind schadet. Für mich ist jeder kleine Erdenbürger ein Geschenk Gottes.« Ich drückte ihr das Fläschchen in die klammen Hände und schloss ihre Finger darum. Hätte ich geahnt, was geschehen würde, ich hätte nicht gezögert, ihrer stummen Bitte nachzugeben.

Die Anrichte im Flur brummte wie eine gefangene Hummel, verstummte, summte wieder los. Mein Handy. »Ja?«, schnauzte ich in das Mikro. Ich hatte Björns Nummer erkannt und überhaupt keine Lust, mich mit ihm zu unterhalten. Weder über unseren »Konflikt«, wie er es gerne nannte, noch über das Fortschreiten der Arbeit am Artikel.

»Wie geht es dir?« Heiter, freundlich, interessiert.

»Ich recherchiere.« Mit der linken Hand schob ich das Tagebuch ein Stück von mir weg und trommelte darauf herum.

»Aha.« Er atmete in den Hörer. Ich ließ ihn atmen. Wenn er dachte, ich würde vor ihm zu Kreuze kriechen, hatte er sich gründlich geirrt. »Also«, sagte er schließlich und räusperte sich, »wir hatten gerade Redaktionssitzung und haben beschlossen, dass wir deinen Artikel entweder bis zum Ende der Woche haben oder ihn auf unbestimmte Zeit verschieben müssen.«

»Das habt ›ihr‹ beschlossen?« Ich verdrehte die Augen. Björn hatte die Angewohnheit, despotische Entscheidungen seinerseits mit dem Mäntelchen der Pseudodemokratie zuzudecken. Alle Sitzungen liefen nach dem gleichen Muster ab: Er schlug etwas vor, ein Thema, einen Schwerpunkt, eine besondere Herangehensweise. Dann diskutierten die Anwesenden die Brillanz der Idee und suchten nach Umsetzungsmöglichkeiten, die nicht immer leicht zu finden waren. Widerspruch entstand, wenn überhaupt, nur pro forma. Früher hatte mich das beeindruckt, heute nervte es mich nur noch.

»Schaffst du den Termin?«

»Du bist mir vielleicht ein Herzchen. Beim letzten Mal waren es noch zehn Tage, jetzt sind es auf einmal nur noch fünf. Rufst du mich morgen an und verkündest mir, die Frist sei abgelaufen, ich hätte den Artikel heute abgeben müssen? Was soll das, Björn? Wenn du mich loswerden willst, sag es direkt und veranstalte nicht so ein verlogenes Getue, mit dem du meine und die Zeit der anderen vergeudest.«

»Schaffst du den Termin?«, wiederholte Björn, und nur an seiner Tonlage erkannte ich, wie sauer er in Wirklichkeit war und wie gern er mir jetzt den Hals umgedreht hätte, wenn er meiner habhaft geworden wäre.

»Ich kann es dir noch nicht sagen.«

»Was treibst du denn da überhaupt?«, blaffte er. Es klopfte.

»Ich komme sofort«, rief ich über die Schulter in Richtung Tür und hoffte, dass wer immer draußen stand meine Antwort gehört hatte und sie vor allem auch respektieren würde. Es schien hier nicht unbedingt üblich zu sein, die Privatsphäre der Nachbarschaft zu wahren.

»Was meinst du mit ›Ich komme sofort‹? Willst du deine Recherchereise abbrechen?« Björn wirkte irritiert.

»Nein. Will ich nicht. Ich meinte …« Ich zuckte zusammen, als die Wohnungstür aufging und Ellen Wintherscheid um die Ecke spähte. Sie sah mich, lächelte und betrat vollends den Flur. Noch ein Punkt auf der Renovierungsliste. Marions alte Haustür war zwar schön, aber damit sie wirklich zu war und nicht jeder nach Lust und Laune hereinspazieren konnte, musste man sie abschließen. Ellen nickte mir freundlich zu, gestikulierte in einer Art und Weise, aus der ich schloss, dass ich mich bloß nicht stören lassen sollte, und quetschte sich an mir vorbei in die Küche.

»Was?«, quäkte Björn ungeduldig. »Was meintest du? Mein Gott, lass dir doch nicht alles aus der Nase ziehen.« Da war er wieder, dieser von oben herab wirkende »Ich bin viel schlauer als du«-Ton, der mich zur Weißglut brachte.

»Ich meinte nicht dich, ich meinte meinen Besuch, der angeklopft hat und sich jetzt in meiner Küche breitmacht.«

»Du scheinst dich ja sehr schnell zu akklimatisieren. Kaum einen Tag da, und schon Besuch. Wer ist es denn?«

»Ich wüsste nicht, was dich das angeht. Darf ich dich daran erinnern, dass wir unlängst beschlossen haben, unser Privatleben unabhängig voneinander zu gestalten? Was ich also hier treibe und wer mich besuchen kommt«, ich ahmte seinen Tonfall nach, »muss ich dir nicht erzählen.«

Björn schwieg. Ich drehte mich zu Ellen Wintherscheid um.

Sie hatte ein Glas aus dem Schrank genommen und sich Wasser eingeschenkt. Jetzt saß sie mit weit ausgestreckten Beinen zurückgelehnt auf einem Küchenstuhl und verschränkte die Arme hinter dem Kopf. Sie beobachtete mich und lauschte interessiert meinem Telefonat. Ich lächelte halbherzig und zog die Küchentür zu. Auch wenn es hier offenbar absolut üblich war, keine Geheimnisse voreinander zu haben, und ich es mir unter Umständen mit ihr verscherzte, wollte ich Details aus meinem Privatleben gern dort lassen, wo sie hingehörten. Und sie nicht zum allgemeinen Dorftratsch machen, den ich wie einen gewaltigen Tsunami auf mich zurollen sah.

»Ich sage dir bis Mittwoch, ob ich den Artikel schaffe oder nicht. Es erfordert eine Menge Recherche, ich kann die Fakten nicht einfach so aus dem Ärmel schütteln. Ich will schließlich keinen Unsinn schreiben. Qualität muss her. Wenn sie fehlt, würden unsere Leserinnen das merken und es mir übel nehmen. Beziehungsweise deiner Zeitschrift.« Ich grinste breit, in der Gewissheit, dass er es nicht sehen und im höchsten Falle aufgrund meiner Tonlage erahnen konnte. Das war sein eigenes, allumfassendes Totschlagargument, wenn er eine vielversprechende Idee, die nicht seine war, abbügeln wollte. »Bis bald«, schob ich noch hinterher, bevor er irgendetwas erwidern konnte, und beendete das Gespräch.

»Exfreunde können einem ganz schön auf den Nerv gehen«, sagte Ellen Wintherscheid, als ich die Küche betrat, und goss mir ein Glas Wasser ein, als ob sie die Bewohnerin des Hauses und ich zu Gast wäre.

»Er ist nicht nur mein Exfreund. Er ist mein Chef.« Ich setzte mich zu ihr an den Tisch. »Vielleicht auch bald mein Exchef, abhängig davon, ob es mir gelingt, den angekündigten Artikel bis zum Ende der Woche fertig zu schreiben.«

»Was ja letztlich davon abhängt, ob du ihn als Chef behalten willst oder nicht.«

»Eigentlich hängt es davon ab, ob mir etwas Sinnvolles einfällt, was ich schreiben kann, oder eben nicht.«

»Bist du sicher? Ist es nicht so, dass hinter allem, von dem wir glauben, es unbedingt tun zu müssen, noch ein Weiteres steckt, das der eigentliche Grund für unser Handeln ist? Der Kern, sozusagen.«

»Und du glaubst, solange ich nicht weiß, ob ich in Zukunft weiter für die Zeitung arbeiten möchte, wird mir nichts einfallen?«

Ellen Wintherscheid nickte. Ich betrachtete sie nachdenklich. Sehr wahrscheinlich hatte sie recht, und ich musste erst ein paar Dinge in meinem Leben grundsätzlich klären, bevor ich etwas Neues anfing. Ganz egal, was dieses Neue auch sein würde.

»Aber deswegen bin ich nicht hergekommen«, sagte sie. »Ich wollte dich zu einem Kaffeeklatsch einladen. Heute um drei Uhr. Bei mir zu Hause. Es sind einige eingeladen, die du von gestern kennst, und noch ein paar andere, die du dann heute Nachmittag kennenlernen wirst.« Sie beugte sich zu mir und verfiel in einen vertraulichen Flüsterton. »Sie sind alle furchtbar neugierig auf dich und wollen dich unbedingt kennenlernen.«

»Warum?«

»Weil du Marions Nichte bist. Weil du ihre …« Sie brach mitten im Satz ab und räusperte sich. »Weil wir nicht so oft neue Dorfbewohner begrüßen dürfen, ist das für uns immer ein besonderes Ereignis, und wir wollen uns natürlich von unserer besten Seite zeigen.«

»Ich weiß aber noch nicht, ob ich eine neue Dorfbewohnerin sein will.«

»Ein Grund mehr, besonders nett zu dir zu sein und Überzeugungsarbeit zu leisten.« Sie lachte, stand auf und stellte ihr Glas in die Spüle. Immerhin schien zu dem Phänomen, sich überall und bei jedem zu Hause zu fühlen, auch zu gehören, dass man hinter sich aufräumte. »Also vergiss nicht: um drei bei mir. Du musst nichts mitbringen. Nur dich und ein bisschen gute Laune.« Sie ging zur Wohnungstür und öffnete sie. »Ach, und noch was, Katharina.«

Sie kam noch einmal zurück. »Bevor du kommst, könntest du vielleicht versuchen, deine Ziegen wieder einzufangen. Wenn sie in Margas Garten die Rosen abfressen, wird sie nicht sehr erfreut sein.«

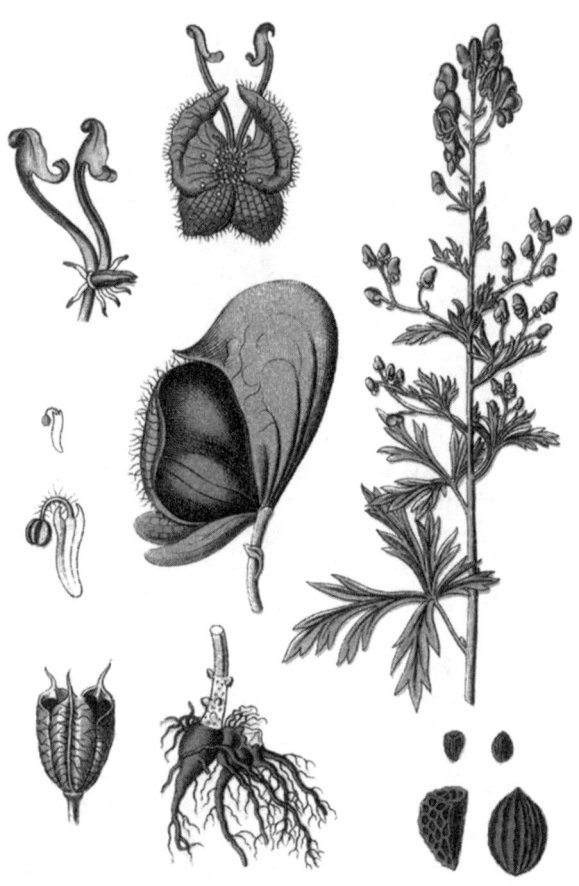

Blauer Eisenhut, *Delphinium napellus* – trägt blaue, hutähnliche Blüten und ist auf der Nordhalbkugel als Zier- und Wildpflanze weit verbreitet. Nach der Aufnahme von Pflanzenteilen tritt der Tod nach starken Krämpfen und Schmerzen innerhalb von dreißig Minuten bis drei Stunden durch Atem- und Herzstillstand ein.

ACHT

»Rita! Marylin!« Ich rannte zum Ziegengehege. Das Tor stand offen, der Riegel stach ins Leere. »Mist, Mist, Mist!«, fluchte ich und näherte mich Jane, die es vorgezogen hatte, nicht zu weit in die Ferne zu schweifen. Ich streckte meine Hand aus, und sie schnupperte interessiert, wandte sich aber wieder ab, als sie merkte, dass ich ihr keinerlei Mehrwert zu bieten hatte. Sie meckerte leise und drehte mir ihr Hinterteil zu. So wurde das nichts. Hatte ich nicht in der Stallkammer eine Art Strick gesehen? Gab es so etwas wie Halfter für Ziegen? Ich lief über die eingezäunte Weide zum Stallgebäude. Zügig, aber nicht hastig, damit ich die einzige Getreue nicht verschreckte und sie ebenfalls das Weite suchte.

Der Strick hing ordentlich an einem Nagel über Kopfhöhe. Entweder hatte Marion bei den Tieren mehr Wert auf Ordnung gelegt als bei sich selbst, oder Mila hatte auch hier nachträglich alles so hergerichtet, wie sie es für richtig hielt. Mir war es in diesem Moment egal. Ich griff nach dem Strick und trabte wieder über die Wiese. Jane hatte sich nicht bewegt. Sie stand wie angewachsen und steckte ihr Maul glückselig in ein hoch stehendes Büschel Kräuter, zupfte und fraß genüsslich. Sie ignorierte mich, als ich ihr das Seil um den Hals legte, und behielt diese Ignoranz auch konsequent bei, als ich daran zog. Sie rührte sich keinen Millimeter. Sie hatte ihr Frühstücksparadies gefunden und würde es nicht kampflos wieder aufgeben.

»Komm schon, Mädchen«, gurrte ich. Jane schielte mich kurz aus den Augenwinkeln heraus an. Mehr nicht. Aber immerhin. »Komm, putt, putt, putt«, flötete ich und hätte im gleichen Moment schwören können, dass sie mich auslachte. Zu Recht. Ziegen waren keine Hühner. »Jetzt komm schon.« Mein Tonfall wurde strenger, der Zug am Seil straffer. Jane musste sich etwas dagegenstemmen, um an ihrem Platz bleiben zu können. Was sie auch vehement tat. Trotzdem schaffte ich es, sie zwei Schritte vom Busch wegzuziehen, was einen vorwurfsvollen Protestmeckerer zur Folge hatte. Ich sah auf meine Uhr. Es war kurz vor zehn. Außer meinem unerfreulichen Telefonat mit Björn und den anscheinend üblichen nachbarlichen Besuchsempfängen hatte ich noch nichts Produktives auf die Reihe bekommen. Und wie es aussah, würde heute auch nichts mehr daraus werden, wenn das so weiterging. Ich hatte mir vorgenommen, zumindest eine Idee für den Artikel zu entwickeln. Ein Thema, um das sich der Text drehen sollte, damit ich einen ersten Ansatz hatte und nach Details suchen konnte. Das ging nicht so einfach, wie Außenstehende oft dachten. Schreiben und Texten waren keine Arbeiten, die man mal eben so nebenbei machen konnte, zwischen Tür und Angel, Tastatur und Notizblock. Schreiben bedeutete Konzentration auf die Sache, Strukturaufbau und Ringen um einzelne Sätze, die sich so schnell verflüchtigten wie Morgennebel in der Sonne, wenn man gestört wurde. »Hast du kapiert, Jane?« Ich stemmte die Hände in die Hüften. »Ich muss heute noch arbeiten, und du hältst mich davon ab.«

Jane warf mir einen Blick zu, der so aussah, als ob sie mir genau das Gleiche sagen wollte, und versenkte ihr Maul wieder in dem Kräuterbüschel. So würde es also nicht gehen, wenn ich ihre und meine Nerven schonen wollte. Ein wenig Rücksicht war da durchaus angebracht. Schließlich war sie schwanger. Ich musste mir etwas einfallen lassen. Wie Django blinzelte ich Jane zwischen halb geschlossenen Lidern an. Mich konnte man nur von etwas abbringen, wenn man mir etwas anbot, das noch verlockender war. Warum sollte das bei ihr nicht auch funktionieren? Wie war das? Sie seien völlig verrückt nach Salzstein, hatte Alex mir erklärt. Ich stapfte zum Stall und holte den unförmigen Klumpen. Da ich mir nicht sicher war, ob Jane mich auf diese Entfernung sehen konnte, lief ich wieder zu ihr und hielt ihr das Teil unter die Nase. Ihre Nüstern zuckten, sie verharrte und schien kurz zu überlegen. Dann leckte sie zweimal vorsichtig.

Ha! Der Fisch hatte angebissen. Langsam bewegte ich mich Schritt für Schritt rückwärts auf das Gatter zu. Jane folgte mir mit gerecktem Hals, bis wir beide wieder in der Einzäunung standen. Ich klopfte ihr wie einem erfolgreichen Rennpferd zur Belohnung den Hals und beeilte mich, das Gatter zu schließen, bevor Jane den Verlockungen des Kräuterbeetes erneut erliegen würde. Nummer eins war geschafft. Blieben noch die anderen beiden Damen und Ludwig.

»Macht, dass ihr wegkommt, sonst gibt es heute Ziegenbraten bei mir. Elend gierige Mistviecher, unverschämte. Ist euch euer eigener Kräutergarten nicht mehr gut genug zum Wildern? Müsst ihr euch an meinen Rosen vergreifen?«

Ellen Wintherscheid hatte von den Rosen in »Margas Garten« gesprochen. Also ging ich davon aus, dass der Irrwisch, der da im nachbarlichen Garten wild zwischen meinen beiden Ziegendamen und einer Reihe herrlicher Rosenbüsche hin und her flitzte und dabei laut schimpfte, Marga war. Sie hatte mir ihren für ihre überschaubare Größe erstaunlich breiten Rücken zugewandt und sprang auf und ab, wobei ihre kurze Stachelfrisur wippte.

»Entschuldigung, sie sind mir entwischt«, rief ich, als ich an der hüfthohen Hecke angekommen war, die ihren Garten einrahmte. Marilyn und Rita hatten sich vermutlich mit der Eleganz zweier Tänzerinnen durch das Dickicht geschlängelt, um direkt auf das Ziel ihrer Begierden zu stoßen. Ich hingegen musste den weiteren Weg außen herum nehmen und benötigte einige Zeit, bis ich vor Marga stand. »Entschuldigung«, wiederholte ich etwas außer Atem, da ich nicht sicher war, ob sie mich beim ersten Mal durch ihre Fluchtiraden hindurch gehört hatte.

»Du frisst doch nicht meine Rosen ab, Kind.« Sie wedelte mit den Armen und lief auf Marilyn zu, die gerade einige besonders prächtige Blütenbündel in ihrem Maul verschwinden ließ. »Das sind deine blöden Ziegen. Die sollten sich bei mir entschuldigen.«

»Ich werde mit ihnen sprechen und sie darum bitten«, murmelte ich leise.

»Das hab ich gehört.« Marga wandte sich zu mir um, und erstaunt erkannte ich, dass sie deutlich über siebzig sein musste. Tiefe Falten durchzogen ihr Gesicht und wanderten an ihrem Hals hinab. Altersflecken färbten ihre Hände dunkel. »Ich bin zwar alt, aber nicht taub.«

Sie ließ die Hände sinken, und nach einem weiteren »Schsch, schsch« in Richtung Rita kam sie an das Gartentor und ließ mich ein. Ich folgte ihr.

»Fang die Weiber ein, nimm sie mit und sperr sie anständig

weg. Das ist jetzt das dritte Mal in fünf Jahren, dass sie meinen Garten verwüsten. Die Rosen brauchen immer Ewigkeiten, bis sie sich davon erholt haben.« Sie schaute mich kurz über ihre Schulter hinweg an. »Marion hatte sie auch nicht richtig im Griff. Hat die Viecher gehätschelt wie Babys. Dabei ist es Vieh und kein Streichelzoo. Ich hoffe, du siehst das anders.«

»Ich habe keine große Erfahrung mit …«

»Dieses ganze Getue um die Katzen und die Hunde und die Pferde und was weiß ich noch alles, das die jungen Leute heute machen, kann ich beim besten Willen nicht nachvollziehen«, unterbrach sie mich und nahm mir einen der beiden Stricke, die ich mitgebracht hatte, aus der Hand. »Alles nur verdrängte Kinderliebe. Und dann das Geschrei um das Schlachtvieh. Ein anständiges Steak auf dem Teller haben, aber sich keine Vorstellung davon machen wollen, wie das wohl dahin gekommen ist. Es ist noch keines totgestreichelt worden. Auch nicht, wenn's Bio ist.«

»Ich esse kein …« Fleisch, wollte ich sagen, aber sie schimpfte schon weiter.

»Ich habe meine Hühner früher selbst geschlachtet. Wenn ich ein Tier essen will, muss ich ihm vorher in die Augen sehen können. Sonst ist das nichts. Mein Mann Eugen, Gott hab ihn selig, war Jäger. Der hat auch nicht lange gefackelt, bevor er …« Sie verstummte und blieb in Marilyns Nähe stehen. »Willst du?« Sie hob den Strick an. Ich nickte.

»Komm her, meine Süße«, flötete ich und hörte hinter mir Margas verächtliches Schnauben, ohne darauf zu achten. Langsam näherte ich mich der weißen Ziege. Zu meinem eigenen Erstaunen ließ sie sich das Seil ohne jeglichen Widerstand um den Hals legen.

»Und jetzt das rote Luder.« Marga schob mich nach vorne. Auch Rita folgte mir willig. Anscheinend hatten die beiden doch einen gewissen Respekt vor Marga und ihrem Gezeter entwickelt.

»Es tut mir wirklich leid, was die beiden hier angerichtet haben.« Ich zeigte auf die angeknabberten Rosen, wo anstelle der Blüten nur noch ausgefranste Strünke zu sehen waren.

»Das sollte es auch, Kind.« Sie stemmte die Hände in ihre kaum erkennbare Taille. »Aber du kannst es wiedergutmachen, wenn du deine Aufgabe etwas konsequenter erledigst als deine Tante.

Sie war immer so …« Sie suchte nach einem Wort. »So zaudernd. Hatte zu viele Hemmungen. Dabei ist das wie mit dem Vieh, was muss, das muss.«

»Was muss?« Ständig redeten alle von einer Aufgabe, die ich von Marion übernehmen sollte. Vielleicht würde mir diese Quasselstrippe ja etwas mehr davon erzählen. »Was für eine Aufgabe?«, fragte ich. Marga blies die Wangen auf und schaute mich über den Rand ihrer Brille hinweg erstaunt an.

»Was für eine Aufgabe?«, wiederholte sie.

»Genau. Das war meine Frage.« Ich baute mich vor ihr auf. Jane und Rita stellten sich rechts und links an meine Seite wie kleine Leibwächter und meckerten leise.

»Du weißt es nicht?«

»Nein. Ich weiß es nicht. Und langsam geht es mir auf den Nerv, dass alle immer nur Andeutungen machen, aber nicht damit rausrücken, wenn ich nachfrage. Ich will endlich wissen, was ihr damit meint.«

»Ach Kind.« Über Margas Gesicht huschte der Schatten eines Lächelns. »Wenn es dir noch keiner gesagt hat, werde ich sicher nicht diejenige sein, die damit anfängt.« Sie schob mich zur Gartentür, wartete, bis die beiden Ziegen hinter mir hergetrottet waren, und schloss dann mit Nachdruck das Törchen. »Alles zu seiner Zeit«, murmelte sie, drehte sich um und ging auf das Haus zu. »Alles zu seiner Zeit.«

Angerl heiratete Gregor bleich und mit rot geweinten Augen am vorbestimmten Tage in der Dorfkirche. Ich kniete weit hinten beim Gesinde, denn nichts anderes war ich in den Augen der meisten. Auch wenn die Dörfler meine Heilkünste zu schätzen wussten, durfte ich doch nicht neben Agnes und Johannes in einer der vorderen Bänke sitzen.

Auf der rechten Seite stand ein junger Mann, ballte unentwegt seine Hände zu Fäusten und ließ Angerl keinen Moment aus den Augen. Starr und steif hielt er sich, seine Lippen bewegten sich stumm bei den Gebeten. Als die Frischvermählten sich vom Altar abwandten und durch den Mittelgang der Kirche zogen, blieb er als Einziger stehen und beteiligte sich nicht am Abklopfen des Bräutigams, das nun mit großem Aufwand begann. Viele der An-

*wesenden zogen unter den Kirchenbänken dicke Knüttel hervor,
die sie zuvor aus Sackleinen gestopft hatten, und stürzten sich mit
Geschrei auf Gregor. Schläge prasselten auf ihn hernieder, und
lachend hob er die Arme, um sich davor zu schützen, während er
sich beeilte, bis zur Kirchentür zu gelangen. Ich hoffte für Angerl,
dass der ursprüngliche Sinn des Treibens, den Bräutigam daran
zu erinnern, wie schmerzhaft Schläge sein konnten, und ihn so
davon abzuhalten, sein Recht, die Frau zu züchtigen, allzu oft
und heftig auszuüben, bei Gregor auf fruchtbaren Boden fiel
oder erst gar keine Ursache fand.*

*Wieder ging mein Blick zu Angerls Liebchen. Dessen Augen
brannten vor Hass und vor Verzweiflung. Hätte er einen Knüttel
gehabt, so hätte er ihn sicher mit Steinen statt mit Sackleinen
gefüllt und Gregor erschlagen. Er tat mir leid, aber im Leben
ging es nicht um die Wünsche und die Gefühle des Einzelnen. Es
ging um das Ganze. Um die Gemeinschaft, das Dorf. Wer diese
Ordnung aus welchen Gründen auch immer, ob aus Liebe oder
aus Hass, aus dem Gefüge brachte, gefährdete die Gemeinschaft
und wurde von ihr ausgestoßen und verachtet. Ich konnte mich
nur schwer damit abfinden, musste mich der Ordnung aber
ebenfalls beugen.*

*Auch den Hochzeitszug am nächsten Tag, der Angerl zu ihrem
neuen Heim geleiten sollte, sah ich mir an. Der Hochzeitsbitter
trug die Fahne voran, bunte Bänder schmückten ein Stück wei-
ßes Leinen. Die jungen Burschen hatten ihre Flinten mit Schrot
geladen, und eine der Brautjungfern trug Angerls Spinnrad. Angerl trat aus der Tür ihres Elternhauses, herausgeputzt in ihrem
Brautkleid und der Brautkrone. Sie ging zu Gregor, der hinter
dem Fahnenträger stand, und nahm den ihr von ihm dargebo-
tenen Arm. Unter ihren Augen sah ich tiefe Schatten, um den
Mund lag ein bitterer Zug. Nichts in ihrer Miene erinnerte an
das Strahlen anderer Bräute, die ich gesehen hatte, nichts an die
Schamhaftigkeit, die einige junge Frauen nach ihrer ersten Nacht
als rechtmäßige Eheleute befiel.*

*Hinter den beiden ordneten sich die Jungen und Burschen
mit den Flinten an, gefolgt von Angerls Vater und der restlichen
Gesellschaft, unter die ich mich ebenfalls mischte. So zogen wir
zum Hof, den Gregor einmal erben würde. Er lag nur knapp*

außerhalb der Grenzen des Dorfes, was die Kinder zum An-
lass nahmen, den Weg mit einer Kette abzusperren und Angerl
aufzufordern, sich einzukaufen. Der Hochzeitszug stockte. Ich
ging am Straßenrand weiter nach vorne, denn ich wollte mir das
Schauspiel nicht entgehen lassen, bevor ich so schnell wie mög-
lich umkehren und mich wieder um meine Arbeiten kümmern
musste.

Angerl beugte sich zu einem der Mädchen hinunter und gab
ihr einen süßen Wecken, den ihr eine der Brautjungfern reichte.
Gregor ging neben ihr in die Hocke, zog den Jungen, der vor
ihm stand, mit seiner freien Hand zu sich heran und ließ einige
Münzen auf dessen Handfläche fallen. Dann beugte er sich vor,
gab dem Jungen einen Kuss auf die Wange und strich über seinen
Rücken, während er sich wieder aufrichtete. Der Junge versteifte
sich unter seinen Händen, und eine heftige Röte überzog seine
Wangen. Gregor lächelte ihn an und bewegte die Lippen, ohne
dass ich erkennen konnte, was er sagte. Der Junge nickte, senkte
den Kopf und trat dann einen Schritt zurück. Gregor lächelte
zufrieden. Er löste die Kette, die Kinder wichen zur Seite und
gaben den Weg frei. Angerl betrat ihr neues Leben starr und steif,
hoch aufgerichtet und mit einer Last beschwert, die ihr niemand
abnehmen konnte.

Ob es diese alten Bräuche immer noch gab? Ich klappte das
Buch zu und schaute auf die Uhr. Ich musste mich für den
Kaffeeklatsch fertig machen, wenn ich wirklich dorthin gehen
wollte.

Wurden heutzutage die Männer in diesem Dorf immer noch
auf ihrem Weg aus der Kirche von den Anwesenden mit weichen
Stoffsäcken verprügelt? Ich grinste, weil die Vorstellung sich ver-
selbstständigte und mein Kopfkino anwarf. Vermutlich nicht,
obwohl es heute ebenso viele Idioten gab wie früher, die meinten,
ihre Frauen verprügeln zu müssen, weil sie selbst arme Würstchen
waren und ihre vermeintliche Überlegenheit auf andere Weise
nicht auszuspielen wussten.

Ich überlegte, wie viele Leute wohl für die Idee zu begeistern
wären, einige der alten Bräuche und Gesetze wiederzubeleben.
Vermutlich mehr, als man im ersten Moment denken würde.

»Nicht alles Alte ist schlecht, und nicht alles Neue ist gut«, hatte meine Großmutter oft gesagt, ein Spruch, den sie immer dann anbrachte, wenn wir sie dazu bewegen wollten, doch einmal etwas Neues auszuprobieren, sei es beim Essen oder bei praktischen Dingen des Alltags.

Ob die Traditionen, Hierarchien und die festen Regeln, die vor mir aus den Zeilen des Tagebuchs auftauchten, heute noch galten, würde sich herausstellen. Ob ich dann damit leben könnte, war eine ganz andere Frage.

»Nimm auch eins hiervon. Helga hat die Windbeutel gebacken, und sie sind ein Traum. Obwohl ein einziger ungefähr zehntausend Kalorien beinhaltet.« Mila lächelte in die Runde. Warum sie diese Information wie ein Agent auf geheimer Mission zwischen ihren Zähnen hindurch in meine Richtung gequetscht hatte, konnte ich mir nicht erklären. Dankend lehnte ich ab.

»Nur noch ein Krümel, und ich platze. Ich habe mich durch alle Torten probiert *und* eines dieser Obsttörtchen dort verputzt.«

»Die mit Marzipan?« Mila zeigte auf die harmlos wirkenden Kirsch-Tartelettes, und ich nickte. »Ich nenne sie liebevoll Hüftgold.« Sie grinste und richtete ihre Aufmerksamkeit auf die Gastgeberin, die mit einer dickbauchigen Flasche in der Hand am Tisch stand und allen ein volles Schnapsgläschen reichte.

»Auf Marion«, sagte sie laut, hob ihr Glas und trank es in einem Zug leer. Wir taten es ihr nach. Der Schnaps brannte in meinem Hals, und kurzzeitig fragte ich mich, ob ich dadurch Gefahr lief, mein Augenlicht zu verlieren. Die Flasche kreiste erneut, und in Sekundenschnelle hatten die Frauen wieder ein volles Glas vor sich stehen. »Und auf Katharina, ihre …« Sie machte eine Pause, sah bedeutungsvoll in die Runde und beendete dann den Satz: »Ihre Nichte.«

Ich lächelte und trank. Trotz des Kuchens stieg mir der Alkohol zu Kopf.

»Konntest du dich denn schon ein bisschen eingewöhnen, Kati?«, wollte die Frau am Ende der Tafel wissen, die ich vage mit dem dorfeigenen Tante-Emma-Laden in Verbindung brachte. Sie meint es sicher nett, bremste ich mich und verkniff mir einen empörten Widerspruch. Seit ich ein Kind war, hasste ich es, wenn mich jemand Kati nannte. Diese Abkürzungen und Verniedlichungen waren mir ein Graus. Sie riefen unschöne Erinnerungen von einsamen Vormittagen in Schulhofecken hervor: »Kati Spinati«.

Noch schrecklicher als »Kati« war »Käthchen«. Die Küsse auf meinem Gesicht, großmütig und von den Schwestern meiner Großmutter mit viel Spucke verteilt, spürte ich bis heute. Unwillkürlich wischte ich mit dem Handrücken über meine Stirn, bevor ich zur Antwort unbestimmt vor mich hin grunzte.

»Und was ist mit Marions Nachlass? Hast du schon einen Blick hineinwerfen können?« Die Frage kam von links.

»Du hast das doch auch studiert, oder nicht? Ich meine, Marion hätte einmal so etwas erzählt.« Eine helle Stimme von rechts.

»Wir freuen uns ja so, dass du hier bist.« Links hinten.

»Es muss schließlich weitergehen.« Direkt rechts neben mir, begleitet von einem tiefen Seufzer und einem zarten Tätscheln meines Unterarms.

»Zu schade, wenn das alles in Vergessenheit geriete, gerade jetzt, wo wir solche Probleme ...«

»Nun lasst die arme Katharina doch erst einmal zu Luft kommen. Ihr überrennt sie ja förmlich«, stoppte Mila das wilde Durcheinander und fuhr sich energisch mit der Hand über den Mund.

Die Frauen verstummten schlagartig. Eine eigenartige Stille trat ein.

»Hier.« Mila stellte ein weiteres Glas des Selbstgebrannten vor mich hin. Ich trank aus einer Art Notwehrreaktion heraus.

»Vielleicht sollten wir uns einfach erst einmal vorstellen, so wie höfliche Menschen das zu tun pflegen?«, schlug Mila vor.

Die Frauen nickten synchron.

»Marga und Ellen kennst du ja schon.« Mila streifte die beiden mit ihrem Blick und zeigte dann auf die Frau neben sich, eine herbe, aber sehr gepflegte Erscheinung mit kurzem grauen Haar und einer auffallenden Brille. »Das ist Monika. Sie ist die Frau unseres verstorbenen Arztes.«

Monika hob ihr Glas und prostete mir zu. Ich reagierte mechanisch. Ex und hopp.

»Neben ihr sitzt Ingrid, daneben Barbara. Sie sind Schwestern und leben seit dem Tod ihrer Männer wieder gemeinsam in ihrem Elternhaus.«

Die Geschwister hoben ebenfalls ihre Gläser. Als der Schnaps meine Kehle hinunterlief, wurde mir klar, dass ich aufhören musste zu trinken, wenn ich meiner Leber keinen ernsthaften Schaden zufügen wollte, denn es saßen noch vier weitere mir unbekannte Frauen am Tisch. Mila schenkte mir jedes Mal nach, sobald ich ausgetrunken hatte. Und das, was da in sattem Rot in meinem Glas schwappte, war definitiv keine Limonade.

»Was wollte denn die Polizei von dir?«, fragte die Dritte von links, deren Namen ich schon wieder vergessen hatte.

»Sie suchten nach Informationen über eine von Marions Kundinnen, weil es Ungereimtheiten beim Tod des Ehemannes gegeben hat.«

»Haben sie sich noch einmal gemeldet?«, wollte Ingrid wissen.

»Nein. Wieso sollten sie?«

»Och, nur so.« Sie lächelte und beugte sich zu ihrer Schwester hinüber. Die beiden tuschelten und fingen an zu kichern wie junge Mädchen. Unwillkürlich grinste ich mit ihnen, obwohl ich keinen Schimmer hatte, worum es überhaupt ging. Ingrid erklärte glucksend: »Da wird sie ihm mal gezeigt haben, wo es langgeht, und er hat es nicht verkraftet, der Arme.« Sie kicherten wieder.

»Oder sie hat unser spezielles Mittel angewandt.«

»Darauf sprechen die Männer im Allgemeinen ja ganz gut an.«

»Und werden so was von handzahm.«

Eine allgemeine Heiterkeit machte sich breit, der ich mich nicht entziehen konnte. Mit einem Mal fühlte ich mich in dieser Runde geborgen. Als ein Teil eines Ganzen. Vertraut. Gemocht. Zu Hause. Jetzt wurde ich auch noch trunken vor Rührseligkeit oder, um ehrlich zu bleiben, rührselig vor Trunkenheit. Schluss mit dem Schnaps oder was immer das auch war, mit dem ich mich da gerade abfüllte. Ich stand auf und hatte Mühe, nicht zu schwanken.

»Ich muss nach Hause.« Ich bemühte mich um eine deutliche Artikulation. In meinem Hinterkopf drehten sich überraschend viele Horizonte und brachten meinen Gleichgewichtssinn durcheinander. Ich schwankte und musste mich mit beiden Händen auf der Tischplatte abstützen.

»Ich bringe dich.« Mila. Allgegenwärtig.

»Danke, nein«, sagte ich und hoffte, dass sie mich verstand. »Ich kann allein gehen. So weit ist es ja nicht.«

Gefleckter Schierling, *Conium maculatum* – eine bis zu zwei Meter hohe, zweijährige Pflanze, die einen starken Mäusegeruch ausströmt und deren Früchte mit Anis verwechselt werden können. Das in früheren Zeiten als Hinrichtungsmittel verwendete Gift verursacht neben Übelkeit, Tachykardie und geistiger Verwirrung eine aufsteigende Lähmung, die schließlich mit Atemstillstand und Tod endet.

NEUN

Dass es nicht so weit war, stimmte. Allerdings nur im Normalfall. Zwischen »nicht so weit« und »nicht so weit« kann ein gewaltiger Unterschied bestehen, wenn man den Grad der eigenen Alkoholisierung unterschätzt und erhebliche Mühe hat, der geraden Straße in einer ebensolchen Laufrichtung zu folgen. Das letzte Mal, als ich den Grund des Glases erst sehr spät in der Nacht gefunden hatte, war ich nicht allein gewesen. Björn hatte mich untergehakt, ins Taxi bugsiert und in seiner Wohnung so lange mit mir in der Nähe seines Badezimmers ausgeharrt, bis er sichergehen konnte, dass ich ihm seine Designerkacheln nicht versauen würde. Zuerst hatte ich es für ein Zeichen echter Zuneigung gehalten, dass er sich so rührend um mich gekümmert hatte. Erst später, als er mir mit sehr deutlichen Worten erklärte, wie unmöglich ich mich benommen hatte und wie er denn nun dastehen würde, hatte ich begriffen, worum es ihm wirklich gegangen war. Es hätte nicht zu seinem Image gepasst, wenn seine Freundin vor allen Anwesenden aus der Rolle gefallen wäre. So etwas tat man nicht. Und wenn doch, dann bitte so, dass der Anschein gewahrt blieb.

Jetzt stand kein Björn zur Verfügung, der mich, aus welchen Gründen auch immer, unterhakte und in einen sicheren Hafen brachte. Und so schlingerte ich mit reichlich Breitseite die Straße entlang. Vage ging mir auf, dass es erst Nachmittag sein konnte. Es war noch nicht einmal dunkel. Schöne Sitten hatten die hier auf dem Land.

In meinem Magen tanzten die Kirschen mit dem Marzipan Tango. Mit sehr engen Drehungen. Ich konzentrierte mich auf die Straße. Einen Schritt nach dem anderen. Eins. Zwei. Eins. Zwei. Drehung. Ausfallschritt. Der Straßenrand verschwamm vor meinen Augen, das Grün der Grasnarbe vermischte sich mit grauem Asphalt. Um mich herum wurde es dunkel. Bricht die Dämmerung hier so rasch herein?, fragte ich mich. Dann wurde es richtig Nacht.

»Katharina?« Eine Männerstimme.

»Hmm.«

»Steh auf.«

»Hmm.« Ich kannte die Stimme, aber mir wollte nicht einfallen, zu wem sie gehörte. Irgendwer zerrte an meinen Armen.

»Mein Gott, so schwer siehst du gar nicht aus.« Schlagartig bahnte sich das Marzipan den Weg zurück ans Tageslicht, dicht gefolgt von den Kirschen.

»Himmel. Was haben sie denn mit dir gemacht? Dich vergiftet?«

»Hmm.« Mein Kopf fiel gegen eine warme Schulter. Dann wurde es wieder dunkel.

Marylin kam auf mich zugelaufen, ihre weißen Ohren freundlich nach vorne gestellt. Im Maul hielt sie eine Kordel, an der ein Salzleckstein befestigt war.

»Du musst daran lecken«, sagte sie und schaute mich aus ihren goldenen Augen an. »Dann geht es dir besser.«

Ich schüttelte den Kopf und nahm ihr den Stein ab. »Eine Ziege kann nicht sprechen, Marylin. Merk dir das.«

»Das wusste ich nicht. Entschuldige bitte.« Marylin senkte betreten den Kopf und meckerte leise. »Ich werde versuchen, daran zu denken.« Sie grinste. »Du solltest trotzdem daran lecken. Es hilft gegen die Kopfschmerzen.«

Erstaunt fasste ich mir an den Kopf. Bis zu diesem Moment hatte ich gar nicht gemerkt, dass ich überhaupt Schmerzen hatte, aber als Marylin darüber sprach, fielen sie über mich her wie eine Horde wilder Affen.

»Danke.« Meine Zähne knirschten gegen den scheußlichen Geschmack an, der über meinen Gaumen kroch. Ich stöhnte leise. Marylin drehte sich um, nickte mir zu und klapperte aus dem Zimmer. Der Schmerz im Kopf drehte Kreise und nahm mein Bewusstsein mit sich. Dunkelheit. Nacht. Vergessen.

Eine Amsel brüllte in mein Ohr und verbreitete ätzend gute Vogellaune. Ich presste meine Lider aufeinander, atmete langsam aus und wieder ein. In meinem Kopf pochte es leise, wie das Echo von etwas Größerem, das sich langsam zurückzog.

»Geht's wieder?« Eine Männerstimme, warmer Atem über meinem Gesicht.

Ich öffnete die Augen. Alex.

»Gut«, sagte er und seufzte erleichtert. »Ich dachte schon, ich hätte dich doch besser ins Krankenhaus fahren sollen.« Er legte mir eine Hand auf die Stirn und wiegte bedächtig den Kopf hin und her. »Scheint wieder alles in Ordnung zu sein.« Er richtete sich auf. »Möchtest du einen Kaffee?« Ich nickte und wunderte mich darüber, dass mein Schädel an der dafür vorgesehenen Stelle blieb und nicht wie eine Murmel durch den Raum kullerte.

»Und bitte drei Aspirin unterrühren.« Auch meine Stimme gehorchte. Ich sah mich um. Ich lag in Marions Schlafzimmer auf dem Bett. Alex hockte auf der Kante und widmete mir seine ganze Aufmerksamkeit. Meine Hose und auch die Bluse, die ich heute, bevor mein Bewusstsein mich verlassen hatte, getragen hatte, lagen ordentlich gefaltet auf einem kleinen Hocker. Ich hob vorsichtig die Bettdecke an. »Wann habe ich mich denn ausgezogen?«

»Gar nicht.«

»Aha.« Ich ließ die Decke wieder sinken. Die Unterwäsche trug ich noch.

»Katharina, ich bin Arzt. Da dürfte das doch kein Problem sein, oder?«

»Du bist Tierarzt, Alex.«

»Ich hatte Angst, dass du eine Alkoholvergiftung hast. Da musste ich doch sichergehen. Außerdem hättest du nicht in diesen Klamotten ins Bett gewollt. Nicht mit der Mischung aus Gras, Marzipan und Kirschen darauf.« Er stand auf und verschränkte die Arme vor der Brust. Hinter ihm auf dem Sessel lag eine Decke. »Du musst dir auch in anderer Hinsicht keine Sorgen machen. Ich war ganz Gentleman.« Er ging zu dem Sessel, setzte sich und zog seine Schuhe darunter hervor. »Wenn es jetzt besser geht, kann ich ja wieder verschwinden.« Es klang ein wenig beleidigt. Ich richtete mich auf und stützte mich auf meine Ellenbogen.

»Schon gut. Danke.« Ich versuchte ein Lächeln. »Ich weiß nicht, was in mich gefahren ist.«

»Haben sie dich mit ihrem selbst gemachten Schnaps abgefüllt?«

»Ich glaube schon.«

»Das ist ein Teufelszeug.«

»Sie nannten es anders.«

»Egal, wie sie es nennen. Du solltest damit vorsichtig sein. Ich glaube, man muss damit aufwachsen, um keinen Leberkollaps zu erleiden.« Er stand auf, schlug beiläufig ein Buch zu und schob es in die Mitte des kleinen Beistelltischchens neben dem Sessel. Ich kniff die Augen zusammen. Er hatte das Tagebuch gelesen. Sofort war ich hellwach und sprang aus dem Bett.

»Wo hast du das her?« Ich war mir sicher, das Buch in Marions Arbeitszimmer in die unterste Schreibtischschublade gelegt zu haben. Wenn es jetzt neben Alex auf dem Tisch lag, konnte das nichts anderes bedeuten, als dass er es gezielt gesucht hatte. Über eine unterste Schublade in einem Schreibtisch stolperte man nicht einfach so.

»Es lag unten.«

»Es lag in Marions Schreibtisch.«

»Nein, das tat es nicht.« Er bemühte sich krampfhaft, mir ausschließlich in die Augen zu sehen und seinen Blick nicht an meinem Körper hinabwandern zu lassen.

Ich sah an mir herunter, fluchte und griff mir die Decke vom Sessel.

»Das Buch lag auf der Küchenanrichte. Da ich während der langen Stunden, die ich darüber gewacht habe, dass du nicht ernsthaft krank wirst, ein bisschen Unterhaltung brauchte und nicht einschlafen wollte, habe ich es mir genommen.« Er sah mich voll ehrlicher Entrüstung an, als ob er auf eine Entschuldigung warten würde.

Vielleicht sagte er ja die Wahrheit? Aber wie war das Tagebuch dann dorthin gekommen? Oder war das ein weiterer Punkt auf meiner persönlichen Paranoia-Liste?

»Ich interessiere mich für solche alten Schinken.« Er nahm es in die Hand und wog es darin. »Ganz interessant übrigens. Auch wenn ich Schwierigkeiten habe, diese alte Handschrift zu entziffern. Kannst du das gut lesen?«

»Ich habe viele alte Zeichnungen und Klassifizierungen von Pflanzen studiert. Da lernt man das.« Ich schnappte meine Bluse, roch daran und verzog das Gesicht. Aus meinem Koffer, der noch unausgepackt in der Ecke stand, holte ich ein frisches T-Shirt und zog es an.

»Weißt du, wer es geschrieben hat?«

»Ja.« Ich zögerte. »Nein. Also, doch. Ich weiß ihren Namen. Sie heißt Hilda.«

»Hat sie etwas mit dem Hof hier zu tun?«

»Mit diesem Hof hier?«

»Ja.«

»Wie kommst du darauf?«

»Du hast es doch hier gefunden.«

»Ich habe es zwar hier gefunden, aber …« Ich stutzte. »Woher weißt du, dass ich das Tagebuch hier entdeckt habe?«

»Ich weiß es nicht, ich habe es vermutet.«

»Weshalb?«

»Herrgott, Katharina. Was bist du? Paranoid? Zuerst behauptest du, ich hätte das Tagebuch von wo auch immer hergeholt, dann unterstellst du mir …« Er warf das Buch aufs Bett und ruderte dann mit beiden Händen in der Luft. »Ich weiß nicht einmal, *was* du mir unterstellst.« Zornig blitzte er mich an. »Einfach nur mal kurz Danke sagen für meine Hilfe wäre wohl zu viel verlangt, was?« Er nahm sein zerknittertes Jackett von der Lehne des Sessels, riss die Zimmertür auf und ging laut polternd die Treppe hinunter. Die Haustür knallte. Ich trat ans Fenster.

Im Hof stand Alex' Wagen. Er stieg ein und musste dreimal vor- und zurücksetzen, bevor er in der richtigen Richtung stand. Er fuhr auf das Tor zu und stoppte. Mila stand neben der Auffahrt und hatte die Hand gehoben.

Ich schob die Gardine ein Stück zur Seite, um die beiden zu beobachten, und öffnete das Fenster einen Spalt. Mila fragte Alex etwas, aber trotz aller Anstrengung konnte ich nicht verstehen, was sie sagte. Nur an ihrer Miene und an Alex' wild gestikulierender und zu mir hinaufzeigender Hand erkannte ich, dass sie sich stritten. Ich beugte mich vor und strengte meine Ohren an.

»So ahnungslos, wie sie tut, kann sie doch unmöglich sein«, hörte ich Mila noch sagen, bevor Alex den Motor aufheulen ließ und, eine kleine Staubwolke hinter sich lassend, vom Hof fuhr.

»Ahnungslos?«, schnauzte ich mein Spiegelbild in der Fensterscheibe an. »Ach – und vergiss nicht, paranoid auch noch.« Ich drehte mich wütend um und wollte zur Schlafzimmertür hinaus, um Mila zur Rede zu stellen. Der Ärger über Alex und Mila hatte mich die Nachwirkungen des Teufelszeugs für einen Moment vergessen und mich unvorsichtig werden lassen. Sie holten mich schlagartig wieder ein, als mein Gehirn nicht in der Lage war, der Fliehkraft der schnellen Drehung zu folgen, und gefühlt einfach weiter aus dem Fenster schaute. Das Zimmer drehte sich, mir wurde schwindelig, und ich ließ mich zurück aufs Bett fallen.

Besser. Die Welt um mich herum hörte auf, zu schillern und zu schwanken, setzte sich aber beim ersten Versuch, wieder auf die Beine zu kommen, unvermittelt wieder in Gang. Ich schloss die Augen. Das Gespräch mit Mila würde ich wohl verschieben müssen.

An Schlaf war nicht zu denken, schließlich hatte ich den gestrigen Nachmittag und die ganze Nacht über genug davon gehabt. Ich rieb meine Lider, hob sie mühsam und starrte gegen die Decke, während meine Hand schlapp zur Seite fiel und gegen etwas Hartes stieß. Das Buch. Jetzt lesen? Ich stöhnte. Vielleicht half es. So oder so.

Der Sommer kam, brachte volle Felder und färbte die Wälder saftig grün. Es war ein fruchtbares Jahr. Angerls Leib schwoll zu einer mächtigen Kugel an. Anders als andere Frauen trug sie ihre Last nicht mit dem selbstverständlichen Stolz, der mit einer reichen Kinderschar einherging und dem Wissen, ihre Aufgabe als Frau gut zu erfüllen. Im gleichen Maße, wie ihre Mitte wuchs, wurde ihr Gesicht schmaler, ihre Wangen hohler, und Trauer fraß sich in ihre Augen.

Ich traf sie am Fluss. Sie saß am Ufer, versteckt im hohen Schilf, ihre Haare so silbern wie die Blätter der Weiden, die sich hinter uns mit dem Wind des Wassers bogen. Sie tat nichts. Wusch keine Wäsche, schöpfte kein Wasser.

»Bald kannst du dein Kind in den Armen halten.« Ich bog die letzten Zweige auseinander und trat aus der Böschung. Angerl rührte sich nicht, wandte sich nicht zu mir um.

Ich ging zu ihr. Sie starrte mit trockenen Augen auf den Fluss. In der Hand hielt sie eine Pflanze, ihre Finger spielten achtlos damit, als ob sie das Grün ohne hinzusehen gepflückt hätte und später einfach liegen lassen würde. Filigrane Blätter an einem fingerdicken Stiel, weiße Blütendolden. Ein Geruch nach Mäusedreck und Pastinaken stand in der Luft. Ich setzte mich zu ihr.

»Warum willst du das tun, Angerl?« Ich flüsterte die Frage in den Fluss. Die junge Frau neben mir atmete gleichmäßig und ruhig, und ich fragte mich, ob sie schon von der Pflanze gegessen hatte.

»Gregor weiß, dass das Kind unter meinem Herzen nicht seins ist.« Sie sprach, ohne mich anzusehen, den Blick auf das Wasser gerichtet. Starr und steif, als ob sie dort den einzigen Halt finden würde, der ihr noch geblieben war.

»Hast du es ihm gesagt?«

»Nein.«

»Woher?«, wollte ich wissen. Eine Menge Kinder wurden vor der Zeit geboren, und nur der wissende Blick erkannte, ob der Ehemann auch der Vater war oder zum Vater wurde, indem er in den Stand der Ehe trat.

»Er hat nicht …« Sie unterbrach sich und schwieg. Vom Hals her stieg die Röte in ihr Gesicht, und sie fasste sich an die Kehle. Ich wartete geduldig. »Er weiß, dass er nicht der Vater des Kindes sein kann, weil er nicht mit mir geschlafen hat.«

»Hast du dich ihm verweigert?«

»Nein.« Zum ersten Mal, seit wir miteinander sprachen, sah sie mich direkt an. Ihre blauen Augen hatten jedes Strahlen verloren. »Nein. Ich hätte ihm jeden Teil meines Körpers gegeben, den ich auch Jakob gab. Es ist sein Recht. Ich darf es ihm nicht verwehren, auch wenn ich es gerne täte.«

»Warum dann?«

»Er hat kein Interesse an mir. Zuerst war er freundlich in dem Maße, wie ich es von einem Ehemann erwarten darf. Aber er ist nicht zu mir gekommen. Weder am ersten Tag noch an denen danach.«

»Ist er ein Männermann?« Es gab solche Männer, die nur ihresgleichen lieben und sich keiner Frau nähern konnten. Aber sie hielten sich im Verborgenen und ließen es keinen wissen, weil es gegen das Gesetz verstieß und in den Augen vieler Menschen gegen Gottes Gebot. *»Aber dann wären du und dein Kind doch ein Glück für ihn. Jeder wird denken, es wäre seines.«*

»Nein. So ist es nicht.« Sie hob die Pflanze hoch, brach einzelne Blätter und die Dolden ab und sammelte sie in ihrem Rockschoß.

»Du tötest auch dein Kind, wenn du den Schierling nimmst.«

»Ich töte es nicht. Ich schütze es. Vor ihm. Ich will nicht, dass er seine Hände an mein Kind legt, wie er es mit dem Sohn unserer Magd gemacht hat.« Sie wischte mit der Hand ihre Tränen fort. »Ich habe gesehen, wie Gregor ihn ins Heu gedrückt hat. Er ist noch keine zehn Jahre alt.«

»Du hast ihn nicht aufgehalten?« Entsetzen kroch in mir hoch, und Mitleid mit dem armen Jungen.

»Was hätte ich tun sollen? Er ist der Bauer. Er ist mein Ehemann. Alles, was er tut, fällt auch auf mich zurück. Er hat die Macht.« Sie richtete sich auf. »Ich habe der Magd gesagt, sie solle ihr Kind fortschicken, zu einer Amme oder Zieheltern, wie es auf den anderen Gehöften üblich ist. Unser Hof ist der einzige, auf dem das Gesinde seine Kinder bei sich behalten darf. Jetzt kenne ich den Grund. Ich habe auch die anderen weggeschickt, damit er keines mehr in seine Finger bekommt.« Sie strich mit der flachen Hand über ihren Bauch. »Aber dieses hier, mein Kind, Jakobs Kind, kann ich nicht wegschicken. Ich kann es ihm allerdings auch nicht schutzlos ausliefern. Und schon gar nicht kann ich etwas gegen ihn tun. Ich bin zu schwach.« Sie hob die abgebrochenen Pflanzenteile. Der Pastinakengestank wurde unerträglich. »Das hier ist der einzige Weg für mich und mein Kind.«

»Nein, Angerl. Das ist es nicht.« Ich griff in ihren Schoß und sammelte die Stücke des Schierlings auf. »Nicht du musst sterben.«

Der Schwindel in meinem Kopf hatte aufgehört. Dafür schlug jetzt mein Herz, als ob ich einen Halbmarathon in persönlicher Bestzeit bewältigt hätte. »Nicht du musst sterben.« Das war eindeutig.

Ich setzte mich und stand dann langsam auf. Es ging besser als vorhin. Meine Beine ließen mich nicht im Stich. Vorsichtig ging ich die Treppe hinunter und öffnete die Haustür. Mila kehrte vor ihrem Haus den Hof und hatte mir den Rücken zugewandt.

»Wovon habe ich keine Ahnung?« fragte ich, als ich sie erreicht hatte.

»Bitte?«

»›So ahnungslos, wie sie tut, kann sie doch unmöglich sein‹«, wiederholte ich ihre Worte von vorhin und drängte mich in ihren Flur. »Das hast du zu Alex gesagt. Ich will jetzt wissen, was los ist. Was ist mit dem Tagebuch? Wovon soll ich Ahnung haben? Was für eine Aufgabe ist es, von der ihr ständig alle faselt?«

Mila drehte sich um und ging zu ihrem Haus, durch den Hausflur in die Küche und machte sich an den Schränken zu schaffen. Wortlos nahm sie zwei Tassen, schaltete ihren Espressoautomaten ein und wartete, bis die Maschine bereit war. Dann legte sie eine bunte Kapsel ein, drückte auf einen Kopf und stellte den dampfenden Becher vor mir auf den Tisch.

»Setz dich, Katharina.«

»Ich stehe lieber.«

»Setz dich«, wiederholte sie und bereitete sich selbst ebenfalls einen Kaffee zu. »Milch?« Ohne meine Antwort abzuwarten, trat sie zum Kühlschrank. Kleine braune Wölkchen wallten auf, als sie die Milch eingoss. Ich holte tief Luft, rückte einen Stuhl zurecht und hockte mich auf die Kante. Bereit, jederzeit wieder aufzuspringen.

»Also?« Ich schob die Tasse von links nach rechts.

»Hast du das Tagebuch gelesen?«

»Ich bin dabei, das weißt du genau.«

»Bis wohin hast du es gelesen?« Sie verschränkte die Arme und stützte sich auf der Tischplatte ab.

»Du weißt, was alles drinsteht? Dann hast du mich also belogen.«

»Hat Marion jemals mit dir darüber gesprochen?«

»Nein, verdammt, das hat sie nicht. Wie oft soll ich das noch erklären? Sie hat mir nichts gesagt, mir kein Geheimnis offenbart und sich auch sonst in allem sehr zurückgehalten.«

»Du warst nicht da.«

»Scharf beobachtet. Ich war nicht da, weil ich mein eigenes Leben habe. Eines, das nichts mit diesem Dorf und nichts mit euch Verrückten hier zu tun hat.«

»Vielleicht war das der Grund, warum sie dir nichts gesagt hat.« Sie reckte das Kinn vor.

»Was?«

»Dass du nicht hierhergehörst. Nicht zu uns – wie sagtest du gleich?« Sie lachte höhnisch auf. »Zu uns Verrückten?« Sie ballte die Fäuste. »Aber das kann ja nicht sein. Sie hat mir das Buch nicht gegeben, weil es, wie sie sagte, zur Familie gehöre und nicht für Fremde bestimmt sei.« Sie schnaubte. »Fremde!« Sie kam auf mich zu und stemmte beide Fäuste auf den Tisch. »Dass ich nicht lache. Wenn hier einer fremd ist, dann ja wohl du! Wie oft bist du in den letzten zehn Jahren hier gewesen? Zweimal? Dreimal? Hast du dich um Marion gekümmert? Es ging ihr nämlich nicht immer so gut, wie sie gern vorgab. Wer ist denn mit ihr zum Arzt gefahren? Wer hat ihr geholfen, wenn sie sich mal wieder kräftemäßig überschätzt hatte? Wer ist mit ihr zu den Plätzen gegangen, an denen die besten Kräuter wachsen? Du? Wem hat sie alles beigebracht? Dir?« Sie schüttelte böse den Kopf. »Nein. Sicher nicht. Katharina Rübchen trieb sich lieber in der Weltgeschichte herum, als nur ab und an nach ihrer alten Tante zu sehen.«

Sie stieß sich ab und ging zum Fenster. Ihr Rücken bebte vor Zorn. »Aber *ich* bin die Fremde«, spie sie mir über ihre Schulter hinweg vor die Füße. »*Ich* darf die letzten Geheimnisse nicht kennen. Die sind natürlich *dir* vorbehalten«, höhnte sie.

»Trotzdem wolltest du es unbedingt wissen.«

»Ja.«

»Was steht drin?« Ich dachte an das, was ich bereits wusste. Hilda hatte Menschen getötet. Aus dem dringenden Bedürfnis, sich selbst und andere zu schützen. War das Mord? Oder Notwehr? War das Falsche aus den richtigen Motiven zu tun böse oder gut? Schwarz oder weiß? Was wusste ich noch nicht? Was erwartete mich?

»Ich habe es nicht ganz gelesen.« Mila beruhigte sich. Ihre Stimme wurde weicher, und der zornige Ton verschwand. »Vielleicht genug. Vielleicht auch nicht. Ich weiß es nicht. Lies es selbst. Und dann entscheide dich.«

Ich stand ohne ein Wort auf, verließ die Küche und ging in mein Haus zurück. Von Mila würde ich keine Antwort bekommen, die mich zufriedenstellte. Egal ob sie log, was ihr Wissen über den Inhalt des Buches anging, oder ob sie die Wahrheit sagte, wenn sie behauptete, nicht alles gelesen zu haben. Mit einem hatte sie recht. Ich musste es selbst lesen. Ich holte das Buch aus dem Schlafzimmer und setzte mich damit auf das Sofa im Wohnzimmer.

Ich saß da und beobachtete sein Sterben. Er tat sich schwer. Kämpfte um sein Leben, wollte nicht davon lassen. Der Speichel lief ihm aus dem Mund, er übergab sich und krampfte. Lange konnte es nicht mehr dauern. Schließlich fiel er in Ohnmacht, und sein jagendes Herz verebbte, schlug die letzten Schläge.

Bevor er das Bewusstsein verlor, erkannte er mich und verstand. Reute er seine Taten? Es hatte keine Bedeutung, außer für sein Seelenheil.

Ich beobachtete ihn und spürte keine Regung des Dauerns in mir. Keinen Stolz und keine Freude. Es geschah, weil es geschehen musste. Wie man einen räudigen Hund erschießt, einen tollwütigen Fuchs. Einen, der die anderen bedroht.

Einen Tag vorher, dem Tag, an dem ich vom See zurückkehrte, hatte ich neben meinem Herd gesessen, in dem das Feuer brannte, und bedachtsam den Stößel geführt. Ihn gedreht und mit dem nötigen Druck die getrockneten Pflanzenteile zu Pulver zermahlen. Ich hatte sie sorgsam ausgewählt. Tränendes Herz und Maiglöckchen. Symbole für das neu erwachende Leben im Frühling, für Liebe, Unschuld und Hoffnung. Blüten wie Kinderseelen.

Gregors Brust hob sich ein letztes Mal, dann war Angerl frei, und ihrem und anderen Kindern blieb großes Leid erspart. Ich stand auf, wusch ihm ein Lächeln auf das Gesicht, das den Kampf nicht verraten sollte. Räumte das Mahl fort. Ein Schrei drang aus der Kammer nebenan. Das Kind kam. Mit Wut und Willen drängte es ans Licht, als ob es auf diesen Moment gewartet hätte.

Als ich den Hof verließ, hielt Angerl ihr Kind, einen Sohn, im Arm. Ein heißer Tag, der ein starkes Herz fällen konnte, ging zu Ende. Tod und Leben. Nah beieinander.

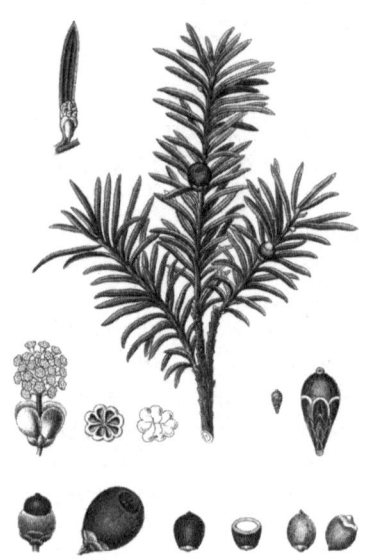

Echte Eibe, *Taxus baccata* – ein immergrüner Nadelbaum, dessen Teile bei Verzehr starke Vergiftungen hervorrufen. Übelkeit, Koliken und Nierenschäden sind die Folge. Bei zunächst gesteigerter Atemfrequenz führen sie nach anderthalb bis vierundzwanzig Stunden zu Atem- und Kreislaufversagen und zum Tod im Koma.

ZEHN

Hilda hatte Gregor umgebracht. Sie hatte ihm eine Giftpflanzenmischung ins Essen gerührt und dabeigesessen, als er starb. Völlig ungerührt, ohne Mitleid. Was hatte sie geschrieben? »Wie man einen räudigen Hund erschießt.« Weil es notwendig war. Ich schob das Buch in die Mitte des Tisches, stand auf und ging zum Fenster.

Der Hof lag ruhig da.

Mila hatte, soweit ich es von hier erkennen konnte, ihre Gardinen zugezogen.

Ich warf einen Blick über die Schulter auf das Tagebuch. Diese Frau war eine skrupellose Mörderin. Oder eine barmherzige Samariterin. Je nachdem, aus welcher Perspektive man die Sache betrachtete.

Tante Marion hatte Mila gesagt, das Buch gehöre zur Familie und sei nicht für Fremde bestimmt.

Ich fror. Mir war schlecht. Wie ein außenstehender Beobachter registrierte ich, dass mein Herz unregelmäßig schlug. Diesmal waren es keine Nachwehen des Alkohols.

Familie. Ich durfte das Buch lesen, weil ich ein Teil der Familie war. Von Hildas Familie. Hilda war meine Vorfahrin. Ich schlang die Arme um meinen Oberkörper und versuchte, das Zittern in den Griff zu bekommen. Automatisch rief ich nach Herrn Hoppenstedt, wartete auf sein Antwortmiauen. Ihn zu kraulen beruhigte mich, half mir, meine Gedanken zu konzentrieren, mich zu sammeln. Aber er kam nicht.

»Du hast alle Fenster, Schränke und Kellerräume doppelt und dreifach kontrolliert, Katharina«, murmelte ich leise. »Er hat sich nicht irgendwo verstiegen oder eingeklemmt. Er treibt sich sicher irgendwo draußen herum.«

Ich machte mir trotzdem Sorgen, trat einen Schritt zurück und öffnete das Fenster. Kühle Luft strömte ins Zimmer.

»Herr Hoppenstedt!«, rief ich laut und spähte in alle Ecken, die ich von hier aus erkennen konnte. Am besten würde ich draußen nach ihm suchen gehen. Ich drehte mich zur Tür und stoppte mitten in der Bewegung. »Das Tagebuch, Katharina. Lenk nicht ab.«

Wenn Hilda meine Vorfahrin war, konnte ich es nicht ändern. Genauso wenig wie ich für das, was damals geschehen war, irgendeine Verantwortung übernehmen konnte. Mehr als hundert Jahre lagen zwischen dem, was geschehen war, und heute. Trotzdem konnte ich mich nicht überwinden, wieder zum Tisch zu gehen und weiterzulesen.

Was bedeutete das alles? Die Atmosphäre des Hauses nahm mir den Atem.

Ich wandte mich wieder dem frischen Luftstrom zu, atmete tief ein und zögerte kurz. Dann schloss ich das Fenster.

Ich musste raus hier. Raus aus dem Haus, weg vom Hof, mir Sauerstoff durch Lungen und Hirn jagen, um diese Beklemmung loszuwerden.

Ich ging in den Flur und nahm meine Jacke vom Haken. Das Buch ließ ich liegen, wo es war. Es war mir egal, wer es sah. Anscheinend wussten alle von seiner Existenz, da konnten sie es auch lesen.

Was immer es auch für Geheimnisse barg, meine waren es nicht.

Die Straße zog sich schnurgerade dahin. Selbstmörderallee, dachte ich beim Anblick der Bäume und stellte mir kurz die Sorgen der Halbwüchsigenmütter vor, wenn ihre Söhne abends mit den in heimischen Scheunen getunten und tiefergelegten Autos Imponierrennen fuhren. Die dicken Stämme der Eichen würden sicher jeden Wettkampf gegen dünnes Wagenblech rigoros gewinnen.

Ich ging einfach immer geradeaus. Schritt um Schritt. Je weiter ich ging, umso mächtiger wurden die Stämme. Einige von ihnen standen sicher schon Jahrzehnte, wenn nicht Jahrhunderte an der Allee.

An meiner rechten Seite tauchte unvermittelt ein schmiedeeisernes Tor auf, flankiert von zwei kantigen Säulen, auf denen Engel hockten. Der Friedhof. Gesäumt von hohen Hecken lagen hier die Toten von Kleinhaulmbach. Das letzte Mal war ich als Kind an diesem Ort gewesen. Ich legte meine Hand auf die Klinke des Tors und drückte sie hinunter. Die Scharniere quietschten leise.

Eine niedrige Mauer trennte das Gräberfeld in zwei ungleiche Hälften. Links reihten sich dunkle und helle Grabsteine aneinander. Manche schmal, andere breit. Vermutlich hatten hier ganze Familien ihre letzte Ruhe gefunden. Auf der rechten Seite der Eibenhecke erstreckte sich eine Wiese mit vereinzelten Bäumen, die allem Anschein nach noch nicht allzu lange dort standen. An einigen Stellen erkannte ich kleine Findlinge, willkürlich angeordnet.

Ich ging auf einen der Findlinge zu, bückte mich und las. Geburts- und Sterbedaten, ein Name, der mir nichts sagte. Der nächste einige Meter weiter. Weitere Daten, eine kleine stilisierte Blume.

»Erwin Wintherscheid.« Ich pfiff leise durch die Zähne. Dafür, dass ihre Witwenschaft noch kein Jahr alt war, ging es Ellen Wintherscheid erstaunlich gut. Zumindest nach außen hin.

Ich schlenderte weiter über die Wiese. Ob die Toten hier nur in Urnen bestattet oder ihre Asche auch unter den Bäumen verstreut wurde, wusste ich nicht. Der Gedanke, über eine mit Leichenresten gedüngte Wiese zu schlendern, behagte mir nicht. Ich wandte mich in Richtung Ausgang.

Entlang der hüfthohen Hecke am Rand der Wiese standen alte Grabsteine, eng nebeneinander aufgereiht. Ich spähte auf die gegenüberliegende Seite der Hecke.

Sie trennte den Friedhof in zwei Teile. Einen, auf dem ordentlich in Reih und Glied Gräber angelegt waren. Alte und auch neuere. Dazwischen Kieswege für die Besucher. Die Grabsteine vor meinen Füßen waren alt, die Daten und Inschriften nur noch schwer zu erkennen. Wind und Regen hatten den weichen Stein geschliffen.

Ich trat dicht vor den ersten in der Reihe, bückte mich und kniff die Augen zusammen, konnte aber trotz aller Anstrengung nichts entziffern.

Ich sah mich um. Wenn Winter gewesen wäre und Schnee gelegen hätte, wäre es ein Leichtes, die Schrift sichtbar zu machen.

Diesen Trick hatte mir einmal eine Kollegin erzählt, die sich mit historischen Recherchen auskannte. Wenn man Schnee über die Grabsteine rieb und anschließend vorsichtig abwischte, blieb ein Teil davon in den Vertiefungen der Schriftzeichen hängen und machte sie so sichtbar. Aber es lag kein Schnee.

Ich trat vor den nächsten Stein. Die Jahreszahl war lesbar. 1698. Von Stein zu Stein ging es leichter. Ich blieb stehen, schloss die Augen und versuchte, mich an das Bild des Friedhofs zu der Zeit zu erinnern, als ich ein Kind war. Anscheinend hatte man den alten Teil des Dorffriedhofes in eine Urnenwiese gewandelt und die alten Grabsteine zur Erinnerung aufbewahrt, chronologisch sortiert.

»Dann muss doch auch …«, murmelte ich und ging schneller an den Reihen und aufsteigenden Jahreszahlen entlang, bis ich auf einen größeren Stein stieß, dessen Inschrift noch gut zu lesen war.

»Hier ruht Josef Froböss« stand in der ersten Zeile, und darunter: »Er wurde durch einen plötzlichen Tod aus der Mitte der Familie gerissen, indem er verunglückte durch einen Sturz vom Pferde.«

Fieberhaft suchte ich nach dem nächsten Namen, der im Tagebuch vorkam, und fand ihn einige Schritte weiter. Gustav Mayerhofer. Den Rest der Inschrift hatte der Zahn der Zeit verwischt. Eine stilisierte Blume, die mich an ein Maiglöckchen erinnerte, prangte deutlich darunter. Ich suchte weiter und fand den nächsten. »Gregor Rosegger, gestorben im Jahre des Herrn 1853«, darunter ein Sinnspruch. »Nun Herr, weß soll ich mich trösten. Ich hoffe auf dich.« Kein zweiter Name. Angerl war später nicht bei ihm beerdigt worden.

Ich betrachtete die lange Reihe der Grabsteine, deren Inschriften ich noch nicht entziffert hatte. Wie viele von den Namen würde ich noch in Hildas Tagebuch finden?

Ich trat einen Schritt zurück und fasste meine Jacke enger, während ich mich umdrehte. Vielleicht wäre es doch am besten, alles auf sich beruhen zu lassen und einfach zu verschwinden. Mila würde liebend gerne einspringen und alles, was man von mir erwartete, übernehmen. Ich blickte über die Begräbniswiese und stutzte.

Die Blume auf Gregor Roseggers Grab hatte verblüffende Ähnlichkeit mit der auf Erwin Wintherscheids Stein. Ich stolperte mehr, als dass ich rannte, um genau nachzusehen.

»Du hast recht, Katharina«, flüsterte ich und ging zum nächsten Findling. Name, Daten, keine Blume. Beim übernächsten und dem daneben auch nicht. Aber dann entdeckte ich wieder eine. Unter einem Namen, der mir nichts sagte. Ich zog mein Handy aus der Tasche und machte ein Foto. Ich lief weiter, suchte und fand sie, eine nach der anderen, gleichmäßig über die vergangenen Jahrzehnte verteilt, bis ins Jahr 1853 zurückgehend. Gustav Mayerhofer, der Schmied, war als Erster mit dieser Blume auf dem Grabstein beerdigt worden.

Langsam schritt ich die Reihe ein zweites Mal ab, diesmal auf die Namen und nicht auf die Zeichnungen konzentriert. Vierzig Jahre in fünfundzwanzig Schritten, bis ich stehen blieb. »Hier ruht sanft Agnes Falkenhof, Herrin zu Gut Kaulmbach.« Agnes war 1896 im Alter von siebzig Jahren gestorben. Ein schlichter Stein mit einem schmalen Sockel.

Hilda hatte nur anderthalb Jahre länger gelebt. Bis zum Sommer 1898. Ihr Stein hatte die gleiche Größe und Form wie der von Agnes.

Ich versuchte, mir vorzustellen, wie ihr Grab einmal ausgesehen haben mochte. Dass sie den Gesindestatus irgendwann in ihrem Leben hinter sich gelassen haben musste, bezeugten Form und Größe des Steins.

Ich beugte mich näher an die Inschrift. Sie war verwitterter als bei Agnes. Ich nahm eine Handvoll weicher Erde und rieb sie über die Oberfläche. Sie hielt nicht so gut wie der Schnee, aber es funktionierte. Als ich die losen Krümel abwischte, konnte ich die Inschrift lesen. »Unser Dank sei dir geschuldet, ruhe sanft.« Ein ganzer Strauß Blumen unterschiedlichster Art schmückte die untere Hälfte, beinahe vollständig verschwunden und nur durch die dunklen Rillen der Erde wieder sichtbar gemacht.

Von einer Ahnung getrieben, ging ich nach rechts, folgte der Spur. Auch hier blühten kleine versteckte Blumen auf dem Sandstein. Vier Grabmale verstorbener Männer zählte ich, dann folgte der Name einer Frau. Katharina Falkenhof, geboren im Frühjahr 1853, gestorben im November 1924. Ihr Strauß blühte unter der schlichten Inschrift »Danke«. Ich ging weiter. Agnes Falkenhof, 1873 geboren, im Kriegsjahr 1942 gestorben. Andere Blüten, aber erkennbar ein Blumenstrauß. Die Nächste, Katharina Wiesenbacher, starb 1966. Sie war meine Urgroßmutter, die ich nur aus Erzählungen meines Vaters und von alten Fotos kannte. Sie musste eine fröhliche Frau gewesen sein, die viel lachte und die erlebte Not der beiden Weltkriege hinter einer Menge Herzlichkeit versteckte. Ihr Strauß war fein ausgearbeitet. Meine Großmutter war jung gestorben. Sie hatte Kleinhaulmbach verlassen, um zu studieren. Jahre später verunglückte sie mit dem Wagen und hinterließ zwei Kinder, meinen Vater und Marion. Auf ihrem Grabstein waren keine Blüten.

Mein Vater hatte mir oft erzählt, wie sehr er die Enge des Dorfes gehasst hatte. Nach dem Tod seiner Eltern waren er und Marion zur Großmutter aufs Dorf geschickt worden. Für ihn gab es keine Alternative, als so schnell wie möglich das Weite zu suchen, nachdem er sein Abitur gemacht hatte und studieren konnte.

Marion war geblieben, hatte sich ihr Leben im Dorf eingerichtet.

Wo war ihr Grabstein? Ich hatte nicht zu ihrer Beerdigung kommen können, weil ich mit Björn auf Dienstreise gewesen war, als sie starb.

Marion. Die weibliche Linie. Die Aufgabe. Von Generation zu Generation weitergegeben. Marion war kinderlos geblieben und ich die einzige Tochter meines Vaters, ihres Bruders. Ich war Marions Nachfolgerin.

»Jetzt spinnst du total, Katharina.« Ich legte den Kopf in den Nacken und atmete tief ein. »So ein Schwachsinn. Hanebüchener Unsinn.«

Ich blickte auf den Boden und ging tastend, wie auf einem schwankenden Schiff, vorwärts, bis ich an einem Baum angekommen war, mich rücklings gegen ihn fallen ließ und langsam daran herunterrutschte. Meine Hand berührte den Boden, und automatisch sah ich nach unten. Ein Urnengrab. Marion Rübchen. Buchstaben und ein Blumenstrauß in eine glatte Oberfläche eingemeißelt.

»Mila, mach auf!« Ich hämmerte mit den Fäusten an ihre Tür, klingelte erneut Sturm und brüllte ihren Namen. Im Inneren blieb alles still.

Ich presste meine Nase an die Scheibe ihres Küchenfensters und spähte hinein, konnte aber niemanden entdecken. Nichts regte sich.

Ich ging um das Haus herum. Ihr Wagen stand im Carport, das Fahrrad fehlte. Der Vogel war ausgeflogen. Der Kies in der Auffahrt knirschte, als ich zurückging und meinen Wutanfall, den ich für sie vorgesehen hatte, wieder mit mir nahm. Mein Blick fiel auf den Garten meiner anderen Nachbarin. Marga. Noch eine von denen, die meinten, mich für dumm verkaufen zu können. Ich stapfte quer über die Wiese. Es war mir vollkommen egal, ob und welche botanischen Kostbarkeiten ich dabei zerstörte. Wichtig war einzig und allein, dass ich jemanden fand, an dem ich meinen Groll über das impertinente Verhalten, das diese Kaffeekränzchen-Schätzchen mir gegenüber an den Tag legten, auslassen konnte. Margas hintere Terrassentür stand offen.

»Hallo?« Ich postierte mich mitten im Wohnzimmer. Wenn sie glaubten, mit mir solche Mätzchen veranstalten zu können, dann bitte. In voller Breitseite. »Marga?«

Mir fiel ihr Nachname auf den Stopp nicht ein, aber in Anbetracht der persönlichen Anteilnahme an meinem Leben, vor allem was dessen zukünftigen Verlauf anging, fand ich es nur recht und billig, dass ich mir die vertraute Anrede erlaubte. Beschimpfungen sprachen sich so ebenfalls deutlich besser aus.

»Ist hier jemand?«, plärrte ich und wartete auf Antwort. Nichts geschah.

Ich ging in den Flur und lauschte. Im oberen Geschoss hörte ich Stimmen. Unter Missachtung sämtlicher Anstands- und sonstiger Regeln stieg ich die Treppe hoch und schlich mich zu der Tür, hinter der ich sie vermutete. Gemurmel. Ich legte die Hand auf die Klinke, drückte sie behutsam nieder und stieß die Tür auf. Ich wollte den Überraschungseffekt auf meiner Seite wissen, sie mit meiner Entdeckung konfrontieren, bevor sie die Gelegenheit bekamen, sich abzusprechen.

Ich stolperte ins Zimmer und stand vor Margas Bett. Die

rechte Seite zur Tür hin war gemacht. Ein dickes Plumeau bauschte sich über den Rand, verpackt in Bettwäsche mit dezentem Paisleymuster. Die andere Hälfte des geräumigen Doppelbettes war bis auf die mit einem Spannbetttuch bezogene Matratze leer. Außer meinem eigenen Abbild auf den verspiegelten Schranktüren regte sich nichts im Raum. Das Gemurmel der Stimmen war durch Musik abgelöst worden. Schlagermusik aus dem Radio.

»Mist.« Ich verdrehte die Augen und kam mir ausgesprochen blöde vor. Am helllichten Tag im leeren Schlafzimmer einer Nachbarin zu stehen, die man erst seit wenigen Stunden kannte, weil man glaubte, dass diese an einem Komplott gegen einen beteiligt war, war im besten Fall als exzentrisch zu bewerten. Im schlimmsten als Hausfriedensbruch. Und ich konnte mich noch nicht einmal damit herausreden, dass ich nur nach den Ziegen hatte sehen wollen. Die pflegten zwar in nachbarliche Gärten, aber definitiv nicht in nachbarliche Schlafzimmer einzusteigen.

Mein Blick fiel auf einen Bilderrahmen neben dem nicht bezogenen Bett. Ein freundlicher, angegrauter Herr lächelte mir entgegen. Er trug eine Brille, deren modischer Zenit seit mindestens zehn Jahren überschritten war, und einen Pullover, auf den der Begriff Vintage erst in einem weiteren Jahrzehnt zutreffen würde. Das schmale schwarze Bändchen am oberen rechten Rand hätte ich beinahe übersehen. Noch einer, auf den das Prädikat Exmann zwar zutraf, aber anders und radikaler als im üblichen Wortsinn.

Ich ging wieder nach unten, warf einen Blick in das Wohnzimmer, schaute in die Küche und steckte den Kopf sogar ins Badezimmer. Mittlerweile war es mir vollkommen egal, ob mich jemand erwischte.

Alles sah so aus, als ob Marga jeden Moment durch die Tür treten würde. Eine halb volle Tasse auf der Anrichte, die Zeitung aufgeblättert, ein Teller mit einem Keks und einer stattlichen Anzahl an Krümeln direkt daneben. Und doch war sie nicht zu Hause. Irgendetwas musste so dringend gewesen sein, dass sie alles stehen und liegen gelassen hatte. Ich zog mir den Stuhl heran, setzte mich an den Tisch und griff nach dem Plätzchen, knabberte nachdenklich daran herum. Meine beiden Nachbarinnen hatten Knall auf Fall ihre Häuser verlassen und sich auf den Weg gemacht. Wohin? Weshalb? Mich beschlich das untrügliche Gefühl, die Ursache für das alles zu sein. Zum Glück hatte ich mein Handy dabei. Ellen Wintherscheids Nummer fand ich nach kurzem Suchen. Es klingelte mehrmals, dann sprang der Anrufbeantworter an und informierte mich über ihre momentane Abwesenheit. Aha. Die Dritte im Bunde. Vermutlich hätte ich auch bei den anderen Damen der illustren Kaffeerunde keinen Erfolg, wenn ich es jetzt bei ihnen versuchen würde. Ich stand auf. So groß war Kleinhaulmbach nicht, als dass ich sie nicht würde aufstöbern können.

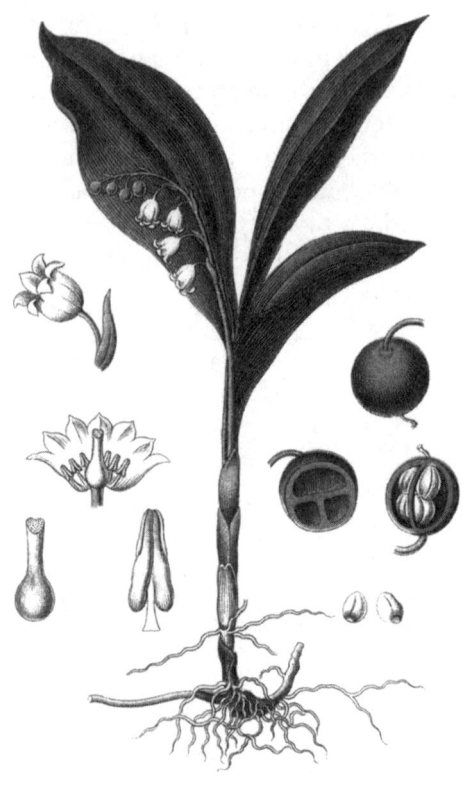

Echtes Maiglöckchen, *Convallaria majalis* – ist ein mehrjähriger Frühjahrsblüher, der in der Herzmedizin und als Schnittblume verwendet wird. Die beliebte Gartenpflanze führt bei falscher Dosierung zu Arrhythmien, Hypertonie, Koma und Herzstillstand.

»Da ich davon ausgehe, dass ihr sowieso über mich redet, dachte
ich mir, ich könnte direkt selbst vorbeischauen«, sagte ich in die
Stille hinein, die mich empfing.

Das aufgeregte Gespräch war schlagartig verstummt, als ich
die Tür geöffnet und den Raum betreten hatte. Ich hatte sie
gefunden, indem ich dreimal durch das Dorf gekurvt war und
schließlich eine Ansammlung von Fahrrädern an einem Gartenzaun entdeckt hatte. Wie vermutet, war auch hier die Haustür
nicht abgeschlossen, und ich hatte ohne Schwierigkeiten un-
bemerkt durch den Flur schleichen und dem Stimmengewirr
nachgehen können.

»Katharina!« Mila sprang auf. »Was tust du denn hier?«

Ich blieb stehen, baute mich breitbeinig auf und verspürte
keinerlei Lust, mir das Heft aus der Hand nehmen zu lassen. Ich
war diejenige, die hier ganz kräftig vorgeführt werden sollte,
und hatte keinen Grund, mich als Eindringling zu fühlen. Also
verkniff ich mir das vermutlich von ihr erwartete »Das müsste
ich eigentlich euch fragen« und ging direkt zum Angriff über.

»Für wie dumm haltet ihr mich eigentlich?«, explodierte ich
und ging auf die Frauenrunde zu. »Euren konspirativen Scheiß
könnt ihr euch echt schenken.« Ich trat ans Kopfende des Tisches, schlug meine Hände auf den Tisch und beugte mich vor.
Sie wichen vor mir zurück, immer noch sprachlos und mit einer
Mischung aus Ratlosigkeit und Furcht auf den Gesichtern. »Ich
weiß, was gespielt wird. Ich war auf dem Friedhof und hab die
Blumen auf den Grabsteinen gesehen. Da war es nicht schwer,
eins und eins zusammenzuzählen und zu kapieren, was diese tolle
Aufgabe ist, die ich erfüllen soll.« Ich stieß mich ab und sah sie
alle nacheinander an. Die beiden Schwestern, die Rotbezopfte,
die Witwe des Arztes, Marga, Mila und Ellen Wintherscheid.
»Aber das könnt ihr euch abschminken, ihr Verrückten. Marion
hatte ja anscheinend keine Probleme damit. Ich werde das aber
auf gar keinen Fall tun. Ihr könnt froh sein, wenn ich euch nicht
anzeige.« Ich schnaubte und spürte, wie mein Herz raste, als

mir die Ungeheuerlichkeit des Ganzen erneut in ihrer ganzen Bandbreite aufging.

»Wofür willst du uns anzeigen?« Ellen Wintherscheid sprach mit ruhiger Stimme und ließ mich nicht aus den Augen. »Und was soll das heißen, dass Marion anscheinend keine Probleme damit hatte? Womit?«

»Das weißt du doch ganz genau«, zischte ich. »Ich habe diese Blumen, die anzeigen, wer alles auf das Konto der Frauen in meiner Familie geht, auch auf dem Grabstein *deines* Mannes gefunden. Sehr bequem, sich den Ärger einfach auf diese Weise vom Hals zu schaffen, nicht? Und nützlich, wenn es im Dorf jemanden gibt, der die eine oder andere Giftpflanze kennt, um diese, nennen wir es mal salopp Störung, aus dem Weg zu räumen.« Die Frauen sahen sich an.

»Du …«, brauste Mila auf, aber Ellen Wintherscheid stoppte sie mit einer raschen Geste.

»Wenn ich dich richtig verstehe, wirfst du uns vor, dass wir …«

»Dass ihr ein Haufen durchgeknallter Weiber seid, die meine Tante Marion zum Mord angestiftet haben«, sagte ich ruhig.

Stille. Alle hielten den Atem an. Sie wirkten nicht geschockt oder überrascht. Auch nicht entsetzt. Eher so, als ob sie überlegten, wie sie sich jetzt verhalten und was sie sagen sollten. Allein Ellen Wintherscheids Reaktion überraschte mich. Sie lachte. Zuerst nur leise, dann laut und herzlich. Eine nach der anderen in der Runde fiel in das Lachen ein, bis sie sich alle die Bäuche hielten. Ich stand wie hypnotisiert.

»Wofür hältst du uns, Katharina? Für Hexen? Für skrupellose Mörderinnen?« Ich nickte. Das Gelächter machte mich noch wütender, als ich ohnehin schon war. »Das kann ich mir nicht vorstellen.«

»Wieso sollte ich nicht? Die Indizien sprechen eine deutliche Sprache.«

»Was bist du? Ein Detektiv oder eine Polizistin? Oder wieso redest du so?« Ellen Wintherscheid lächelte, als sei ich ein begriffsstutziges Kind. »Denn wenn dem so wäre, wärst du äußerst leichtsinnig, dich direkt in die Höhle des Löwen zu begeben.« Sie stand auf, kam auf mich zu und legte mir die Hand auf die Schulter. »Und es ist natürlich Unsinn. Ganz großer Unsinn.«

Sie umfasste mich fester und drehte mich so, dass ich den anderen in die Augen sehen konnte. »Traust du uns das wirklich zu?« Ich schluckte. Alle Hinweise deuteten darauf hin. Das Tagebuch, Hildas Taten, diese Geheimniskrämerei, die Blumen auf den Grabsteinen, einfach alles.

»Jetzt denkst du dir, das ist alles so unwahrscheinlich, dass es schon wieder wahr sein muss, richtig?«, fragte sie in sachlichem Ton und ließ mich los.

»Habt ihr eine andere Erklärung?« Ich hörte meine Stimme zittern. Vielleicht hatte sie recht, und ich war wieder über mein Ziel hinausgeschossen. Das passierte mir ja nicht zum ersten Mal. War ich ein weiteres Mal zum Opfer meiner überbordenden Phantasie geworden?

»Natürlich.«

»Ich höre.«

»Vielleicht wäre es das Beste, wenn du uns zuerst mal erklärst, was dich auf diese Idee gebracht hast.« Sie ging um den Tisch herum und setzte sich wieder. Mit der Hand deutete sie auf einen freien Platz in der Runde.

»Ihr seid alle erstaunlich ruhig dafür, dass ich euch gerade als Mörderinnen verdächtigt habe.« Ich sah sie der Reihe nach an. »Mir wäre das nicht egal.«

»Es ist uns auch nicht egal, aber wir sind zumindest nicht überrascht.« Die Witwe des Doktors. »Wir haben es ja auf gewisse Weise selbst provoziert.«

»Provoziert?«

»Wir wollten dich testen.« Eine der beiden Schwestern.

»Testen?«, echote ich wieder und kam mir langsam wie Björn vor. Sie schob den leeren Stuhl neben sich ein Stück nach hinten und klopfte auf die Sitzfläche. Langsam setzte ich mich.

»Ja. Testen. Wir wussten nicht, was Marion dir über uns und unser derzeitiges Problem erzählt hat, und hatten gehofft, du würdest von dir aus etwas sagen.« Mila schnaubte, und ich suchte den Blickkontakt zu ihr. Sie hatte, seit Ellen sie so abrupt unterbrochen hatte, geschwiegen und saß zurückgelehnt auf ihrem Platz. »Wir kämpfen alle gemeinsam gegen ein Projekt, das unser Dorf bedroht.«

»Und das wäre?«

»Das Dorf als Einkaufszentrum«, mischte sich die Rotbezopfte ein. »Sie wollen hier bei uns ein Riesenprojekt realisieren, eine breite Straße durch die Landschaft pflügen und das Ganze auch noch mit einer eigenen Autobahnauffahrt versehen. Shopping-Village nennt sich das dann. Das ist der neueste Hit überall, und die Leute rennen denen andernorts die Bude ein.«

»Wo ist das Problem? So etwas ist doch gar nicht schlecht. Sehr viele Arbeitsplätze hat Kleinhaulmbach ja nun nicht zu bieten.«

»Das stimmt. Und wir hätten auch nichts dagegen gehabt, wenn das Ding auf der grünen Wiese entstanden wäre. Aber sie wollen es mitten ins Dorf setzen. Mehr noch. Sie wollen unsere Häuser dazu umbauen und in Geschäfte umwandeln.«

»Wenn denen niemand sein Haus verkauft, dürfte es doch kein Problem geben.«

»Doch, gibt es. Dem Investor gehört bereits ein nicht unbeträchtlicher Teil an Häusern hier im Dorf. Es ist alter Familienbesitz. Aber die Fläche reicht nicht. Schon mal gar nicht für die Straße und den Autobahnzubringer. Also hat er den Dorfbewohnern Angebote gemacht, um ihnen ihre Häuser und Grundstücke abzukaufen. Einige haben auch unterschrieben. Aber es sind noch nicht genug. Hast du wirklich nichts davon gewusst?«

»Wie sollte ich?«

»Hat dich der Investor nicht kontaktiert?«

»Nein. Bei mir hat sich niemand gemeldet. Aber ich habe die ganze Angelegenheit sowieso nur über den Notar ...« Ich stockte. Herr Dr. Habschick hatte mehr als einmal versucht, mich zu erreichen, und ich hatte seine Nachrichten einfach immer nur gelöscht, ohne sie anzuhören, weil ich zu dem Zeitpunkt keine Lust gehabt hatte, mich mit dem Thema zu beschäftigen. Auch als er mir, als ich ihn dann schließlich anrief, noch weitere Informationen zu dem Objekt hatte geben wollten, hatte ich ihn in seinem Redefluss unterbrochen und klargestellt, dass ich ganz unvoreingenommen an die Sache rangehen wollte. »Es kann sein, dass er etwas davon weiß. Aber wieso ist das denn so wichtig? Ich bin doch sicher nicht die Einzige, mit der der Investor sprechen wollte.«

»Nein. Die Einzige bist du nicht, Katharina«, sagte Ellen Wintherscheid. »Er hat es bei jeder von uns schon versucht und ist abgeblitzt. Wir wollen nicht, dass unser Dorf zerstört wird, und das würde unweigerlich passieren.«

»Er kann euch ja nicht zwingen zu verkaufen.«

»Nein. Das kann er nicht.«

»Wo ist dann das Problem?«

»Es gibt keines, solange wir zusammenhalten.«

»Warum dachtet ihr, ich würde nicht zu euch halten?«

»Weil du nicht von hier bist. Eine Fremde, der das alles ganz egal sein kann.« Ellen Wintherscheid lächelte entschuldigend. »Wir wussten nicht, wie wir dich einschätzen sollten. Das war ein großes Risiko.«

»Warum habt ihr mich nicht einfach gefragt?«

»Als du Mila gesagt hast, du würdest direkt wieder abreisen, haben wir befürchtet, du würdest dein Erbe verkaufen wollen.«

»Es stimmt, ich habe darüber nachgedacht.« Ich rieb über meine Oberschenkel. »Ich würde lügen, wenn ich behaupten würde, mich für diese ganze Sache hier restlos zu begeistern. Aber ich wusste nichts von einem Interessenten.«

»Was vermutlich unser Glück war.«

»Keine Ahnung, wie ich darauf reagiert hätte. Vielleicht wäre ich erst gar nicht hergekommen und hätte direkt zugeschlagen.«

»Hast du aber nicht.«

»Nein.« So ganz überzeugt war ich noch nicht. »Was ist mit den Blumen auf den Grabsteinen? Auf einigen Männergräbern habe ich einzelne Blumen gefunden. Auf denen von Marion und einiger Frauen, von denen ich denke, dass es meine Vorfahrinnen sind, waren Sträuße. Gibt es da einen Zusammenhang?«

»Natürlich«, mischte Marga sich ein. »Das macht man hier so.«

»Das ist eine nette Tradition hier im Dorf. Mehr nicht. Auf anderen Friedhöfen findet man Engel und Putten und so einen Kram. Wir haben Blumen«, bestätigte Ellen Wintherscheid. Sie nickte, und die Frauen wiederholten die Geste wie ein Echo. Ich legte meine Hände auf den Tisch und sah sie der Reihe nach an. Das konnte eine Erklärung sein oder auch nicht. Die Mörder-Opfer-Variante war die deutlich paranoidere, also für mich typische.

»Was hat er euch denn geboten für die Grundstücke?«, fragte ich. Alle sahen Ellen Wintherscheid an. Sie räusperte sich.

»Es geht uns nicht nur ums Geld, Katharina, und darum, ob du verkaufst oder nicht.«

»Sondern?«

»Marion war sehr kreativ im Finden von Lösungen. Sie hat nicht so schnell aufgegeben. So jemand fehlt nun. Als ob man uns den Motor weggenommen hätte.«

»Was hat das mit mir zu tun?« Ich schaute in die Runde. Ellen lächelte.

»Du machst einen sehr energiegeladenen Eindruck und hast eine Menge Schwung. Vielleicht kannst du die Lücke, die Marion bei uns hinterlassen hat, ja füllen?«, fragte sie und wartete auf meine Reaktion. Als ich schwieg, senkte sie den Blick und fuhr mit verändertem Tonfall, aus dem Enttäuschung sprach, fort: »Wie viel Geld er uns bietet, willst du wissen? Eine Menge. Er will die Grundstücke unbedingt haben und ist mittlerweile bei Summen angekommen, die nichts mehr mit dem tatsächlichen Wert zu tun haben.«

»Wie viel?« Ich wollte alle Fakten kennen, bevor ich mich für oder gegen irgendwas entschied.

»Eine Million Euro.« Ellen Wintherscheid räusperte sich. »Für jede von uns.«

Hatte ich bis dahin im Letzten noch gezweifelt, wusste ich nun, was die Aufgabe war, die mir das Leben zugeteilt hatte. Die Frauen kamen und baten mich um Hilfe. Ich half. In guten und in schlechten Tagen. In Gesundheit und Krankheit. Und manchmal bis ans Ende aller Zeit.

Agnes und ich vertrauten einander, lebten und wirtschafteten gemeinsam. Johannes wuchs heran, lief mit den Knechten aufs Feld und in den Stall. Sog alles auf. Abends saß er mit uns im Schein der Lampe und hörte zu, wie Agnes ihm vorlas. Geschichten aus fernen Ländern und alte Märchen. Und genauso, wie er sich den Umgang mit dem Vieh auf natürliche Weise aneignete, wurden ihm die Buchstaben vertraut, einer nach dem anderen.

Es wurde Februar. Die Zeit des Gesindewechsels stand an. Die meisten blieben bei uns. Agnes war eine gute und gerechte Dienstherrin.

Der alte Matthias hatte schon bei Einbruch des Winters die

Kälte in den Knochen gespürt. Seine Finger schmerzten, und er konnte die Forke nicht mehr halten. Meine Kräuter halfen ihm, die Schmerzen auszuhalten, konnten ihn aber nicht mehr heilen. Am Morgen des vierten Februar stand er in der Tür zur Küche. Ein gebeugter Schatten. Er drehte seinen Hut in den Händen und wartete, bis Agnes sich zu ihm wandte.

»Matthias?« Sie wischte sich die Hände an der Schürze ab. »Komm doch herein und setz dich.« Sie wies auf einen Stuhl. Matthias rührte sich nicht.

»Ich bin gekommen, mich zu verabschieden, Bäuerin.«

»Du willst zu einem anderen Herrn?«, fragte Agnes erschrocken. Sie mochte Matthias. Seine ruhige und bedächtige Art. Sein Wissen um das Getreide und das Wetter. Seine Weisheit, die er mit dem Alter gesammelt hatte und die er an die Jungen weitergab. Mehr als einmal hatte sie ihm das beste Stück Fleisch zugeschoben, das eigentlich dem Herrn des Hauses zugestanden hätte.

»Ich bin zu alt, um zu arbeiten, Bäuerin.«

»Und wo willst du hin?«

»Ich will niemandem zur Last fallen«, wich er der Frage aus. Die meisten Knechte und Mägde blieben so lange bei ihrem letzten Dienstherrn und trugen ihren Teil bei, bis sie starben. Nicht allen waren ein freundlicher Herr und ein friedliches Ende gegeben. Ich hatte gehört, dass es in einigen Teilen unseres Landes Höfe gab, auf denen die alten Hofdiener ihre letzten Tage verbringen konnten, aber es gab nur sehr wenige, und der nächste war sehr weit entfernt. Agnes ging zu Matthias, legte ihm die Hand auf die Schulter.

»Du bist keine Last. Auch wenn du nicht arbeiten kannst. Du hast dir dein Brot lange genug verdient. Ich möchte nicht, dass du gehst.« Sie zog ihn an den Tisch und drückte ihn auf den Stuhl. Matthias ächzte.

»Ich bin nutzlos wie ein alter Ochse«, brummte er und wollte wieder aufstehen. Agnes lachte.

»Du bist stur wie ein alter Esel.« Sie stellte einen Becher mit heißem Tee vor ihm ab. »Hier. Wärm deine Knochen. Und dann gehst du und packst deine Habseligkeiten wieder aus. Wir werden schon etwas finden, damit du nicht nur nutzlos in der Ecke sitzt.«

Wieder legte sie ihre Hände auf seine Schultern wie eine Tochter ihrem Vater. Es klopfte.

Die Tür öffnete sich, und wieder stand ein Schatten in der Tür. Auch dieser drehte, als ich im Gegenlicht etwas erkennen konnte, wie ein Echo auf Matthias seinen Hut in den Händen. Nur war er jung, seine Schultern gerade und stark. Durch das Dämmerlicht blitzten dunkle Augen. Seine dichten Haare trug er im Nacken zu einem kurzen Zopf gebunden.

»Braucht ihr einen neuen Knecht?«, fragte er, lächelte und betrat die Küche, noch bevor er hineingebeten worden war. Agnes ging auf ihn zu und betrachtete ihn von oben bis unten. Ihr gefiel seine freche Art nicht, das konnte ich sehen. Es war nicht gut, wenn die Knechte sich zu viel herausnahmen, und Agnes hatte schon mehr als einmal einen in seine Schranken verweisen müssen, der dachte, auf einem Hof ohne Herrn wäre ein leichtes Leben.

»Unser Gesinde ist vollständig. Wir kommen gut aus.« Sie stemmte die Hände in die Hüften.

»Ich habe Erfahrungen mit dem Vieh, kann helfen, wenn die Kälber kommen und die Lämmer.« Er rührte sich nicht vom Fleck. Stand breitbeinig da und blickte von Agnes zu mir und zurück. Sein Blick war klar und ehrlich. Keiner, der sich beugte vor denen, die Respekt nur forderten, ohne ihn zu verdienen.

»Frag beim Nachbarn. Da haben sie immer eine Menge Arbeit.« Agnes verschränkte die Arme vor der Brust. Der Knecht warf mir noch einen Blick zu, senkte den Kopf und zuckte dann mit den Schultern. Er drehte sich um und ging zur Tür.

»Wie heißt du?«, wollte ich wissen, erstaunt über mich selbst. Auch wenn Agnes und ich alles besprachen und sie viel Wert auf meine Meinung legte und meinen Rat hören wollte, taten wir das immer nur hinter verschlossenen Türen. Dass ich, in den Augen aller ihre Magd, ihr widersprach, überraschte sie. Verblüfft sah sie mich an. Der Knecht blieb stehen.

»Wilhelm. Ich heiße Wilhelm«, sagte er, die Hand schon an der Tür.

»Wir brauchen einen Ersatz für Matthias.« Ich sah Agnes nicht an, während ich das sagte, sondern behielt Wilhelm im Blick. Langsam wandte er sich wieder zu uns um. Um seinen

Mundwinkel zuckte es. Er lächelte wieder. Ich spürte, wie die Röte an meinem Hals hochstieg. Agnes neben mir versteifte sich. »Wenn er auch schlachten kann«, sagte Matthias leise zu Agnes. »Meine Hände sind zu schwach, um das Messer schnell genug zu führen.«

»Du kannst bleiben.« Agnes' Stimme klang kälter, als ich sie vorher jemals gehört hatte. Sie nahm einen Korb und presste ihn an sich. »Lass dir von Hilda eine Schlafstelle zeigen. Wir müssen jetzt an die Arbeit.« Sie sah mich an. »Vergiss das nicht.«

Ich hatte meinen Willen durchgesetzt. Wilhelm durfte bleiben. Den Rest des Tages strafte Agnes mich mit einer Missachtung, die ich bisher nicht von ihr kannte und die mich erkennen ließ, dass ich durch mein Verhalten nicht nur die Hofherrin in ihr verletzt hatte.

Gänseblümchen, *Bellis perennis* – fühlt sich auf Wiesen, Gras- und Rasenplätzen und an Wegrändern besonders wohl. Seine schon bei den Germanen bekannten Heilwirkungen auf den Stoffwechsel und die Verdauung entfaltet es als Salat oder im Tee.

ZWÖLF

Eine. Million. Euro. Das war sehr viel Geld. Für jemanden wie mich, ohne festen Job, ohne regelmäßiges Einkommen und ohne jeglichen Plan, wie es in den nächsten Monaten weitergehen sollte, war es sogar unglaublich viel Geld. Ich scheiterte daran, mir während der Fahrt zu Marions Haus die Zinsen auszurechnen, die mich ernähren würden, wenn ich diese Summe annehmen und anlegen würde. Ich trat stärker in die Pedale. Ich hatte die Frauenrunde allein gelassen, weil ich dringend nachdenken musste. Mir darüber klar werden, was ich wollte. Wie und vor allem wo ich meine nächsten Lebensjahre verbringen sollte.

Ein Schlagloch rüttelte mich durch, meine Kiefer schlugen hart aufeinander, und ich biss mir die Lippe blutig. Ich hatte die Wahl. Dem Investor über Herrn Dr. Habschick ausrichten zu lassen, dass ich das Angebot annehmen würde, kostete mich nicht mehr als einen Anruf. Mit dem Geld konnte ich mir eine kleine Wohnung in der Stadt kaufen, mich nett einrichten und wohlfühlen. Der Rest wäre ein willkommenes Polster für meine freie Journalistentätigkeit, ich könnte an dem arbeiten, was mich interessierte, und musste mich nicht mit Auftragsschreibereien knapp über Wasser halten. Finanzielle Sicherheit war eine für mich bisher unbekannte Größe.

Ich sah mich schon investigieren, mich wie der Kölner Kollege Wallraff einschleichen in soziale, wirtschaftliche und sonstige Missstände und sie gnadenlos aufdecken. Oder das Buch schreiben, das ich schon immer vor Augen gehabt hatte, zu dem ich aber bisher nie die Zeit gefunden hatte. Einen Krimi mit Kräutern zum Beispiel. Ich grinste, als mir ein Titel einfiel: »Kraut & Rübchen«.

Aber was war dann mit Marions Freundinnen? Mit Ellen, Mila und Marga? Sie und die anderen hatten das Angebot abgelehnt. Sie wollten ihre Häuser nicht verkaufen. Kleinhaulmbach war ihre Heimat. Ihr Zuhause. Sie hatten keine Alternative. Jedenfalls keine, die sie so einfach in Erwägung ziehen konnten. Das Dorf war nicht nur als Ort ihr Zuhause. Es waren auch die Menschen, die hier lebten. Sie hielten zusammen, standen einander bei und bildeten eine Familie.

»Ach Katharina, jetzt werde mal nicht rührselig«, schimpfte ich laut und bog in die schmale Straße ein, die mich zu Marions Haus führte. Sicher gab es auch hier die Ewiggestrigen, die Querulanten, die Miesepeter und Vorurteils-Hochhalter. Die, die niemals vor die Tür gingen und nicht über ihren kleinen beschränkten Horizont hinaussahen, weil sie es entweder nicht konnten oder nicht wollen. Je nachdem. Bei einigen sicher auch beides. Ich kannte diese Art Leute zuhauf. Aber Frauen wie die, die ich eben zurückgelassen hatte, gab es nicht so häufig. Auch wenn ich sie vor einer halben Stunde noch im Verdacht gehabt hatte, ein Komplott gegen mich geschmiedet zu haben, konnte ich nicht umhin, ihre Freundschaft und ihren festen Zusammenhalt zu bemerken. Ich kannte viele Einzelkämpfer, denen es komplett egal war, was mit anderen passierte, solange sie ihre Schäfchen nur im Trockenen hatten. Die Frauen saßen jetzt sicher zusammen, überlegten, beratschlagten, was sie tun würden. Jedes Grundstück zählte. Sie waren auf mich angewiesen. Das gefiel mir nicht. Ich selbst mochte es auch nicht, hilflos ausgeliefert zu sein. Wenn ich mich aber von diesem Gedanken leiten ließ, war ich wiederum abhängig von ihnen. Ich stieg ab und lehnte das Rad gegen die Hauswand. Mein Handy brummte. Eine SMS von Björn. Was wollte er denn jetzt noch? Hatte die Verkürzung der Frist auf Freitag nicht gereicht, sollte ich den Artikel jetzt auch noch heute Abend abgeben? Ich öffnete die Nachricht. Sie war knapp gehalten.

»Wir brauchen einen Artikel über Gänseblümchen. Niemand sonst hat Zeit. Mach das bitte anstelle des anderen Textes. Abgabetermin wie gehabt.«

Das Display grinste mich höhnisch an. Das durfte doch nicht wahr sein.

»Du verdammter Scheißkerl«, schrie ich das Handy an und hätte es am liebsten an die Wand geschmettert. Gänseblümchen? Hatte der sie noch alle? »Na warte«, zischte ich und öffnete die Antwortfunktion. »Du kannst dir deine Gänseblümchen sonst wohin stecken, sehr verehrter Herr Chefredakteur. Ich kündige. Fristlos«, schnauzte ich das Handy an.

Es reichte mir wirklich. Ein Grund mehr, die Knete einzustreichen und hier zu verschwinden. Ich suchte nach den richtigen Worten. Kurz und knapp. Böse, aber nicht so, dass es klänge, als ob ich rachsüchtig, nachtragend oder gar beleidigt wäre. Obwohl das alles natürlich zu hundert Prozent zutraf. Mein Daumen schwebte über der Tastatur wie ein Adler, kurz bevor er auf seine Beute niederstieß. Jemand stupste mich in die Seite. Ich sah auf.

»Rita, was machst du hier?« Die Ziege brachte mich komplett aus dem Konzept. »Wieso ...«

Wieso bist du hier und nicht im Gehege, wollte ich fragen, aber Rita ließ mich nicht zu Wort kommen. Sie meckerte laut und vernehmlich. Dann biss sie in meine Bluse und knabberte daran. »Hör auf!« Ich schob sie weg. Das schien nicht in ihrem Sinne zu sein. Sie stupste mich erneut, diesmal heftiger. Ich schwankte. Das Handy fiel auf den Boden, direkt in eine Schlammpfütze. Rita machte einen Schritt nach vorn und versenkte das Telefon endgültig. Ich schrie auf, bückte mich und wühlte mit beiden Händen im kalten Matsch. »Du blödes Viech.« Ich verscheuchte sie.

Es dauerte nur wenige Sekunden, bis ich das Handy gefunden hatte, aber die reichten dem Schlamm, um in sämtliche Ritzen zu dringen und das Innere zu überfluten. Das Display blieb dunkel. Rita drehte sich um und trabte zielsicher in Richtung von Margas Hecke.

»Oh nein. Stopp!«, brüllte ich ihr hinterher, aber sie ignorierte mich. Die machte, was sie wollte, ohne Rücksicht auf Verluste. Was ist mit den anderen Viechern?, dachte ich, sprintete zum Gehege und seufzte erleichtert auf.

Jane, Marylin und Ludwig schauten mich an und ließen sich nicht weiter stören. Ich kontrollierte und sicherte das Tor, griff nach einem Seil und rannte um die Hecke herum in Margas Garten. Rita kaute bereits genüsslich an einem Strauch. Ich ging zu ihr, legte ihr das Seil um den Hals und zerrte wütend daran. Die Ziege sah mich an und zwinkerte mir zutraulich zu. Widerstandslos folgte sie mir, die letzten grünen Sprossen zwischen ihren Zähnen zermahlend. Ich blickte zurück auf den Garten. Im Sommer wäre er sicher ein Paradies. Ich erkannte die Anlage der Staudenbeete, die ersten Sträucher blühten, und überall reckte frisches Grün die Spitzen aus der Erde. Was für eine Mühe Marga in diesen Garten stecken musste, um ihn so aussehen zu lassen, konnte ich nur ahnen. Die Vorstellung, das alles unter einer Baggerschaufel verschwinden und die Obstbäume fallen zu sehen, erschien mir nur halb so schrecklich wie die von Margas Trauer über den Verlust. Jede von ihnen verlor sehr viel, wenn der Investor seine Pläne wahr machen konnte. Ich schloss die Augen, atmete tief ein. Eine. Million. Euro. Stellte mir das Geld auf einem Haufen vor. Atmete aus.

Nein. Sie waren füreinander da, wie eine Familie. Da konnte ich nicht kommen und alles zerstören. Außerdem regte sich in mir die kleine Pflanze des Widerstands gegen so ein rücksichtsloses Vorgehen. Nur weil auf der einen Seite Geld vorhanden war, das auf der anderen Seite fehlte, hatte der eine Investor noch lange nicht das Recht, alle anderen zu behandeln, wie es ihm passte.

Björn konnte ein wenig Gegenwind sicher auch gut vertragen. Er würde sich noch wundern. Ich ließ mich nicht aus der Redaktion mobben. Denn dass das seine Absicht war, daran hatte ich keinen Zweifel mehr. Er wollte Gänseblümchen? Gut, dann bekam er Gänseblümchen. Aber ganz anders, als er sich das dachte.

Vorher musste ich nur noch eine einzige Sache klären, dann würde ich den anderen meinen Entschluss mitteilen.

»Du wusstest doch von Anfang an über die ganze Sache Bescheid, oder?« Ich lehnte mich an den Türrahmen. Alex schaute hinter seinem Empfangsschalter auf und schien überrascht. Sein letzter Patient war mir entgegengekommen, als ich die Treppe zu seiner Tierarztpraxis hochgestiegen war. Die offizielle Sprechstunde war schon längst vorbei, die Helferin nach Hause gegangen. Er hatte angestrengt auf seinen Computer gestarrt und mich erst bemerkt, als ich ihn ansprach.

»Hallo, Katharina. Wie geht es dem Kopf?«

»Lenk nicht ab. Ich will jetzt wissen, was du wusstest.«

»Worüber?« Er wandte sich wieder seiner Tastatur zu und tippte angestrengt, ohne mich eines weiteren Blickes zu würdigen.

»Über die Sache mit dem Investor, das Geld und den Test.«

»Macht es irgendeinen Unterschied, ob ich etwas wusste, und

wenn ja, was?« Alex stand auf, ging um den Schalter herum und baute sich vor mir auf.

»Für mich schon.«

»Weshalb?«

»Weil …« Ich geriet kurz ins Schwimmen. »Weil ich das von dir nicht erwartet hätte.«

»Was?«

»Dass du mir in den Rücken fällst. Wir kennen uns von früher, und ich dachte, dass du mich …« Ich brach ab, bevor ich noch mehr stammelte.

»Ich dich was?«

»Dass zu mir hältst.«

»Das stimmt auch.«

»Was stimmt?«

»Ich halte zu dir.« Er grinste unverschämt.

»Was hast du dann hinter meinem Rücken mit Mila zu schaffen?«

»Ich habe hinter deinem Rücken nichts mit wem auch immer zu schaffen.« Er trat dicht vor mich und starrte mir in die Augen. »Allerdings bin ich dir auch keine Rechenschaft schuldig, mit wem ich was bespreche, Katharina. Du gehst ein bisschen zu weit.«

»Ich möchte nur wissen, wie weit ich dir trauen kann. Woran ich mit dir bin.« Ich nahm tief Luft. »Also, was wusstest du von der ganzen Sache?«

»Das, was alle hier im Dorf wissen.«

»Und warum hast du mir nichts gesagt?«

»Weil ich dich mag. Sehr sogar.« Er räusperte sich.

»Und das zeigst du mir, indem du mich wie die anderen im Dunkeln tappen und mich lächerlich machen lässt?« Ich lachte bitter auf. »Das ist ja ein toller Beweis deiner angeblichen Zuneigung zu mir. Vielen Dank. Hättest du mir nicht einfach sagen können, wie die Dinge liegen?«

»Nein. Das konnte ich nicht. Weil ich nämlich auch hier wohne. Weil es mir mehr als wichtig ist, was mit dem Dorf geschieht. Weil ich bereit bin, einen hohen Preis zu bezahlen. Weil ich nicht einfach die ganze Aktion gefährde, nur weil mir ein paar Hormone querschießen. Verstehst du das, Katharina? Es ist nicht immer alles so einfach.« Er kniff die Augen zusammen. »Und im Übrigen, werte Frau Rübchen, war ich derjenige, der versucht hat, die Damen davon zu überzeugen, dass man mit dir sicher reden kann, dass du die Bedeutung des Ganzen verstehst. Dazu braucht es keine Geheimniskrämereien. Wenn du das nicht einsehen willst, kann ich es nicht ändern.« Er wies auf die Tür.

»Du wusstest von dem Buch und kanntest den Inhalt?« Ich blieb stehen und dachte an das, was Mila mir erzählt hatte. Nur für die Familie bestimmt.

»Soweit ich es gelesen habe, während du deinen Rausch ausgeschlafen hast.«

»Und das soll ich dir glauben?«

»Glaub es oder lass es sein. Es ist mir egal.«

»Ach, egal ist es dir. So viel also zum Thema, dass du mich magst.«

Er schnaubte, fasste mich an der Schulter und geleitete mich durch die Praxistür in Richtung Ausgang. Ich kochte vor Wut, aber er ließ mich nicht zu Wort kommen. »Und jetzt muss ich arbeiten. Für so ein Kindergartengetue ist mir meine Zeit wirklich zu schade.« Er griff um mich herum, öffnete die Haustür und schob mich hinaus. »Auf Wiedersehen, Katharina.«

Wilhelm erwies sich als nicht nur mit dem Maul tüchtig. Er packte an, war als Erster auf den Beinen und noch auf dem Hof unterwegs, wenn das Licht bereits hinter dem First verschwand. Bei den Mahlzeiten aß er rasch und mit einem Hunger, der über seine von der Arbeit ausgezehrten Kräfte hinausging. Wenn er arbeitete, schwieg er. In den Pausen sprudelte er über, als ob alle Gedanken, die er gedacht hatte, während er den Pflug hinter dem Ochsen herschob, auf einmal hinauswollten. Er lachte und scherzte mit den anderen Mägden, verstand sich mit den Knechten auf eine brüderliche Art. Nur zu mir hielt er Abstand, sprach nicht mehr als das Nötigste. Ab und an begegneten sich unsere Blicke, und ich hatte den Eindruck, dass er mich schon längere Zeit beobachtet hatte und sich erst jetzt, da ich es bemerkte, abwandte.

Agnes' Abneigung gegen Wilhelm änderte sich nicht. Ihm gegenüber war sie die Herrin und zeigte es deutlich. Wilhelm wehrte sich nicht. Wie in einer stillen Übereinkunft gingen die beiden einander aus dem Weg, wo es nur ging. Trotzdem konnte sie nicht umhin, Wilhelms Arbeitskraft wertzuschätzen. Vor allem, weil Matthias voll des Lobes über den jungen Mann und seine Umsicht war.

An einem späten Abend im Mai ging ich aus dem Haus, um Kräuter zu sammeln, die um diese Zeit ihre Blüte und ihre größte Wirksamkeit entfalteten. Ich kannte die Stellen genau, einige Zeit Fußweg vom Hof entfernt, am Waldrand und im Unterholz. Ich bemerkte Wilhelm erst, als er mit einem Mal neben mir stand.

»Ist etwas auf dem Hof passiert?«, fragte ich und versuchte, ihn meinen Schrecken über sein unvermitteltes Auftauchen nicht spüren zu lassen. »Hat sich jemand verletzt?«

»Nein.« Er sah mich an.

»Warum bist du dann hier?«

»Ich wollte nicht, dass dir etwas geschieht.«

»Was soll mir hier geschehen?« Ich umfasste mit einer Geste die Umgebung. »Es gibt keine Bären, und die letzten Wölfe haben wir im Dezember gehört. Außerdem«, ich griff nach einem dicken Knüppel, den ich mitgenommen und an einen Baum gelehnt hatte, »weiß ich mich ganz gut meiner Haut zu erwehren.«

Wilhelm lachte. »Das glaube ich dir unbesehen.« Er trat einen Schritt näher zu mir heran und beugte sich über meinen Korb, in dem sich Blätter und weiße Blüten befanden. »Was ist das?«

»Frauenmantel und Brennnesseln.« Ich griff in den Korb, holte eine Brennnessel hervor und hielt sie ihm unter die Nase. Er zuckte zurück. Ich lächelte. »Keine Angst. Sie beißt nicht.«

»Das kenne ich aber ganz anders.«

»Es kommt darauf an. Die Brennnessel ist wie eine Katze. Man muss wissen, wo man sie anfassen darf, ohne dass sie ihre Krallen ausfährt.« Ich drehte die Pflanze in meinen Fingern. »Siehst du die feinen Härchen?« Er blinzelte, schob sein Gesicht näher an die Pflanze und nickte. »Sie sind am Stiel und an der Unterseite der Blätter«, fuhr ich fort. »Wenn man gegen den Strich darüberfährt, fahren sie ihre Krallen aus und beißen uns. Wenn man sie aber ...«

»... mit dem Strich streichelt, dann tun sie uns nichts«, unter-

brach Wilhelm mich. »Wie das Kätzchen.« Er lächelte schelmisch.
»Und wie bringe ich sie zum Schnurren?«

»So.« Ich zeigte ihm, wie er das Blatt fassen und zu einer kleinen Kugel zusammenrollen musste, bevor ich es in den Mund nahm, kaute und herunterschluckte. Seine Augen wurden weit. Ich zupfte ein zweites Blatt vom Stiel, faltete und rollte es, bis ich sicher sein konnte, alle feinen Härchen auf der Unterseite zerstört zu haben, und hielt es ihm hin. Er betrachtete das grüne Knäuel zwischen meinen Fingerspitzen. Dann umfasste er mit seiner Rechten mein Handgelenk und zog mich so nahe zu sich, bis meine Finger dicht vor seinem Gesicht waren. Frischer Brennnesselgeruch stieg in meine Nase. Ich versteifte mich in seinen Armen, bog meinen Oberkörper nach hinten und versuchte, mich ihm zu entwinden.

»Nicht gegen den Strich streichen«, murmelte er. »Sonst fährt sie ihre Krallen aus.« Er hielt mich fest, beugte sich über meine Hand und aß das Grün von meinen Fingerspitzen. Seine Lippen waren weich und warm. Ich spürte ein flatterndes Echo der Berührung seiner Zunge in meinem Unterleib und das Brechen meines Widerstands. Er drückte meine Hand zur Seite, legte seinen Arm um meine Schultern. Ich fühlte die Hitze, die von seinem Leib aufstieg, und schloss die Augen.

Es war lange her, dass ich mit einem Mann zusammen gewesen war. Zum Glück war mein Schoß damals leer geblieben, weil ich mit Bedacht die richtigen Tränke gerührt und für mich selbst bereitet hatte, sobald mir ein Mann gefallen hatte. Seit ich bei Agnes auf dem Hof lebte, hatte ich ein tugendsames Leben geführt. Die Kirche predigte die Heiligkeit des Ehelebens und missbilligte sündiges Treiben. Doch die meisten Knechte und Mägde konnten nicht heiraten und einen Hausstand gründen. Es fehlte an Land und Geld für den eigenen Hof, und in vielen Landstrichen bestanden Heiratsverbote. Solange man nicht genügend Geld aufbrachte, erhielt man keine Erlaubnis des Gutsherrn zur Ehe. Trotzdem wollten die Körper zu ihrem Recht kommen, und so füllte sich manche Kammer und manches Bett.

Wilhelm küsste mich. Er schmeckte nach dem frischen Kräutergrün. Ich spürte seinen Atem an meiner Wange, seine Muskeln, die mich umschlangen. Das Moos unter unseren Füßen bettete uns weich und nach dem neuen Leben des frühen Sommers duftend. Seine Hände strichen über meinen Leib, öffneten meine Bluse und schoben die Röcke hoch. Haut an Haut. Ich überließ mich dem Entzücken, das er mir bereitete. Ich war nicht die Erste, zu der er kam. Seine Hände fanden Wege und Orte, an die ich mit solchen Gedanken vorher nicht gedacht hatte. Kundig und wissend. So wie meine Hände Heilung brachten, schufen seine Freude und ein Jubeln tief in meinem Inneren. Auch das Wissen, dass ich nicht seine letzte Gefährtin sein würde, konnte mein Glück in diesem Augenblick nicht trüben. Ich fühlte mich vollkommen unter seinen Berührungen. Öffnete meine Schenkel und empfing ihn. Die Dämmerung trug uns durch einen stummen Wald, der meine Schreie ungehört verhallen ließ. Ich war verbunden mit der Erde, dem Boden und dem Sternenhimmel über uns. Alle Scham fiel von mir ab, ich folgte meinen Instinkten, ritt ihn und brachte ihn bis an den Rand und darüber hinaus. An diesem Abend entstand meine Tochter. Ich nahm es wahr und freute mich über dieses Geschenk, das Wilhelm mir gemacht hatte.

Agnes schwieg, als ich später zurück ins Haus kam, wo sie beim Schein des Feuers saß und nähte. Sie hob nicht einmal den Kopf und blieb eisern stumm.

Ich ging zu ihr und legte ihr eine Hand auf die Schulter. Sie zuckte zusammen, als ob ich sie verbrannt hätte, und verhärtete sich unter meinen Fingern. Ich griff nach einem Stuhl, stellte ihn neben ihren und setzte mich so, dass meine Knie ihre Oberschenkel berührten. Immer noch sah sie nicht auf. Das Feuer knisterte in die Stille des Raumes. Eine Träne fiel auf den Stoff in ihrem Schoß.

»Ich habe gesehen, wie er dich ansieht, wenn du nicht darauf achtest. Wie er dir mit Blicken folgt, wenn du bei der Arbeit bist«, flüsterte sie. Ihre Stimme klang rau, als sie weitersprach. »Ich habe auch gesehen, wie er dir in den Wald gefolgt ist, und ich weiß, dass ich mich darüber freuen muss, dass du einen Gefährten findest.« Sie hob die Nadel, suchte die richtige Stelle und bohrte sie in den Stoff. Die Spitze traf einen ihrer Finger. Agnes zog ihn hervor. Blut quoll aus der frischen Wunde und bildete eine kleine glänzende Kugel. Wieder fiel eine Träne, vermischte sich mit dem

Blut und lief als dunkles Rinnsal über ihre Haut in den Stoff. »Es ist nicht recht, wenn ich es neide.«

Überrascht sah ich auf. Ich hatte nicht geahnt, dass sie Wilhelm mit solchen Augen betrachtet hatte. Eher hatte ich immer den Eindruck gehabt, dass sie ihn nicht mochte, ihn trotz seines Fleißes und seiner guten Arbeit eher heute als morgen aus ihren Diensten entlassen wollte.

»Es tut mir leid. Ich wusste nicht, dass du Wilhelm ...«, murmelte ich. Agnes sah mich an. Sie lächelte bitter. Ihre Hand verharrte, zögerte, bevor sie mein Gesicht mit ihren Fingerspitzen berührte und langsam darüber tastete, als ob sie blind wäre.

»Ich neide dir nicht Wilhelm«, sagte sie leise, beugte sich vor und küsste mich.

Ich blieb wie versteinert stehen. Rührte mich nicht. Ihre Lippen waren weicher als Wilhelms und schmeckten süßer. Ich spürte ihre Hingabe, ihre Zuneigung zu mir. Wie sie mich umfing. Wie sie ihre Stirn an meine lehnte. Es war nicht recht, und trotzdem war es richtig. Wo bei Wilhelm Begehren nach meinem Fleisch gewesen war, fühlte ich bei ihr den Wunsch nach meiner Seele, nach einer Gefährtin, die ich ihr schon lange war.

»Ich trage Wilhelms Kind unter dem Herzen.«

»Wir werden es lieben.« Agnes lächelte, und wir sprachen nie wieder darüber. Auch als Wilhelm bald darauf weitergezogen war und mein Leib sich wölbte, waren wir einander Mann und Frau. Mit Leib und Seele.

Wir blieben heimlich. Niemanden ging es etwas an. Wir lebten und arbeiteten Seite an Seite, in inniger Freundschaft verbunden. Gingen in die Kirche, jede an ihren Platz, lauschten den Predigten des Pfarrers. Besuchten die seltenen Feste des Dorfes. Agnes, die Herrin, ich, ihre Magd. Der Pfarrer schimpfte und wetterte gegen die Unsitten der Zeit, gegen die Unmoral des Gesindes, die Bettgänger, die Kinder der Ehelosen. Er tobte und empfahl alle Sünder der Hölle. Er führte ein strenges Regiment. Als zu Fronleichnam nicht die erforderlichen zwölf Jungfrauen aus den Reihen der Dorfmädchen zustande kamen, verbot er kurzerhand das Tragen der Marienstatue während der Prozession und nahm damit den Mädchen ihren größten Stolz und ihre größte Freude.

Am Ende des Sommers besuchte uns der Pfarrer nach der Messe, um mit uns gemeinsam das Sonntagsmahl einzunehmen. Es war der Brauch, dass er reihum die Höfe beehrte und zum Essen eingeladen wurde. Wir tischten auf, was die Kammer hergab, wollten nicht schlecht dastehen. Der Pfarrer saß bei Agnes, ich brachte Schüsseln und Töpfe, lauschte und beobachtete.

»Ein gutes Leben führst du, Agnes.«

»In aller Bescheidenheit.«

»Der Witwenstand bekommt dir.«

»Ich trage meine Last, wie sie mir aufgetan wurde.«

»Dein Sohn?«

»Wächst auf, wie es sich einem christlichen Haushalt geziemt.«

»Aber du bist noch jung. Willst du nicht wieder heiraten?« Der Pfarrer legte die Serviette nieder und schob seine Brille, die ihm bis auf die Nasenspitze gerutscht war, hoch. »Die Verlockungen des Leibes sind groß, und du kannst dem Herrn noch viele Kinder schenken.«

Agnes senkte den Kopf und räusperte sich. Ich sah, wie es um ihre Mundwinkel zuckte. Sie kämpfte tatsächlich gegen ein Lachen an.

»Herr Pfarrer«, begann sie mit gequälter Stimme und musste erneut husten, bis sie sich im Zaum hatte, um weiterzusprechen. »Seit dem Tod meines Ehewirtes habe ich bei keinem anderen Mann gelegen und werde das auch nicht mehr tun.« Sie warf mir über die Schulter unseres Gastes einen Blick zu. Aus meinem Lächeln wurde ein verschmitztes Grinsen, und zum ersten Mal in meinem Leben fühlte ich mich frei und unbeschwert. Als der Pfarrer, begleitet von guten Worten, ging, war das Lachen in unser Haus eingezogen.

Schafgarbe, *Achilla millefolium* – auch Blutstillkraut genannt. Schon seit dem Altertum weiß man um ihre Heilwirkung und setzt sie bei Menstruationsstörungen und anderen Frauenleiden ein. Sie wirkt zudem lindernd bei Krämpfen und Entzündungen. Kleinen Kindern legte man Schafgarbe auf die Augen, um ihnen schöne Träume zu schenken.

DREIZEHN

Ich fuhr herum. Die Tür fiel vor meiner Nase ins Schloss.
»Das glaube ich jetzt nicht.« Ich ballte die Fäuste. »Er hat mich
wirklich rausgeschmissen.« Das hatte sich bisher noch niemand
erlaubt.

Ich wusste nicht, wohin mit meiner Wut, und hätte am liebsten
gegen seine Tür getreten. Mit einem Mal sah ich mich selbst vor
mir, ein wütendes und beleidigtes Rumpelstilzchen, und musste
lachen.

Ich drehte mich um und setzte mich auf die oberste Stufe der
Treppe. Kindergartengetue. Meinte er mich damit? Oder die anderen?

»Weil ich nicht einfach die ganze Sache gefährde, nur weil mir ein
paar Hormone querschießen«, hatte er gesagt.

Die Rettung des Dorfes lag ihm wirklich am Herzen, war
ihm wichtiger als alles andere. Auch als sein persönliches Glück.
Wobei schießende Hormone nicht zwingend mit persönlichem
Glück in direktem Zusammenhang standen. Im Gegenteil. Sie
konnten sich auch ganz schön nachteilig auswirken.

Aber er hatte recht. Es gab Dinge, die drängend waren, die
Einsatz forderten, Rücksichtnahme und vor allem eine gehörige Portion Altruismus. Es hatte nichts mit einer Feuer-und-
Flamme-Mentalität zu tun, die in einem Schwall aufloderte und
dann genauso schnell wieder erlosch. Nein. So eine Haltung erforderte Konsequenz. Überlegte Handlungen. Vorausschauendes
Denken. Kurz: Es verlangte Erwachsensein.

Ich zog die Knie an, verschränkte meine Arme darüber und
stützte das Kinn auf. Kindergartengetue. Ich gab es ungern
zu, aber Alex hatte recht. Ich benahm mich wie ein Kind. Die
Zweiunddreißig ergab sich nur aus den Geburtsdaten meines
Personalausweises, nicht aus meinem Verhalten. Es wurde Zeit,
das zu ändern. Ich stand auf, legte meine Hand auf die Klingel
und zögerte einen Moment. Wenn ich das jetzt machte, gab es
kein Zurück.

Ich nickte. »Es wird Zeit, dass du erwachsen wirst, Katharina

Rübchen. Höchste Zeit.« Ich läutete, hörte Alex' Schritte im Flur und seufzte.

Mit Schwung öffnete er die Tür, ein professionell freundliches Lächeln auf dem Gesicht. Als er mich sah, verschwand es innerhalb von Augenblicken.

»Was willst du noch?«

»Mich entschuldigen.«

»Wofür?«

»Dafür, dass ich mich nicht für deine Hilfe bedankt habe, als ich zu viel von dem Teufelsgebräu getrunken habe.«

»Keine Ursache. Ich bin Arzt. Ich muss so was tun.«

»Du hättest mich ins Krankenhaus fahren können.«

»Hätte ich.«

»Hast du aber nicht. Dafür das Danke.« Ich räusperte mich. »Und dafür, dass du mich rausgeschmissen hast.« Er runzelte die Stirn, sagte aber nichts. »Mir ist da eben auf deiner Treppe so einiges klar geworden. Über mich und mein Leben. Was ich will und was nicht. Ich möchte dich nicht mit Details langweilen, aber im Endergebnis habe ich beschlossen, dass ich euch helfen werde. Ich weiß noch nicht, wie, aber mir wird schon etwas einfallen. Vor allem werde ich nicht an den Investor verkaufen.« Ich verstummte.

»Das ist gut.« Er lächelte.

»Das wollte ich dir nur gesagt haben.« Ich ging rückwärts eine Stufe herunter und wandte mich dann ab.

»Katharina?«

»Ja?« Ich blieb stehen, schaute ihn über meine Schulter hinweg an.

»Komm rein.« Er streckte mir eine Hand entgegen und grinste wieder sein Jungenlächeln. »Wir beide sind noch nicht ganz fertig miteinander.«

Hoppenstedt. Ich öffnete die Augen und starrte an die Decke. Warum dachte ich jetzt an Hoppenstedt?

Es dauerte einige Sekunden, bevor mir klar wurde, dass es nicht meine Decken waren. Weder die über mir, über die der Schein der Straßenlaterne kroch, noch die, die meine Schultern wärmte.

Neben mir bewegte sich Alex im Schlaf. Das Haar hing wirr in seine Stirn. Er presste sein Gesicht ins Kissen, den Mund halb geöffnet. Sein Anblick entsprach so gar nicht dem romantischen Bild, das man nach einer ersten Liebesnacht erwarten würde. Ein kleiner Speichelfaden lief aus seinem Mundwinkel und ließ den feuchten Fleck auf dem Kissen langsam, aber stetig wachsen. Wenn er so liegen blieb, hatte er beim Aufwachen mit Sicherheit Liegefalten auf der Wange. Ich grinste, beugte mich zu ihm hinüber und küsste ihn vorsichtig. Er brummte leise, legte einen Arm um mich und zog mich an sich, ohne wirklich wach zu werden.

Ich lag einfach da. Es fühlte sich richtig an. Gut. Vertraut. Sicher.

Wir waren nicht übereinander hergefallen, nachdem er die Tür hinter uns geschlossen hatte. Hatten uns nicht die Kleider vom Leib gerissen und den Körper des anderen mit fiebrigen Händen in Besitz genommen, als ob wir die letzten Menschen auf Erden wären. Hatten es nicht nur bis auf sein Sofa geschafft und erst beim dritten Mal in sein Schlafzimmer. Nein. Das kam erst später.

Zuerst hatten wir Wein getrunken, Spaghetti gekocht, uns über die Art der Soßenzubereitung gestritten, wieder Wein getrunken, uns unser Leben erzählt, gelacht, den aus den letzten pflanzlichen Überresten aus Alex' Kühlschrank zusammengeschusterten Salat genossen und kein Wort über das Tagebuch, das Dorf und den ganzen Rest verloren. Erst danach kam der Sex, und er war großartig.

Ich lächelte, kuschelte mich in seine Umarmung und schloss die Augen. Versuchte die Trockenheit in meinem Mund zu ignorieren. Alex' Atemzüge vertieften sich, liefen gleichmäßig wie Wellen an einen flachen Sandstrand. Ich wurde schläfrig, aber der Durst war stärker.

Vorsichtig löste ich mich von ihm, kroch unter der Decke hervor und ging leise, um ihn nicht zu wecken, durch das Zimmer, bis ich die Tür erreichte. Behutsam öffnete ich sie und ging in den Flur. Erst in der Küche schaltete ich das Licht ein.

Auf der Spüle türmten sich die Überreste unseres Abendessens. Ich suchte in den Schränken, bis ich die Gläser entdeckte, goss mir Mineralwasser ein und trank mit langen, gierigen Schlucken.

Alex war zweckmäßig eingerichtet, nur das Nötigste. Ein Kühlschrank, ein Herd, eine Spülmaschine. Keine Heerscharen an Gerätschaften, wie ich sie in den Küchen meiner Stadtfreunde oft fand und die man unbedingt haben musste, weil sie schick und hip waren und dem neuesten Trend in der Nahrungsmittelzubereitung entsprachen.

Wenn man dann aber den Dampfgarer, die offene Grillplatte und den Induktionswok einer näheren Betrachtung unterzog, fand man oft genug noch die Gebrauchsanleitung in den unbenutzten Geräten. Es ging ums Haben und Zeigen, nicht darum, die Sachen zu benutzen. Ich füllte mein Glas ein weiteres Mal, löschte das Licht und schlenderte dann durch die vom Mondschein erhellte Wohnung.

Im Wohnzimmer lagen unsere Kleider dort, wo wir sie fallen gelassen hatten. Wie die Spur einer Schnitzeljagd führten sie zum Schlafzimmer. Ich lächelte, setzte mich auf das Sofa und zog die Beine an. Bei Björn hatte ich mich als Gast gefühlt, das wurde mir nun klar. In seinem Leben und in seiner Wohnung. Selbst als wir uns schon mehrere Monate trafen, hatte ich nicht mehr als eine Zahnbürste und ein bisschen Wäsche zum Wechseln bei ihm stationiert. Einmal hatte ich ein Buch dabeigehabt und es, nachdem ich darin gelesen hatte, auf seinem Nachttisch vergessen. Am nächsten Tag fand ich es auf meinem Schreibtisch in der Redaktion wieder. Ohne Zettel, ohne Grüße. Einfach so. Björn wollte nicht, dass jemand in sein Revier eindrang, auch wenn er etwas anderes behauptete.

Alex hatte Bücher. Eine Menge. Die Regale bedeckten eine ganze Wand. Bücher quollen aus den Regalen und breiteten sich in Stapeln im Raum aus. Ich erkannte dicke Fachbücher aufgeschlagen auf Romanen liegend, aus denen die Zipfel der Lesezeichen schauten. Passt, dachte ich mir und sah meine eigenen Bücherberge vor mir. Es würde eine furchtbare Schlepperei werden, wenn ich sie aus meiner Stadtwohnung nach Kleinhaulmbach holen würde. Ich strich meine Haare aus dem Gesicht. Noch ein paar Stunden Schlaf wären keine schlechte Idee.

Ich stand auf und reckte mich. Ein Krächzen drang aus dem Flur. Ich stutzte. Alex' Praxisräume grenzten direkt an seine Wohnung. Er hatte mit Sicherheit Tiere zur Obhut dort. Ich ging durch den Flur. Wieder dieses Geräusch. Ein Maunzen. Heiser und rau.

Ich blieb stehen. Das konnte doch nicht sein. Sicher täuschte ich mich. Wie sollte denn ...

Ich folgte dem Maunzen und drückte eine angelehnte Tür auf.

Ein Raum mit breiten Regalen. Käfige in unterschiedlichen Größen reihten sich darin aneinander. Ein Kaninchen schaute mich mit großen Augen an, um den Hals eine Krause aus Kunststoff. Ein roter Kater hob schläfrig die Lider. Seine Augen reflektierten das Licht. Seinen rasierten Bauch zierte ein breites Pflaster, und ich erkannte einen Tropf, der zu seiner rechten Pfote führte.

Wieder maunzte es. Ich fuhr herum.

»Herr Hoppenstedt!« Ich unterdrückte einen Aufschrei. Was zum Teufel machte er hier in Alex' Praxis? Der Kater presste sich an die Gitterstäbe und schnurrte laut. Ich löste das Schloss an seinem Käfig, und sofort sprang er in meine Arme. Ich drückte meine Nase in sein Fell.

Erst jetzt erkannte ich den Verband um seine Pfote. Herr Hoppenstedt war verletzt, aber wie es schien nicht allzu schwer. Wieso? Was war passiert? Und wieso hatte Alex mir nichts gesagt? Ich verstand das nicht.

War doch alles nur vorgespielt? Wenn er mir verschwieg, dass er meinen Kater in seiner Praxis hatte, was hatte er mir dann noch alles nicht gesagt? War das, was er mir erzählt hatte, überhaupt wahr?

Etwas, das sich im ersten Moment wie Enttäuschung und erst im zweiten, viel schmerzhafteren, wie eine große schwarze Masse anfühlte, machte sich in mir breit. Spielte er nur eine vorbestimmte Rolle in einem inszenierten Stück? »Weil ich nicht einfach die ganze Sache gefährde, nur weil mir ein paar Hormone querschießen ...« Für die Sache musste man Opfer bringen. Wie praktisch, wenn man das mit den querschießenden Hormonen in einem erledigen konnte.

Wütend schnappte ich mir einen der herumstehenden Katzenkörbe und packte Herrn Hoppenstedt so schnell hinein, dass er vor lauter Überraschung vergaß, sich zu wehren. Im Wohnzimmer sammelte ich meine Klamotten auf und zog mich an. Meine Schuhe waren unter das Sofa gerutscht. Ich zerrte sie hervor.

Draußen vor der Tür sog ich die kalte Nachtluft in meine Lungen. Herr Hoppenstedt protestierte lautstark. Ich klemmte den Transporter auf den Gepäckträger und schob Rad und Kater zu Marions Hof, den ich vor ein paar Stunden noch als mein neues Zuhause bezeichnet hatte.

Das Buch wartete auf mich. Ich brauchte Ablenkung, sonst würde ich nie schlafen können.

Katharina kam im darauffolgenden Februar zur Welt. Es zerriss mich, und ich dachte mehr als einmal zu sterben. Bis die Wehen einsetzten, hatte ich im Stall gearbeitet, die Kühe gemolken und Futter für die Ziegen bereitet. Erst als der stechende Schmerz in meinem Leib mich zu Boden zwang, war ich in die Kammer gegangen und hatte Bescheid gegeben. Die Geburt zog sich über einen Tag, eine Nacht und einen weiteren Tag. Agnes wich nicht von meiner Seite, die Hebamme des Nachbardorfes kam, versuchte zu lindern und zu unterstützen. Sie bediente sich an meinen Kräutervorräten und war voll des Lobes über deren Auswahl und Aufbewahrung. In den Pausen zwischen den Wehen erklärten wir einander unser Wissen, so lange, bis mir die Geburt keine Atempause mehr ließ und ich alle Kraft brauchte, um das neue Leben in die Welt zu pressen.

Ich verlor viel Blut und konnte das Kind kaum halten, als die Hebamme es mir schließlich an die Brust legte. Dann stand sie auf, verließ den Raum und kam mit einer Schüssel wieder, die sie randvoll mit Schnee gefüllt hatte. Sie schob den Stoff meines Hemdes hoch, nahm zwei Hände voll Schnee und formte eine kleine flache Scheibe daraus, die sie mir auf den Unterleib legte. Ich zuckte zusammen. Die Kälte drang bis in mein Inneres und verlangsamte die Blutung.

»Das wird dein letztes Kind gewesen sein«, prophezeite sie mir. »Es hat zu viel Schaden angerichtet.«

Katharina schrie mit einer kräftigen, tiefen Stimme und verlor rasch die blaue Färbung. Ihre winzigen Fäuste umfassten meinen Finger und klammerten sich kräftig darum. Auch wenn zu dieser Zeit viele Kinder starben, wusste ich, dass sie wachsen und zu einer jungen Frau werden würde.

Bevor die Hebamme ging, wandte sie sich an Agnes. »Achtet auf Eure Magd. Wenn sie Fieber bekommt oder Schmerzen im Leib oder in den Brüsten, ruft mich sofort.« Agnes nickte. Wir beide kannten die Gefahr für die Wöchnerinnen, nach der Geburt am Kindbettfieber zu erkranken. Viele Frauen starben daran. Niemand wusste, warum das so war. Aber die Meinung, es läge an schädlichen Säften aus dem Inneren der Frauen, die nach der Geburt zu gären begännen, teilte ich nicht. Ich hatte gesehen, dass die Frauen starben, die in Armut und Schmutz ihre Kinder bekamen, und dass die, die in reinlichen Wochenbetten lagen, weniger oft von diesem Unglück heimgesucht wurden. Auch hatte ich gehört, dass in den Städten, wo die Frauen in den Hospitälern entbanden, viele bei der Geburt starben. Ich stellte mir vor, wie die Ärzte von Bett zu Bett gingen, und wunderte mich nicht, wenn sie die Krankheiten von einem zum nächsten brachten.

Ich bat Agnes, aus Eisenkraut einen Tee zu kochen und mir etwas von dem Kraut, zusammen mit Ingwer, Nelkenknospen und Zimtrinde, aus der Kammer, in der ich die Kräuter aufbewahrte, zu bringen. Außerdem die Flasche mit dem Öl. Die Hebamme nickte.

»Ich sehe, ihr wisst, was ihr tut. Aber nehmt ein gutes Öl, sonst ist die Wirkung nach dem Einreiben nicht so stark, wie sie sein soll.«

Nach einer Weile spürte ich, wie mein Unterleib sich zusammenzog und die Wunde in meinem Inneren sich schloss. Trotzdem dauerte es einige Wochen, bis ich wieder auf dem Hof und bei der Saat helfen konnte. Die anderen Knechte und Mägde achteten nicht auf das Kind, so wie sie vorher nicht auf meine Schwangerschaft geachtet hatten. Niemand stellte Fragen nach dem Vater, obwohl ich in ihren Mienen ihre Vermutungen ablesen konnte wie in einem offenen Buch. Der Pfarrer schimpfte und wetterte weiter von der Kanzel und sah mich dabei strafend an.

Trotzdem taufte er Katharina und akzeptierte zähneknirschend das neue Kind. Er rang mir das Versprechen ab, in Zukunft einen untadeligen Lebenswandel zu führen und mich so lange von den Männern fernzuhalten, bis ich in den gesegneten Stand der Ehe eintreten würde.

Unser Leben verlief friedlich und ereignislos. Die Jahreszeiten wechselten sich ab, die Alten starben, und neue Kinder wurden geboren. Katharina und Johannes wuchsen heran und machten Agnes und mir viel Freude, weil sie begierig ihre Aufgaben übernahmen und lernten, was ein guter Landmann und eine Bäuerin für das Leben können mussten. Mit acht Jahren führte Johannes den Ochsen vor dem Pflug und fieberte darauf, der Pflughaber zu werden. Katharina ging mit mir hinterher. Wir waren die Nachhauer, kehrten die nicht gut umgelegten Sohlen nieder und hauten die Furchen aus, die der Pflug nicht gepackt hatte.

Die Kleinen arbeiteten wie wir Großen. Im Stall und auf dem Feld, in der Küche und in der Flickstube. Wenn Waschwoche war, trugen wir alle Wäsche zusammen und weichten sie in einem großen Zuber ein.

Das Auswringen betrieben die Kinder zuerst mit Freude, doch je mehr Stücke bearbeitet werden mussten, desto mehr erkannten sie die Anstrengung darin und wurden immer stiller. Wenn endlich alles aufgelockert in einem Zuber lag, breiteten wir ein großes Leinentuch über die Wäsche, streuten Birkenholzasche darauf und gossen heißes Wasser zu. Wenn der Händler da gewesen war, nahmen wir auch ab und an Waschpulver. Das Schrubben und Bürsten auf der Waschbank mit Kernseife übernahmen die Mägde.

Aus den Jahren wurden Jahrzehnte. Agnes und ich wurden grau in den Haaren und krummer an Gestalt. Katharina wuchs zu einer kräftigen jungen Frau heran, deren herbe Schönheit zu unserem Leben passte und die mehr als einen Verehrer anlockte. Sie wies sie ab.

Johannes ging für zwei Jahre fort, lernte auf anderen Höfen, und als er schließlich wiederkam, fanden er und Katharina, dass sie ein gutes Bauernpaar abgeben würden.

Die Hochzeit wurde gefeiert, und wir tischten auf, was unsere Speisekammern hergaben.
So hätte alles enden können.

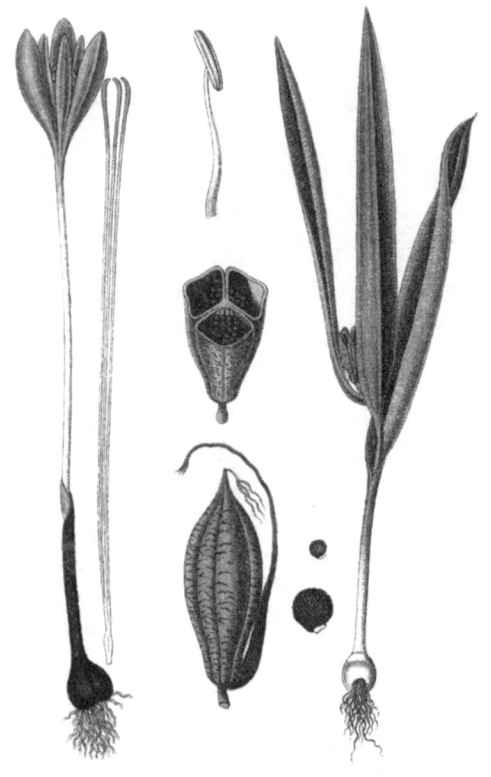

Herbstzeitlose, *Colchicum autumnale* – schickt im Frühjahr ihre Blätter und die Fruchtknollen des letzten Jahres ans Tageslicht, die dem Bärlauch zum Verwechseln ähnlich sehen. Erst im Herbst blüht sie zartlila. Die Vergiftung zeigt sich durch Erbrechen und blutigen Durchfall. In tödlicher Dosierung führt das Gift in wenigen Tagen zu Atem- und Kreislaufstillstand.

VIERZEHN

Ich rieb mir den Schlaf aus den Augen. Drei Stunden waren mir noch vergönnt gewesen, nachdem ich aus Alex' Wohnung geflüchtet war. Dann trompetete Herr Hoppenstedt in mein Ohr und verlangte lautstark Atzung. Der Aufenthalt in dem kleinen Käfig hatte ihn anscheinend nachhaltig eingeschüchtert, und das Haus kam ihm nun wie ein Paradies vor, das es zu erobern galt. Ganz unten im Schrank versteckte sich eine Packung Müsli. Zusammen mit einem Tee, den Resten der Milch von gestern, die wir gerecht aufteilten, und der letzten Dose Katzenfutter für den Kater fabrizierte ich ein annehmbares Frühstück für uns beide. Ich musste unbedingt einkaufen gehen und einige Vorräte anlegen.

Die Uhr über der Spüle zeigte halb neun. Ich schaute auf das Display meines Handys. Alex hatte nicht versucht, mich anzurufen, obwohl ihm irgendeine kalbende Kuh höchstwahrscheinlich schon Beine gemacht hatte. Ich biss mir auf die Lippen. Selbst wenn er denken würde, ich hätte das Weite gesucht, wie es sich nach einem gepflegten One-Night-Stand gehörte, so musste ihm Herrn Hoppenstedts Abwesenheit doch auffallen. Ich traute ihm durchaus zu, eins und eins zusammenzählen zu können und zu begreifen, dass nur ich den Kater mitgenommen haben konnte. Und dass mir dazu die eine oder andere Frage auf der Seele brannte.

Aber vielleicht lag es auch an dem unfreiwilligen Schlammbad? In der Tiefe einer Küchenschublade stieß ich nach ausführlicher Suche auf eine Nähnadel, die dünn und spitz genug war, um in die Ritzen des Handys zu passen. Der Schlamm war bis in die letzten Ecken gekrochen und hatte sich da zu einer festen Masse verhärtet, die ungeahnten Widerstand leistete. Es dauerte, bis ich alles, so weit es ging, auseinandergenommen, gereinigt und wieder zusammengesetzt hatte.

Ich drückte auf den Anschalter. Nichts, kein Anruf, keine SMS. Ich trank einen Schluck Tee. Er war kalt geworden und schmeckte bitter.

Nein. Schluss jetzt.

»Geh endlich einen Laden suchen, Katharina!«, befahl ich mir. Herr Hoppenstedt sah mich an und maunzte. Ich ließ alles stehen, wo es stand, suchte Handtasche und Autoschlüssel. Aufräumen konnte ich später immer noch.

Mila stand vornübergebeugt in ihrem Garten und jätete. Die Ärmel ihrer Bluse hatte sie trotz der frischen Temperaturen hochgekrempelt, die Jeans steckten in Gummistiefeln, deren buntes Blumenmuster durch das Grau des Morgens leuchtete. Hatte sie gestern nicht ein Paar mit Schottenmuster getragen? Anscheinend besaß sie verschiedene Exemplare.

Sie hob den Kopf, blickte zu mir herüber und richtete sich auf. Mit dem Handrücken wischte sie den Schweiß von ihrer Stirn. Sie zögerte.

Ich blieb mit dem Autoschlüssel in der Hand unschlüssig stehen. Wir musterten uns. Sie schwieg, wartete ab, was ich tun würde. Ich hielt ihrem Blick stand. Während des Streites gestern hatte Ellen ihr scharf das Wort abgeschnitten, als sie etwas sagen wollte, und Mila hatte während der ganzen Zeit danach geschwiegen. Sie hatte am Rand der Gruppe gesessen. Ein Teil davon und doch auf eine Art und Weise außen vor, die ich mir nicht erklären konnte. Oder sollte Alex doch recht haben mit seinen Theorien zum Verhältnis der Dörfler zu den Zugezogenen? Hatte Mila keine wirklichen Freunde hier? War Marion ihre einzige Vertraute gewesen, und in ihrem Schlepptau war sie akzeptiert gewesen? Ich betrachtete nachdenklich den Schlüssel in meiner Hand.

Das Einzige, was von Marion geblieben war, waren ihre wenigen Habseligkeiten. Ihren wirklichen Schatz, ihr Wissen, hatte sie an Mila weitergegeben. Natürlich betrachtete Mila diese Kenntnisse als Eintrittskarte in die Dorfgemeinschaft, erhoffte sich endlich Anerkennung um ihrer selbst willen. Und dann kam ich daher und nahm ihr das alles weg. Auf diese Weise hatte ich es bisher noch nicht betrachtet, aber es ergab einen Sinn. Mila hatte nichts gegen mich als Person. Sie hatte etwas gegen das, was ich verkörperte.

Ich packte den Schlüssel in die Tasche und ging zu ihr.

»Guten Morgen.« Ich blieb in einiger Entfernung stehen.
Mila nickte, erwiderte aber nichts.
»Hast du ein bisschen Zeit für mich?«
»Bist du nicht auf dem Sprung?« Sie wies auf den Korb, den
ich neben dem Wagen abgestellt hatte.
»Ich wollte einkaufen gehen, aber …«
»Ich will dich nicht aufhalten.« Sie beugte sich wieder über
ihr Beet und machte energisch einem winzigen Pflänzchen den
Garaus.
»Mila, wir sind Nachbarinnen, und ich dachte …«
»Was dachtest du? Und seit wann sind wir Nachbarinnen?
Ich wohne hier, das stimmt. Aber du bist doch nur zu Besuch.
Ein Gast. Eine Fremde.« Sie drosch auf den Boden ein, der unter
ihren Schlägen zerkrümelte.
»Ich werde bleiben.« Ich trat einen weiteren Schritt auf sie zu.
»Ich werde euch helfen.« Irgendwann im Laufe des letzten Tages
hatte ich die Entscheidung gefällt. Das ganze Für und Wider und
den Ärger über Alex zur Seite geschoben und war ins kalte Wasser
gesprungen. Den Entschluss laut auszusprechen und damit endgültig zu besiegeln, war ein erhebendes Gefühl. Konsequenz des
eigenen Handelns. Erwachsensein mit allem, was dazugehörte.
»Und wie gedenkst du das umzusetzen?« Mila richtete sich
auf und stützte sich auf den Stiel ihrer Harke.
»Das weiß ich noch nicht ganz genau. Aber mir wird schon
etwas einfallen.«
»Oh, wow! Ich bin beeindruckt«, höhnte sie. »Da kommt
die Starjournalistin aus der großen Stadt in unser kleines Hin-
terwäldlerstädtchen und schwingt sich zur Kämpferin für die
gerechte Sache auf. Und was dann? Das ist dir vermutlich egal.
Hauptsache, du fühlst dich gut. Kannst vielleicht sogar noch eine
gute Story aus der ganzen Sache ziehen. Und dich dann wieder
verpissen, wenn es dir doch zu langweilig wird.«
»Das mit der Story ist gar keine schlechte Idee.« Ich versuchte
ein Grinsen.
Mila schnaubte.
»Aber darum geht es mir nicht.«
»Sondern?«
Ich ging bis zu ihrem niedrigen Gartentörchen, blieb davor

stehen und strich mit den Fingerspitzen über das Holz. »Ich bin zweiunddreißig Jahre alt. Ich habe keine feste Arbeit. Außer meinem Kater habe ich niemanden, den ich als Familie bezeichnen könnte. Mein bisheriges Leben habe ich damit verbracht, nicht erwachsen zu werden. Keine Verbindlichkeiten einzugehen. Partys, Arbeit, Events. Oberflächlichkeiten. Von meinen Bekannten weiß ich, welche Kaffeezubereitungsart sie bevorzugen, ihre Sorgen kenne ich nicht. Und auch nicht ihre heimlichen Wünsche.« Ich legte meine Hände auf den Zaun. »Das ist meine Chance. Auf ein Zuhause. Auf Freunde. Auf …«

»Und du glaubst, hier fündig zu werden?« Sie lachte bitter. »Dass du da mal nicht einem Irrtum aufsitzt. Selbst wenn du hier lebst, heißt das noch lange nicht, dass du auch hierhergehörst. Darüber entscheidest nicht du.«

»Aber meine Freunde kann ich mir doch aussuchen.« Ich lächelte zaghaft. »So wie du dir Marion ausgesucht hast.«

»Marion ist tot«, sagte sie leise. »Meine Freundin ist tot.«

»Sie hat dir eine Menge hinterlassen.«

»Mir?« Mila schob ihre Augenbrauen zu einem einzigen Strich zusammen. »Mir hat sie nichts hinterlassen. Du bist diejenige welche. Schon vergessen?«

»Ich meinte nicht Dinge, nichts Materielles. Ich meinte das Wissen, die Kenntnisse und das Gespür, das du im Zusammensein mit ihr für die Pflanzen entwickelt hast. So etwas kann man nicht vererben. So etwas kann man nur weitergeben an die, die es einem wert erscheinen.«

»Warum schiebt sie dir dann alles in den Hintern? So wichtig scheine ich ihr wohl doch nicht gewesen zu sein.«

»Vielleicht hatte sie keine Zeit?«, schlug ich vor. Aus Milas Körper wich die Anspannung.

»Wie meinst du das, ›keine Zeit‹?« Ich sah, wie sie meinen Gedanken folgte und sich ein wehmütiges Lächeln in ihren Mundwinkel schlich. Sie verstand.

»Ja.« Ich nickte. »Genau so.« Ich wandte mich um und wies auf Marions Haus. »Schau doch, wie es aussieht. Sie hat viele kaputte Stellen am Haus bereits repariert. Baumaterial für mindestens drei weitere Projekte lagert hinten in der geschützten Ecke des Hofes. Denkt jemand, der noch so viel vorhat, an seinen Tod?«

»Nein.« Mila legte die Harke auf den Boden und kam zu mir an den Gartenzaun. »Nein. Wohl kaum.« Sie seufzte. »Meinst du, sie hat mich einfach nicht bedacht, weil sie keine Zeit hatte, ihr Testament zu ändern?«

»Ich erinnere mich an ein Telefonat vor ungefähr fünf Jahren. Zwischen Tür und Angel teilte Marion mir mit, sie sei bei einem Notar gewesen und hätte alles geregelt. Das Testament läge in ihrer Schreibtischschublade, und ich würde es im Fall der Fälle sehr leicht finden können. Ansonsten hat sie über dieses Thema nie wieder mit mir gesprochen.« Ich holte tief Luft. »Marion hat nicht darüber verfügt, was ich mit den Sachen machen soll. Also schenke ich dir jetzt die ganzen Kräuterutensilien und die Bücher auch noch. Du kannst sowieso besser damit umgehen, als ich es je gekonnt habe.«

»Du willst mir die Sachen schenken?«

»Nenn es, wie du willst. Wir können auch sagen: Marions Testament in ihrem Sinne ändern, wenn dir das lieber ist.«

Mila neigte den Kopf zur Seite und sah mich prüfend an. »Ich könnte mich pro forma ein wenig zieren und wehren gegen so eine große Gabe, weil sich das so gehört und du ansonsten vielleicht denken könntest, ich wäre undankbar. Aber die Wahrheit ist …« Sie machte eine Pause und kratzte sich am Hinterkopf. »Die Wahrheit ist: Ich nehme an, weil ich denke, dass ich es verdient habe.«

»Wenn ich mal etwas nachschlagen oder herstellen muss, kann ich mir das entsprechende Buch oder das Zubehör ja bei dir ausleihen. Oder noch besser, du hilfst mir.«

Für den Bruchteil einer Sekunde huschte ein erschrockener Ausdruck über Milas Gesicht. Dann strahlte sie. »In Ordnung.« Mit Schwung öffnete sie die Gartenpforte und hielt mir die Tür auf. »Hereinspaziert. Wir sollten das mit einem anständigen Kaffee feiern, meinst du nicht?« Ich nickte und folgte ihr zum Haus. Auf halbem Weg blieb sie stehen, drehte sich zu mir um und stemmte die Hände in die Hüften. »Und was ist mit dem Tagebuch?«

»Das möchte ich erst selbst zu Ende lesen. Ich gebe es dir, sobald ich es durchhabe.«

Mila schob ihr Kinn vor. Ich hatte den Eindruck, als ob

sie noch etwas sagen wollte, es sich aber verkniff. Stattdessen wandte sie sich wieder dem Haus zu und ging mit langen Schritten voraus.

»Ich muss dir noch ein paar interessante Infos zu unserem Problem mit auf den Weg geben, bevor du dich in deine Dorfrettungsaktion stürzt«, rief sie im Gehen. »Vor allem auch zu dem Herzchen von Investor. Er ist nämlich auch jemand *von hier.*« Sie betonte die beiden letzten Worte. »Die Froböss' sind eine ganz uralt eingesessene Familie hier im Ort. Waren noch nie so sonderlich beliebt. Aber dieser schießt wirklich den Vogel ab.«

»Mein Schwager hat mir Gewalt angetan.«
Die junge Frau saß auf der äußersten Kante des Stuhls, den ich ihr neben den Herd geschoben hatte. Sie sprach mit leiser Stimme und hielt den Kopf gesenkt. Quer über ihre linke Wange zog sich ein blutiger Kratzer. »Ich habe gehört, du kannst helfen. Kannst du mir helfen?«
»Ich will sehen, was ich tun kann.« Ich reichte ihr einen Becher dampfenden Tees, den sie mit beiden Händen umfasste und vorsichtig daran trank. Sie zitterte. Ich setzte mich ihr gegenüber auf einen Stuhl, legte die Hände in den Schoß und wartete ab. Die Verletzungen einer Frau, die auf diese Weise misshandelt worden war, gingen tiefer als die Wunden auf ihrer Haut. Sie waren empfindlich, und ich wusste, dass ich mich an ihrem Schamgefühl nicht noch mehr vergehen durfte. »Möchtest du es bei der Polizei zur Sprache bringen?«, fragte ich und wunderte mich nicht über ihre Reaktion, als sie heftig den Kopf schüttelte.
Dass diese junge Frau überhaupt direkt zu mir gekommen war, war ungewöhnlich. Oft ließen die Mädchen und Frauen die Männer gewähren, verbanden selbst ihre Wunden und schwiegen zu dem Unrecht, weil in den meisten Fällen sie als die Schuldigen dargestellt und eines unmoralischen Wandels bezichtigt wurden. Wenn sie dann vor meiner Tür standen, hatten sich die Verletzungen oft entzündet und verursachten noch mehr Schmerzen als die ursprünglichen Schläge.
»Möchtest du mir deine Verletzungen zeigen, damit ich die Wunden behandeln kann?«
Sie nickte, stand auf und folgte mir in die Schlafkammer. Ich

hängte eine Decke vor das Fenster, damit niemand hineinsehen konnte, und zündete die Lampe an, um nichts zu übersehen. Mit spitzen Fingern löste sie den Knoten ihrer Bluse. Langsam zog sie sich aus. Ich hielt den Atem an. Quer über ihre linke Brust zog sich oberhalb der Brustwarze ein langer Schnitt, wie von einem Messer. Darunter, unterhalb ihres Nabels, mehrere Striemen nebeneinander angeordnet. Blaue Flecken auf den Innenseiten ihrer Arme und einige an den Beinen. Die Schnitte waren zum Glück nicht tief, aber einige der hellroten Strähnen waren von geronnenem Blut schwarz verklebt.

»Er hat mich mit dem Messer bedroht und angegriffen, damit ich ihm zu Willen bin.« Sie sprach eindringlich, sah mir in die Augen. Ich nickte bedächtig. »Er hat mich gestoßen und zu Boden geworfen. Dann ist er über mich ...« Sie brach ab und schluchzte.

»Dreh dich einmal um«, bat ich sie.

»Warum?«

»Damit ich sehen kann, was er dir an deinem Rücken für einen Schaden angetan hat.« Ich wollte sie sehr genau untersuchen, denn oft genug verhinderte der Schock den Schmerz, und zu spät entdeckte Wunden entzündeten sich. Zögernd drehte sie sich um. Ihr Rücken war makellos. Keine Schürfwunde an den Schulterblättern, wo ich sie nach ihren Schilderungen erwartet hätte. Aber vielleicht war der Stoff ihrer Bluse stark genug gewesen, um sie zu schützen. Ich stand auf, ging in die Kräuterkammer und holte eine Paste aus Beinwell und Schafgarbe. Gern hätte ich auch noch Bärlauch dazugemischt, aber der entfaltete seine Wirkung nur, wenn man ihn im Frühjahr frisch schnitt. Ich versorgte die Wunden.

»Kannst du mir denn helfen?« Ihre Stimme gewann an Festigkeit.

»Ich helfe dir doch.«

»Das meine ich nicht.«

»Was meinst du denn?« Ich richtete mich auf und stützte die Hände ins Kreuz, um den Schmerz in meinem Rücken zu lindern.

»Es ist nicht das erste Mal, dass er sich in dieser Weise an mir vergeht. Und es wird auch nicht das letzte Mal gewesen sein.« Sie verstummte und sah mich an. In ihrem Blick lag etwas Lauerndes. Ich trat einen Schritt zurück und betrachtete sie.

Sie war nicht aus unserem Dorf. Ihr Gesicht kam mir zwar bekannt vor, weil ich sie vielleicht früher einmal auf einem Fest oder einer Hochzeit gesehen hatte, aber ich wusste nicht, wer sie war. Nichts Ungewöhnliches, kamen doch oft Frauen aus den umliegenden Dörfern zu mir, wenn ihnen das Geld für den Arzt fehlte. Bei ihr hatte ich Scham als Grund für ihren Besuch bei mir vermutet.

»Was willst du?«

»Deine Hilfe.«

»Die hab ich dir gegeben.« Ich wandte mich ab, nahm die Tiegel und Tücher an mich und ging zur Kammertür. »Zieh dich wieder an. Ich fülle dir ein wenig von der Salbe in einen kleinen Topf, damit du deine Wunden damit behandeln kannst.«

»Das meine ich nicht.« Ihre Stimme schnitt mir den Weg ab. »Ich meine eine andere Art der Hilfe.«

Ich blieb stehen und schloss die Augen. In meinen Ohren rauschte das Blut.

»Anders helfen kann dir nur die Polizei.«

»Du weißt genau, was geschieht, wenn ich zum Wachtmeister gehe.« Sie sprang auf, lief zu mir und packte mich am Arm. Ihr Griff war stark und fest. Sie zog mich zu sich. »Ich weiß, was du und deine Kräuter gegen Männer, die Unrecht begehen, bewirken können. Ich habe gehört, was die Frauen tuscheln.« Sie wurde immer lauter, rang nach Luft. »Ich hasse meinen Schwager«, schrie sie. »Er muss …« Sie brach ab, beugte sich zu mir und legte ihre Wange an meine. Das geflüsterte »weg« konnte ich kaum hören, so leise sprach sie es aus. Trotzdem drang das Wort bis in mein Innerstes, so endgültig klang es. Vor mir tauchten die Gesichter der Männer auf, deren Frauen ich von ihnen befreit hatte. Der Schmied, Gregor und die der letzten Jahre. Schatten der Vergangenheit. Lange schon hatte ich kein Elend mehr gesehen, das die letzte aller Möglichkeiten rechtfertigte. Und nun stand sie hier vor mir. Eine Frau, nach ihren eigenen Worten geschunden und geschändet durch die Hand des Schwagers. Sie bat um Hilfe. Nein, sie bat nicht. Sie forderte. Und alles, was sie mir zeigte, ließ ihr Anliegen als gerecht erscheinen. Trotzdem zögerte ich.

»Komm morgen wieder«, bat ich sie. »Dann sehen wir weiter.«

Sie nickte, klaubte ihre Kleider zusammen und verließ mich. Nachdenklich stellte ich den kleinen Krug mit der Salbe, die sie mitnehmen sollte, wieder ins Regal zurück. Sie hatte nicht mehr danach gefragt, ihn einfach vergessen.

Die letzten Strahlen der Sonne wärmten meinen Abend. Meine Arbeit im Haus und im Stall war erledigt. Ich genoss sie auf einem kleinen Schemel vor dem Haus. Meine Gedanken wanderten zu Agnes, die nun schon seit beinahe einem Jahr auf dem Kirchhof lag. Ich vermisste sie. Ihre ruhige Art, unsere gemeinsame Zeit. Ihr Ende war plötzlich gekommen, es hatte alle überrascht. Etwas hatte an ihr gezehrt und alle Kraft, alle Energie aus ihrem Leib gefressen. Meine Kräuter waren machtlos gewesen. Ich konnte nicht heilen, nur lindern und zum Ende hin nicht einmal mehr das. Sie hatte Schmerzen gelitten. Stumm ertragen in den meisten Stunden, nur manchmal, wenn wir allein waren, hatte sie geweint und gehadert. Es nicht mehr ertragen. Hohlwangig, mit vor Pein schwarzen Augen und Haut wie Pergament hatte sie dagelegen. An unserem letzten gemeinsamen Abend trat ich an ihr Lager und richtete sie auf. Behutsam und vorsichtig, um sie nicht zu zerbrechen. Jede Berührung marterte sie. Ihr Leib war Feuer und Eis, eine einzige Wunde. Jeder Atemzug eine Qual.

»Einen letzten Dienst kann ich dir noch erweisen, Freundin. Es wird nicht wehtun. Du kannst einfach einschlafen.« Ich hielt ihr den Becher vor die Lippen, sah sie fragend an.

Sie nickte. Trank. Ließ sich zurücksinken.

Ich legte mich an ihre Seite und lauschte ihrem Atem. Zart hob ich ihre Hand, legte sie in meine, strich über die dunklen Flecken, die schimmernden blauen Adern. Agnes seufzte und lehnte ihren Kopf an meine Schulter. Sie fühlte sich leicht an, ohne jede Substanz. Unsere Finger verschränkten und verwoben sich ineinander, wie sie es schon oft getan hatten. Ohne ein Verlangen, ohne Absicht und ohne Ziel. Abschied. Ihr Atem wurde ruhiger. Ich hatte ihn süß gemischt, ihren letzten Trank. Mit dem Honig, den sie liebte, mit Minze und mit Beerensaft. Sie sollte das Bittere nicht schmecken, den Tod nicht auf der Zunge spüren. Ihr Atem wurde langsamer, die Finger kraftlos. Ein Lächeln erhellte ihre

Züge. *Das Grau verschwand für einen Augenblick. Dann blieb sie still.*

An diesem Abend in der Kammer, die so lange unsere gewesen war, hatte ich Agnes im Arm gehalten und um sie geweint. Um unser Leben. Was es gewesen war und was wir uns geschenkt hatten.

Am nächsten Morgen war ich aufgestanden und hatte meine Pflicht getan. Hatte die Tote gewaschen und Johannes und Katharina Bescheid gesagt, damit sie von ihr Abschied nehmen konnten. Hatte den Pfarrer gerufen und während der Aussegnung mit ihm gebetet. Hatte den Schreiner hereingelassen, der das Maß für den Sarg nahm, und den Leichenschmaus ausgerichtet, zu dem Johannes die Nachbarschaft einlud, nachdem wir Agnes im Trauerzug auf den Kirchhof getragen und für das Heil ihrer Seele eine Messe gelesen hatten. Es half mir gegen die Trauer, die ich nicht zeigen wollte und nicht zeigen durfte. Es war nichts Besonderes, wenn jemand starb. So wie es in den Augen der Menschen nichts Besonders war, wenn ein Kind geboren wurde. Es gehörte zum Leben. Der Anfang und das Ende.

Johannes und Katharina kamen mit den Arbeitern und den Kindern von der Feldarbeit zurück und schreckten mich aus meinen Gedanken. Trotz des harten Tagwerks lachten die Kleinen und freuten sich auf das gemeinsame Nachtmahl.

»Schau, was ich gefunden habe.« Martin, der jüngere der beiden Jungen, zeigte mir zwei braunrote Fellbündel. Junge Füchse. »Die Fähe lag tot neben dem Acker. Vater wollte nicht, dass ich sie mitnehme, aber ich will sie großziehen.«

»Füchse sind keine Hunde, Junge. Du wirst sie dir nicht folgsam machen können.«

»Das hat Vater auch gesagt. Er wollte sie mir wegnehmen, aber ich habe mich kräftig gewehrt.« Er hob seinen Ärmel hoch und zeigte mir einen Riss in seinem Ärmel. Ich lächelte. Agnes und ich hatten unsere Kinder nie geschlagen, auch wenn uns Johannes' Lehrer mehr als einmal dazu aufgefordert hatte und es überall Usus war. Das war vielleicht auch der Grund, warum Johannes kein strenger Vater war und seinen Kindern Freiheiten zugestand, die es sonst auf keinem Hof gab.

»*Ich werde dir dein Hemd flicken, Martin. Hol mir Nadel und Faden*«, *versprach ich ihm und stutzte. Er hatte sich gewehrt. Gegen seinen Vater, der ihn sicher nicht ernsthaft hatte verletzen wollen. Dabei war sein Hemd zerrissen. Um wie viel schlimmer wären die Schäden, wenn der Angriff hart und eine Waffe im Spiel gewesen wäre und es um etwas Ernsteres gegangen wäre? Wenn der Angreifer ein Messer gehabt hätte und es bei dem Kampf um die eigene Unversehrtheit gegangen wäre, statt um ein paar verlauste Fuchswelpen?*

Pfaffenhütchen, *Euonymus europaeus* – ein laubabwerfender Strauch mit weißen Blüten und roten Samenfrüchten. Bevor man um die Giftigkeit wusste, stellte man aus dem Holz Spindeln, Violinbögen und Zahnstocher her. Vor allem die Früchte sind giftig. Ihr Verzehr führt zu Krämpfen, Schockzustand, Herzrhythmusstörungen und Tachykardie. Die Wirkung tritt erst mit zehn bis achtzehn Stunden Verzögerung ein und führt zum Tod im Komazustand.

FÜNFZEHN

Eine halbe Stunde später befand ich mich auf dem neuesten Stand in Sachen Froböss'schem Vorhaben. Außerdem war mir warm geworden. Nicht weil mich die Sache so erhitzte, sondern weil von einer Minute auf die andere der Sommer ausgebrochen war. Durch Milas Küchenfenster strahlte die Sonne von einem Vergissmeinnicht-blauen Himmel und zeigte gnadenlos die Versäumnisse meiner Nachbarin bei der Glaspflege in den letzten Monaten.

»Du kannst eines von meinen Shirts haben«, bot sie mir an, und ich nickte. Ich hatte keine Wahl, wenn mein Fleece sich nicht in eine mobile Sauna verwandeln sollte. Meine mitgebrachte Kleiderauswahl war in mehr als einer Hinsicht nicht wirklich durchdacht gewesen. »Hier.« Sie griff in einen Berg Bügelwäsche und warf mir ein Shirt zu. Ich fing es mit der einen Hand auf und nahm mit der anderen ein Gespräch auf meinem Handy entgegen. Ob meine Rettungsversuche doch etwas gebracht hatten oder ob einfach die letzten Reste an Feuchtigkeit aus dem Inneren des Telefons entwichen waren, war mir in diesem Augenblick egal. Ich war wieder erreichbar.

»Rübchen.«

»Kriminalhauptkommissar Schröder hier. Sie erinnern sich? Ich war mit meiner Kollegin bei Ihnen, um die Unterlagen von Ihrer Tante einzusehen.«

»Natürlich«, entgegnete ich und formte ein stummes »Polizei« mit den Lippen. Mila nickte. Sie hatte verstanden. »Kann ich Ihnen helfen?«

»Ja.« Er räusperte sich. »Wo sind Sie gerade?«

»Bei einer Freundin. Warum?« Ich blickte aus einer Ahnung heraus aus dem Fenster. Kriminalhauptkommissar Schröder stand auf Zehenspitzen vor meiner Haustür, spähte durch das kleine Fenster im Holz ins Innere des Hauses und presste mit der anderen sein Handy ans Ohr. Seine Kollegin wartete einige Schritte von ihm entfernt und sah in unsere Richtung. Ich wich vom Fenster zurück. Mila beugte sich ebenfalls zurück, doch zu spät. Die Polizistin setzte sich in Bewegung und kam auf Milas Haus zu. Ich schaltete das Telefon auf Lautsprecher.

»Wann sind Sie wieder da?« Schröders Stimme knarzte durch den Raum. Mila hob den Zeigefinger der rechten Hand und wedelte damit wild vor meiner Nase herum. Mit der anderen zog sie mich am Arm hinter sich her.

»Ich weiß es noch nicht genau. Wieso? Gibt es Probleme?« Ich folgte ihr. Stumm deutete sie auf die Treppe.

»Geh rauf«, flüsterte sie leise und wandte sich der Haustür zu. Ich zögerte. »Mach schon!« Sie scheuchte mich mit der Hand. Ich schaltete den Lautsprecher aus, ging hinauf und hielt den Hörer zu, damit Schröder nicht hören konnte, was ich tat. Es klingelte.

»Keine Probleme.« Schröder. »Wir hätten da nur noch ein paar Fragen, die ich gern persönlich mit Ihnen klären möchte.«

»Ich melde mich, sobald ich wieder zu Hause bin«, sagte ich, legte auf und stellte den Klingelton stumm. Wenn er jetzt versuchen würde, mich zurückzurufen, konnte ich mich mit einem Funkloch herausreden. Hier auf dem Land eine sehr glaubhafte Ausrede. Unten öffnete Mila der Polizistin die Tür. Ich lauschte, konnte aber nichts verstehen. Nach einer Minute hörte ich, wie Mila die Treppe heraufkam.

»Sie sind weg.«

»Was sollte das jetzt?«

»Was?«

»Dieses Versteckspiel.« Ich lehnte mich in den Türrahmen und wartete auf eine Antwort.

»Du wolltest mir doch Marions Sachen geben.«

»Was hat das mit der Polizei zu tun?«

»Wenn Sie zu dir kommen, haben sie nicht nur Fragen, sondern sie wollen auch etwas vor Ort erledigen. Zum Beispiel einige Dinge mitnehmen.«

»Na und?«

»Einige der Kräuter sind wirklich schwer zu beschaffen. Ich hab einfach keine Lust, dass sie mir alles durcheinanderbringen.«

»Und das ist alles?«

»Das ist alles.« Sie nickte und ging wieder nach unten. »Jetzt komm. Wir bringen die Sachen hierher. Und wenn sie noch einmal fragen, sagst du einfach, du hättest entrümpelt, weil du mit dem Kram nichts anfangen konntest.«

Ich nickte und folgte ihr stumm die Treppe hinunter. Warum sollten Marions Sachen nicht in die Hände der Polizei gelangen? Ich blieb stehen und betrachtete Mila. Sie schien meinen Blick zu spüren und drehte sich um.

»Was ist?« Sie neigte den Kopf und lächelte mich herzlich an.

»Keine Lust?«

»Doch, doch.« Ich gab mir einen Ruck. Gerade hatte ich beschlossen, ihr zu vertrauen, und schon machte mir meine paranoide Ader wieder einen Strich durch die Rechnung. »Alles klar. Ich komme.«

Drei Stunden später sah Marions Arbeitszimmer so sauber und aufgeräumt aus wie schon lange nicht mehr. Sämtliche Behälter, Dosen, Säckchen und lose Kräuterbündel hatten bei Mila ein neues Zuhause gefunden. Die Fachliteratur bog nun ihre Regale, und ich stellte mit Vergnügen fest, dass sich der Raum deutlich heller und freundlicher als vorher präsentierte.

»Hier kann man echt was draus machen.« Ich stemmte die Hände in die Hüften und sah mich um. Im Geiste verschob ich Möbel, warf das ein oder andere raus und ergänzte es in Gedanken um eines meiner Regale, einen Sessel oder eine Stehlampe. Endlich hätte ich genug Platz für meine Bücher und müsste sie nicht mehr in zwei Reihen hinter- und übereinanderstapeln. Obwohl es mir bei dem Gedanken an die schweren Bücherkisten, die ich beim Umzug würde schleppen müssen, eindeutig mulmig wurde. »So.« Ich klatschte in die Hände. »Fertig.«

Mila schaltete den Staubsauger aus und grinste mich an. »Jetzt einen schönen Kaffee bei mir.«

»Erst den Schröder.«

»Wieso?«

»Du hast ihm doch vermutlich gesagt, du würdest mir ausrichten, dass er da gewesen ist.«

»Hab ich.«

»Und ich habe angekündigt, ihn zurückzurufen, sobald ich wieder zu Hause bin. Also muss ich mich auch bei ihm melden.

Sonst denkt er noch, ich hätte etwas zu verbergen. Und das hab ich ja nicht.« Ich sah sie scharf an.

»Natürlich nicht.« Sie nahm den Staubsauger hoch und brachte ihn aus dem Zimmer. Ich hörte sie auf der Treppe nach unten gehen. »Ruf ihn ruhig an«, rief sie. »Ich muss jetzt sowieso mal bei mir loslegen. Die Aktion hat meinen ganzen Zeitplan durcheinandergebracht. Wir sehen uns.«

Die Tür fiel ins Schloss, und es wurde still im Haus. Herr Hoppenstedt kam und strich um meine Beine. Automatisch bückte ich mich, streichelte ihm über den Rücken und zog sanft seinen Schwanz nach oben. Herr Hoppenstedt maunzte und drückte sich an mich.

»Ich rufe jetzt diesen Schröder an und frage ihn, was er möchte«, erklärte ich dem Kater. Herr Hoppenstedt plierte. »Gut.« Ich suchte die Visitenkarte, die der Kommissar mir bei seinem letzten Besuch in die Hand gedrückt hatte, und wählte seine Nummer.

»Ja?« Kein Geplänkel. Anscheinend war das eine dieser Nummern, die nur Menschen wählten, die wussten, wen sie am anderen Ende erreichen würden.

»Rübchen.« Ich schwieg. Er wollte etwas von mir. Ich war nur höflich, indem ich überhaupt zurückrief.

»Frau Rübchen.« Er brummte undeutlich, und ich hörte Papierrascheln.

»Störe ich Sie?«

»Nein, gar nicht. Ich hatte nur …« Er verstummte, und wieder knisterte es durch den Hörer.

»Sie waren hier, erzählte mir meine Nachbarin. Was wollten Sie denn?«, ging ich in die Offensive.

»Sind Sie jetzt zu Hause?« Er hatte sich offenbar sortiert.

»Ja, aber ich war gerade auf dem Weg …« Zum Supermarkt, wollte ich sagen, aber er unterbrach mich.

»Wir sind in dreißig Minuten bei Ihnen. Es wäre sehr nett, wenn Sie bis dahin auf uns warten.« Auch rhetorisch geschult, der gute Kommissar. Er ließ sich das Heft nur ungern aus der Hand nehmen.

Eine halbe Stunde später klingelte Jens Schröder zum zweiten Mal an diesem Tag an meiner Haustür.

Diesmal ließ ich ihn ein.

»Das scheint ja sehr eilig zu sein. Was kann ich denn für Sie tun?« Ich nickte seiner Trabantenkollegin zu.

»Wir möchten gern einen weiteren Blick in das Arbeitszimmer Ihrer Tante werfen. Ist das möglich?«

»Natürlich.« Ich wies in Richtung Treppe. »Zweite Tür links.« Schröder und seine Kollegin stiegen vor mir nach oben, betraten den Raum und blieben in der Mitte stehen. Die Sonne schien durch die frisch geputzten Fenster. Der ganze Raum roch nach Frühjahrsputz. Schröder holte zischend Luft.

»Wo sind die Sachen?«

»Meinen Sie den alten Kram?«

»Ich meine die Akten, die Pflanzen und die ganzen anderen Dinge.« Er sah mich entgeistert an.

»Ich habe entrümpelt. Mit dem Zeug konnte ich nichts anfangen. Also habe ich den ganzen Plunder in die Müllpresse geworfen oder verschenkt, was noch zu gebrauchen war.« Ich lächelte in sein entsetztes Gesicht und wandte mich an seine Kollegin, so, als ob sie als Frau mein folgendes Argument sicher besser verstehen würde. »Den größten Teil der vertrockneten Kräuter habe ich verbrannt. Die ziehen eh nur Staub an und passen nicht zu meinem Wohnstil.« Schröders Kollegin nickte schmallippig. »Man muss sich von den alten Plörren ja auch trennen können, nicht wahr?« Die beiden Polizisten tauschten einen raschen Blick, der mir nicht entging. »Hätte ich das nicht tun dürfen?« Ich bemühte mich um eine glaubhafte Mischung aus Naivität, Besorgnis und Hilfsbereitschaft.

»Wir hätten halt gern noch die ein oder andere Sache überprüft.«

»Sie hatten mir aber nicht gesagt, dass ich alles unverändert lassen soll.«

Schröder seufzte. »Bevor wir einen Fall abschließen, möchten wir jede Spur bis zum Ende geklärt haben. Auch wenn die Beteiligten, wie im Fall Ihrer Tante, bereits verstorben sind.«

»Sie haben mir übrigens immer noch nicht gesagt, wessen Sie meine Tante verdächtigen.«

»Wir verdächtigen niemanden. Wir klären ab, Frau Rübchen.« Er fixierte mich mit seinem Blick. »Nicht mehr. Und auch nicht weniger.«

Ich demonstrierte Gelassenheit, auch wenn mir innerlich nicht danach war. Sie hatten Marion im Verdacht, etwas mit dem Tod des Mannes zu tun zu haben. Das war eindeutig. Auch wenn ich es schaffte, ihnen Unwissenheit vorzuspielen, mir selbst gegenüber konnte ich es nicht leugnen: Wenn sie recht hatten, stimmte auch meine Theorie, und die anderen logen mich an. Vielleicht sagten sie aber auch die Wahrheit, und Schröder lief einfach nur in die falsche Richtung mit seinen Verdächtigungen. Hatte ich mein Vertrauen zu früh vergeben? Schröder und seine Kollegin waren ja nun keine Trottel, sondern gestandene Polizisten, die sicher die meisten ihrer Fälle lösten oder damit zumindest im guten Bundesdurchschnitt lagen. Ich hatte keine Veranlassung, sie für blöd zu halten oder mir falsche Vorstellungen vom Schwierigkeitsgrad möglicher Täuschungen zu machen. Wenn es mir gerade gelungen war, musste das eher dem Zufall denn meiner Geschicklichkeit zugerechnet werden.

Es wurde höchste Zeit, ein anderes Licht auf die Sache zu werfen. Mila und die anderen direkt damit zu konfrontieren, hatte keinen Sinn. Ich musste es anders versuchen.

»Hast du die Kräuter für mich gemischt? Wie muss ich sie anwenden?« Sie warf mir die Frage wie einen nassen Lappen ins Gesicht, noch bevor sie eingetreten war.

»Komm erst einmal herein.« Ich drehte mich um und ging durch den Flur tiefer in das Haus hinein. Sie folgte mir bis in die Kräuterkammer. Ich schloss die Tür. Heute waren nicht alle Mägde mit auf das Feld gegangen, und ich wollte nicht, dass uns jemand belauschte. Ich trat vor sie hin. »Lass mich deine Wunden sehen.«

»Warum?«

»Ich will nachprüfen, ob meine Salben geholfen haben. Zieh deine Bluse aus.«

»Deswegen bin ich nicht hier.«

»Ich weiß.«

»Warum soll ich denn dann ...«

»Mach, was ich dir sage«, forderte ich sie streng auf. »Zuerst muss ich sehen, ob es heilt. Dann reden wir über das, was du von mir möchtest.«

Sie schnaubte widerwillig, während sie die Bluse ablegte. Von der Verzweiflung, die sie am Tag vorher gezeigt hatte, konnte ich keine Spur mehr entdecken. Es war, als ob das Geschehnis ohne Folgen an ihr vorübergezogen wäre. Oder gar nicht stattgefunden hätte.

»Hat dein Schwager dich heute in Ruhe gelassen?«

»Ja.«

»Weiß er, dass du hier bist?«

»Nein. Er würde mich erschlagen.« Sie legte ihre Bluse über eine Stuhllehne. Ich winkte sie näher zu mir ans Fenster, damit ich ausreichend Licht bekam, um ihre Wunden zu begutachten. Ich nickte langsam. Gestern schon war mir die Gleichmäßigkeit der Verletzungen aufgefallen. Die Schnitte an ihrem Leib, einer neben dem anderen, parallel auf ihre linke Körperhälfte gesetzt.

»Gib mir bitte den Tiegel dort«, murmelte ich wie abwesend und zeigte auf das Regal hinter ihr.

Ich ließ sie nicht aus den Augen, registrierte jede ihrer Bewegungen. Ohne zusammenzuzucken, drehte sie sich halb um, griff mit der rechten Hand nach dem Gefäß und reichte es mir. Ich nahm das kalte Porzellan entgegen, griff nach ihren Fingern und starrte auf ihre Handinnenfläche. Außer einigen Schwielen war nichts zu sehen. Es passte alles zusammen. Die Art der Wunden, die Stellen, an denen sie zu finden waren, ihre mangelnde Schwere.

»Dein Schwager hat dich nicht geschändet und verletzt. Du lügst«, sagte ich wie beiläufig mit leiser Stimme und stellte langsam den Tiegel auf den Boden.

»Was?« Sie riss die Augen auf. »Wie kannst du so etwas sagen? Er hat mich mit dem Messer angegriffen, mich bedroht und verwundet.«

»Nein, das hat er nicht.« Ich wunderte mich über die Ruhe, die sich in mir ausbreitete, aber ich war mir ganz sicher. Sie riss ihre Bluse von der Stuhllehne, zog sie über und verschloss sie mit hastigen Fingern.

»Gib mir deine Kräuter, wie du es mir gestern versprochen hast«, herrschte sie mich an.

»Ich habe dir nichts versprochen.«

»Heißt das, du willst mir nicht mehr helfen?«

»Das heißt, dass ich dir bei deinem Vorhaben nicht beistehen werde. Du bist nicht in Not.«

»Wer sagt das? Du?« Sie reckte ihr Kinn vor. »Hier!« Sie streckte mir ihre Unterarme entgegen und riss die Ärmel ihrer Bluse hoch. »Was ist das? Bilde ich mir die Schnitte nur ein?«

»Nein. Du bildest sie dir nicht ein. Sie sind da. Aber nicht dein Schwager hat sie dir beigebracht.«

»Wer behauptet das? Wer immer das sagt, ist ein Lügner«, keifte sie und verfiel übergangslos in ein lautes Schluchzen, dessen Falschheit aus jedem Ton drang. Schmierentheater. Ich merkte, wie ich wütend wurde. Sie hatte versucht, mich für ihre Zwecke einzuspannen, und mir dafür eine Notlage vorgespielt. Woher wusste sie überhaupt Bescheid? Was wurde erzählt unter den Frauen? Und wer bekam das Erzählte noch zu Ohren?

»Das sagt mir jemand, den du nicht der Lüge bezichtigen würdest. Du selbst.« Ihre Augen wurden groß, sie öffnete den Mund, aber bevor sie etwas erwidern konnte, sprach ich weiter. »Dein Körper verrät es mir. Deine Wunden. Du hast sie dir selbst beigebracht.«

»Das stimmt nicht.«

»Jeder einzelne der Schnitte ist nicht so tief, als dass er dich ernsthaft hätte verletzen können. Alle sind beinahe gleich tief und verlaufen parallel zueinander. Dein Schwager hätte sich schon sehr darauf konzentrieren müssen und du vollkommen stillhalten, damit es so gelingen konnte. Und das ist in der Lage, in die er dich angeblich gebracht, und bei dem Trieb, der angeblich dahintersteckt, doch sehr unwahrscheinlich. Denn augenscheinlich«, ich ergriff ihre Hände und drehte sie mit den Innenflächen nach oben, »hast du dich nicht gewehrt. Keine einzige Wunde, kein noch so winziger Schnitt ist hier zu sehen. Wenn dich jemand mit dem Messer angreift, was machst du dann? Stillhalten und warten, was kommt? Oder versuchst du, dich zu schützen? Dein Gesicht, deinen Hals. Du hebst die Hände, und natürlich fangen die den Angriff ab. Hier müssten die Wunden zu finden sein. Wild und kreuz und quer, tiefe und oberflächliche.« Ich hielt inne und rang um Atem. Die Aufregung machte mir zu schaffen. Ich war nicht mehr die Jüngste und merkte, wie mein Herz stolperte. Sie riss ihre Hand *fort. Ihr ganzer Körper bebte. Ich sah, wie sie mit sich rang, wie sie versuchte, ihre Wut zu unterdrücken, und fragte mich, was tatsächlich der Grund für ihr Verhalten war und warum sie mich um Hilfe gegen ihren Schwager angegangen war.* »Warum willst du ein Kraut von mir?«, fragte ich.

»Weil er im Weg ist. Er sitzt auf dem Gut, das eigentlich meinem Mann gehören würde. Nur weil er der ältere der beiden Brüder ist, glaubt er, nicht teilen zu müssen.«

»Was sagt der Vater der beiden? Ist er schon auf dem Altenteil?« *Vielleicht schaffte ich es ja, sie zur Vernunft zu bringen, indem ich mit ihr redete.*

»Es gibt keinen Vater. Der ist schon lange tot.« *Sie sah mich an und neigte den Kopf leicht zur Seite. Sie erinnerte mich an eine Katze, die bewegungslos vor dem Mauseloch kauert und auf ihre Beute wartet.* »Er ist vom Pferd gefallen.« *Sie machte eine Pause. Beim nächsten Satz betonte sie jedes Wort:* »Er ist auf einem Stein aufgeschlagen und war wohl sofort tot. So sagt man.« *Ich kniff die Augen zusammen. Das konnte nicht sein. Ich zögerte verunsichert. Sie bemerkte es und lächelte.* »Willst du wissen, wie er hieß? Willst du wissen, wer ich bin?«

»Mir ist der Rang eines Menschen nicht wichtig«, *sagte ich, nach außen gleichgültig.*

»Der Vater meines Mannes war Arnold Froböss. Du erinnerst dich doch sicher.«

Ich nickte. »Der Unfall ist auf diesem Hof passiert, vor mehr als zwanzig Jahren. Das ist lange her.«

»Es war kein Unfall, und du weißt das.«

»Er ist vom Pferd gestürzt. Auf den Stein geschlagen. Wir haben versucht, ihn zu retten, aber es war zu spät.« *Die eingeübten Worte kamen ebenso glatt über meine Lippen wie vor lang vergangener Zeit.*

»Arnold Froböss hatte keinen Unfall. Du lügst«, *sagte sie in dem gleichen leisen und ruhigen Tonfall, in dem ich sie vor wenigen Minuten noch angeklagt hatte.*

»Wer sagt das?«

»Ich sage das.«

»Mit welchem Recht?« *Mir schwindelte. Ich stand wieder auf dem Hof, vor mir der reglose Körper. Das dumpfe Geräusch, als der schwere Stein meiner Hand entglitt und auf den Lehmboden fiel. Der Schatten am Hoftor.*

»Ich habe es gesehen. Und alles gehört.« Sie lächelte. »Ein Mädchen übersieht man leicht, zumindest solange es sich in dunkle Ecken und die geheimen Winkel unter den Fenstern drückt. Aber die Augen und Ohren dieses Mädchens waren weit offen. Vor Staunen und vor Schreck, was da mit ihrem Gutsherrn passierte. Aber auch vor Erleichterung.« Sie lachte. »Ich habe mich gefreut über das, was du ihm angetan hast. Er war nicht gut zu mir und meiner Mutter. Sie gehörte zu seinem Gesinde, und er hat sie behandelt wie den Dreck, den wir immer an uns trugen. Mich hat er nie beachtet, und wenn doch, hat er mich geschlagen.« Sie strahlte mich an. »In diesem Augenblick, als er sich wieder aufrichten wollte und du den Stein gehoben und ihn damit erschlagen hast, hätte ich dir am liebsten laut gedankt.« Sie blickte zu Boden, und in ihrer Miene ging eine Veränderung vor. Härte und Unnachgiebigkeit nahmen den Platz der kindlichen Freude ein. »Ich habe es nicht getan. Ich habe mich im Schatten gehalten, das Wissen wie einen Schatz gehütet und mir geschworen, eines Tages die Stelle einzunehmen, die deine Herrin damals abgelehnt hat. Bäuerin auf Froböss' Gut.«

»Aber das bist du doch.«

»Nein, das bin ich nicht. Ich bin die Frau des Bruders des Hofherrn. Nicht die Herrin.« Ihre Augen funkelten mich böse an.

»Du bist missgünstig und gierig.«

»Es ist mir egal, wie du es nennst. Gib mir das Kraut.«

»Nein.«

»Du weigerst dich?«

»Von mir wirst du nichts bekommen, was deine bösen Absichten unterstützt. Ich habe immer nur geholfen, wenn Not herrschte. Immer nur im Elend. Nie um Habgier oder sündige Gedanken zu stützen. Ich werde dir nicht helfen.« Ich drehte mich um, ging langsam zur Kammertür und öffnete sie. Meine Finger zitterten, und meine Knie waren weich wie frische Butter im Fass.

»Doch, das wirst du.« Sie kam auf mich zu und baute sich drohend vor mir auf. Ich konnte ihren Atem spüren. »Weil ich

ansonsten von deiner Tat berichten und dafür sorgen werde, dass du dafür bestraft wirst.« Sie schritt an mir vorbei in den Flur und zur Haustür hinaus. Neben dem Eingang spielte Margarete, meine jüngste Enkeltochter. Sie strich ihr kurz über den Kopf und sah mich über ihre Schulter hinweg noch einmal an. Auch wenn ich im Gegenlicht ihr Gesicht nicht deutlich erkennen konnte, machte mir ihr Tonfall klar, wie ernst ihr die Sache war. »Ich habe damals einen Schuldschein gefunden und ihn gut gehütet. Als Beweis dafür, dass du einen Grund hattest, ihn zu erschlagen. Ihr werdet alles verlieren, und nichts als Schande und Armut erwartet deine Familie. Überleg es dir. Ich werde nur noch einmal kommen und dich fragen.«

Weißdorn, *Mespilus oxyacantha* – gehört zu den Rosengewächsen und kommt in ganz Mitteleuropa in lichten Laubwäldern und an Waldrändern vor. Die Pflanze wird häufig in Gärten gepflanzt. Weißdorn fördert die Herzleistung, beruhigt die Pulsfrequenz und reguliert den Blutdruck. Weißdorn wirkt sich im Klimakterium positiv auf nervöse Störungen aus. Er kann innerlich und äußerlich angewendet werden.

SECHZEHN

Ich öffnete den Internetbrowser, tippte den Namen Froböss in Kombination mit dem Begriff Firma in die Handytastatur und hatte Glück. Die Suchmaschine spuckte eine Auswahl an Beiträgen aus, die alle mit Immobiliengeschäften zu tun hatten. Ganz oben fand ich die Homepage und klickte sie an. Es dauerte eine Weile, bis die Seite sich aufbaute. Ich trommelte ungeduldig mit den Fingern auf die Tischplatte. Das war ebenfalls eine der Baustellen, die ich angehen musste. Marion hatte zwar Internetanschluss hier im Haus, aber bisher hatte ich das Kennwort noch nicht finden können. Wenn ich Pech hatte und sie es nirgendwo notiert hatte, würde ich alles komplett neu installieren müssen. Mir graute davor, weil so etwas nicht unbedingt meine Königsdisziplin war. Ich benutzte den Computer wie mein Auto, frei nach dem Motto »Hauptsache, er läuft«. Warum was wie funktionierte, war mir absolut schleierhaft und auch egal. Irgendwann hatte ich beschlossen, nicht alles können zu müssen. Das führte nämlich nicht nur dazu, auch alles selbst tun zu müssen, sondern auch dazu, alles ein bisschen und nichts richtig gut zu können, weil man keine Zeit hatte, sich auf eine einzelne Sache zu konzentrieren. In der Stadt hatte ich diverse Bekannte oder fachkundige Freundinnen, die ich zur Not um Hilfe bitten konnte, aber hier war ich komplett auf mich allein gestellt.

»Froböss Immobilien Holding«, las ich Herrn Hoppenstedt vor, der auf meinen Schoß gesprungen war und sich den Bauch kraulen ließ. Der Firmensitz war mit Heunestadt angegeben. »Da sind wir in dreißig Minuten mit dem Auto«, erklärte ich dem Kater und versuchte, die Seite mit den Kontaktdaten aufzurufen. Das Wartesymbol kreiselte so lange über den Bildschirm, bis dieser schließlich wieder schwarz wurde und mir nach der Wiedererweckung eine Information über die Unmöglichkeit meines Vorhabens präsentierte. »Wenn nicht so, dann eben anders.« Gegen seine heftigen Proteste setzte ich Herrn Hoppenstedt auf den Boden und stand auf. »Was hältst du von der Idee, diesem Herrn einen Besuch abzustatten?« Herr Hoppenstedt maunzte und riet mir dringend, ihn als wachhabenden Kater zurückzulassen. »Schön, dass wir uns einig sind.«

So. »Das muss reichen.« Ich stopfte eine widerborstige Haarsträhne an den ihr zugedachten Platz und drehte mich vor dem Flurspiegel hin und her. Wenn ich auch für das Landleben die komplett falschen Sachen eingepackt hatte, für dieses Vorhaben war die Auswahl perfekt. Businesskostümchen, helle Bluse, dunkle Schuhe. Streng und sexy. Dazu meine Aktentasche aus rotem Leder mit farblich passendem Lippenstift. Wie eine Rolle, in die ich hineinschlüpfte. Auf diesem Terrain kannte ich mich aus. Ich war gespannt, ob man mich zu Froböss vorlassen würde. Männer wie er hatten immer einen guten Wachhund in Gestalt einer Chefsekretärin im Vorzimmer sitzen, die sich eher einer ganzen Armee entgegenstürzen würde, als einen unangemeldeten Besucher zu ihrem Chef vorzulassen.

Es klopfte an der Haustür. Es war Alex. Ich öffnete, und für einige Sekunden starrten wir uns schweigend an.

»Du bist zu mir gekommen, also sag, was du zu sagen hast«, schnauzte ich ihn schließlich an und fischte nach Herrn Hoppenstedt, der sich an mir vorbeigedrängelt hatte und Alex köpfchengebend und maunzend um die Beine strich. Alex krauste die Stirn und betrachtete den Kater irritiert.

»Was macht das Tier hier bei dir? Hast du ihn aus der Praxis mitgenommen?«

»Das Tier heißt Herr Hoppenstedt und ist mein Kater«, zischte ich ihn an. »Außerdem bin ja wohl *ich* diejenige, die die Fragen stellen sollte. Unter anderem die, wie *mein* Kater in *deine* Praxis gelangt ist.«

»Das ist dein Kater?« Alex sah mich an, als ob er die Welt nicht mehr verstehen würde.

»Richtig.« Ich setzte Herrn Hoppenstedt auf den Boden. Sofort lief er wieder zu Alex. Der nahm ihn diesmal hoch und drückte ihn mir in den Arm. »Jetzt komm schon rein, bevor er noch entwischt.« Unwillig hielt ich ihm die Tür auf und trat einen Schritt zur Seite. Alex folgte mir ins Haus. Erst jetzt schien er meinen Aufzug zu bemerken. Anerkennend nickte er.

»Was hast du vor?«

»Nichts, was dich etwas angehen könnte, bevor du mir nicht erklärt hast, wie du an den Kater gelangt bist. Hast du ihn gestohlen?«

»Im Normalfall bringen die Menschen ihre kranken Tiere zu mir. Ich muss sie nicht stehlen.«

»Als ich Herrn Hoppenstedt das letzte Mal gesehen habe, saß er quietschfidel unter der Kommode. Zumindest was seine Gesundheit anbelangte.«

»Als ich ihn zum ersten Mal gesehen habe, lag er im Graben und machte einen ziemlich elenden Eindruck. Körperlich und mental.«

»In einem Graben?« Mir wurde eiskalt. »Wo?«

»Ein paar hundert Meter weg von hier. An der Hauptstraße. Wie es aussah, hatte ihn ein Auto erwischt. Obwohl der Meister hier noch mal Glück gehabt hat. Ich musste nur etwas an seiner Pfote nähen, und er hatte wohl eine leichte Gehirnerschütterung.«

»Wann war das?« Auch wenn ich den Kater jetzt wohlbehalten hier vor mir sitzen saß, wurde mir schlecht bei der Vorstellung, dass er hätte sterben können.

»Am Morgen nach dem Dorffest. Als ich von dir wegfuhr.«

»Warum hast du mir nichts gesagt?«

»Warum sollte ich? Es ist nicht ungewöhnlich, dass ich mich um verletzte Tiere kümmere. Es ist mein Beruf. Schon vergessen?«

»Aber er ist mein Kater!«

»Was ich nicht wissen konnte. Woher auch? Du hast es mir nicht erzählt an diesem Abend.«

»Dann muss er wirklich entwischt sein, als hier eingebrochen wurde.«

»Hier ist eingebrochen worden?« Alex straffte sich. »Wann?«

»Nein. Nicht richtig eingebrochen.«

»Also was jetzt? Eingebrochen oder nicht?«

»Nicht. Es hat sich geklärt. Nur die Tür war offen.« Ich lächelte schief. »Manchmal bin ich ein bisschen paranoid.«

»Bist du deswegen heute Morgen einfach verschwunden? Weil du dachtest, ich hätte dir deinen Kater mit Absicht unterschlagen?«

»Ja.« Ich sah ihn an und versuchte herauszubekommen, ob er mich nun endgültig in die Verrücktenecke packen würde.

»Jedes Tier, das zu mir in die Praxis kommt, checke ich auf irgendeine Kennzeichnung. Dein Herr Hoppenstedt hat zwar eine Tätowierung im Ohr, aber die ist so verblasst, dass kein Mensch sie mehr lesen kann. Du solltest ihm einen Chip einsetzen und ihn bei Tasso registrieren lassen. Wenn ihr beide hier in Kleinhaulmbach bleibt, wird er sicher noch öfter die Gegend erkunden.«

»Mach ich. Versprochen.«

»Okay. Ich mache dir auch einen Sonderpreis.« Er grinste kurz, wurde dann aber wieder ernst. »Wärst du sonst länger geblieben?«

»Ich denke.«

»Gut.« Er kam zu mir, umarmte und küsste mich. Seine Hände wanderten über meinen Rücken.

»Nix da«, murmelte ich und wand mich aus seinem Griff. »Ich habe noch etwas vor.« Ich nahm Handtasche und Autoschlüssel, schob Alex aus der Tür und schloss hinter uns beiden ab. Herr Hoppenstedt maunzte lauten Protest durch die geschlossene Tür.

»Und was, wenn ich fragen darf?«

»Darfst du.« Ich ging vor ihm her auf mein Auto zu und stieg ein. »Ich fahre nach Heunestadt und statte dort jemandem einen Besuch ab.«

»Heunestadt?«

»Richtig. Ich begebe mich jetzt in die Höhle des Löwen und werde versuchen, die Lage zu sondieren. Froböss kennt mich noch nicht, also weiß er nicht, welche Einstellung ich zu der ganzen Problematik habe. Mal sehen, was er so rauslässt.«

»Ich muss dir noch was sagen.« Alex hielt die Autotür einen Spaltbreit offen.

»Wenn ich wieder zurück bin. Ich muss jetzt los, sonst treffe ich in der Firma niemanden mehr an.« Ich schloss die Tür und winkte ihm durch die geschlossene Scheibe.

»Katharina, es ist –«

»Später. Ich komme bei dir vorbei, wenn ich wieder da bin.«

Ich starrte ihr hinterher, rührte mich nicht von der Stelle, war wie gelähmt und fühlte mich dabei wie ein Stück Vieh vor dem

Schlachter, das Messer an den Rippen. Ein letzter Atemzug, bevor mich der Schmerz durchfuhr. Tief in meiner Brust. Er kroch durch den Leib nach oben bis zum Hals. Mir schwindelte, ich suchte Halt am Türrahmen, fiel in mich zusammen. Hinter meinem Brustbein riss und zerrte es an mir, brannte wie Feuer. Angst strich mir Schweiß über die Haut. Margarete sah auf. Sie kam zu mir. Mit ihren fünf Jahren verstand sie nicht, was mit mir passierte.

»Lauf und hol die Magd«, flüsterte ich und kämpfte gegen den Druck in meiner Brust an. Ich schloss die Augen. Es war nicht das erste Mal, dass mein Herz mir den Dienst versagen wollte, dass es muckte und sich auflehnte gegen zu große Last. Aber meist war das bei der Arbeit geschehen, wenn ich zu schwer gehoben, zu hart das Korn geschlagen oder zu schnell gelaufen war, um ein verirrtes Schaf wieder zur Herde zu bringen. Jetzt hatte ich nicht meinen Körper angestrengt, sondern nur meine Seele.

Ich hatte Angst. Vor dem, was die Frau des zweiten Froböss-bauern anrichten würde, wenn sie das Reden anfing.

Die Magd kam gelaufen, half mir auf und wollte mich in meine Kammer bringen. Ich wehrte sie ab.

»Ich muss zuerst in die Kräuterstube«, wies ich sie an. Sie fragte nicht, sondern half mir mit langsamen Schritten und un-tergefassten Armen dorthin. Ich suchte das Fläschchen mit der Weißdorntinktur, hob den Verschluss ab und trank einen großen Schluck davon. Es würde schnell helfen, wenn der Schmerz in meiner Brust nicht mein letzter sein sollte, sondern nur eine Warnung. Ich setzte mich, lockerte meinen Kragen, atmete langsam und bedächtig. Die Magd sah mich besorgt an, und auch Margarete stand mit weit aufgerissenem Mund vor mir. Der Schmerz veränderte sich. Wurde dumpfer, verebbte langsam, und der Schraubstock um meine Leibmitte lockerte sich. Die Tinktur half. Ich würde jetzt nicht sterben. Noch hatte ich Zeit, die Dinge zu tun, die ich tun musste.

»Bring mich in mein Bett«, befahl ich der Magd.

Ich schlief, bis Johannes und Katharina wieder vom Feld zu-rückkehrten, und versicherte ihnen, dass es mir besser ging. Sie wollten an meinem Lager wachen. Ich schickte sie fort. Um zu überdenken, was ich tun wollte, brauchte ich Stille und Ruhe.

»Bringt mir das Lederbuch, das ich am letzten Markttag gekauft habe, und den Bleistift«, bat ich sie. Ich würde aufschreiben, was geschehen war in meinen Jahren auf diesem Hof. Die Taten, die Gedanken, die Gefühle. Für mich, für Katharina und für die, die es später lesen und darüber urteilen würden.

Es dauerte eine ganze Nacht und den nächsten Tag, bis ich alles aufgeschrieben hatte. Das Schreiben half mir, meine Gedanken zu ordnen, mich zu erinnern an das, was gewesen war und was ich getan hatte. Katharina brachte mir Essen und Wasser. Sie sorgte sich um mich, legte ihre kühle Hand auf meine Stirn. Ich fühlte ihre von harter Arbeit raue Haut, aber auch die vertraute Zärtlichkeit ihrer Berührung. Sie war eine gute Tochter. Eine, auf die ich stolz sein konnte. Ich legte den Stift an die Stelle des Büchleins, an der ich aufgehört hatte zu schreiben, wickelte das dünne Lederbändchen zweimal drum und steckte es zwischen den Rand des Bettgestells und die Matratze. Hier würde es so schnell niemand finden. Ich wollte nicht, dass es gelesen wurde, bevor ich fertig war. Den letzten Eintrag, die Sätze, die in diesem Moment auf dem Papier Gestalt annehmen, wollte ich einfügen, nachdem alles geschehen war. Es in der Erinnerung durchleben. Den richtigen Weg finden. Bis an das Ende. Noch war es nicht so weit. Noch wartete eine Pflicht auf mich, deren Schuldner meine Kinder ebenfalls waren, ohne es zu wissen.

Die Froböss'sche war eine Gefahr. Nicht nur für mich, sondern auch für meine Familie. Katharina, Johannes, die Kinder. Ich musste sie schützen. Wenn die Froböss'sche die Wahrheit sagte und einen weiteren Schuldschein gefunden hatte, müssten sie nicht nur alles an Geld mit Zins und Zinseszins aufbringen, sondern auch noch die Schande ertragen, die ihre Mutter über den Hof gebracht hatte. Schon damals war es eine ungeheuer große Summe gewesen, die auch heute noch Haus und Hof kosten würde.

Dieser Bedrohung durfte ich sie nicht aussetzen.

Katharina bemühte sich darum, mir den Besuch der Sonntagsmesse am nächsten Tag auszureden, aber ich bestand darauf, mitzukommen. Mein Herz hatte sich erholt, und ich hatte neue

Kraft gesammelt. Die Froböss'sche war bisher nicht wieder bei mir erschienen.

Die Gemeinde versammelte sich vor der Kirchentür und wartete darauf, dass einer der Messdiener sie alle hereinbat. Frauen, Männer und Kinder bunt gemischt. Alle trugen ihre besten Kleider, hatten sich für den sonntäglichen Messgang herausgeputzt. Die Jüngsten hielten sich ängstlich an der Hand ihrer Mütter fest, die die Gelegenheit nutzten und leise mit denen sprachen, die sie sonst die ganze Woche über nicht zu Gesicht bekamen. Johannes und Katharina begrüßten die Nachbarn und die anderen Dörfler, fragten nach Gesundheit und Wohlergehen.

»Hast du darüber nachgedacht, Hilda?« Ich fuhr zusammen. Neben mir stand die Froböss'sche. Die Umstehenden betrachteten sie argwöhnisch. Es war nicht üblich, die Messe in einem anderen Dorf zu besuchen. Die Froböss'sche war fremd hier.

»Ja, das habe ich.« Ich sprach leise, damit niemand der Umstehenden etwas hören konnte. Sie beugte sich zu mir hinunter, um mich besser zu verstehen. Ich spürte ihre Nähe. Ihre Haut strahlte Wärme aus und einen Duft nach frischem Brot und Rosen. Agnes. Der Geruch erinnerte mich an sie, und im gleichen Augenblick wusste ich, dass ich das, was ich geplant hatte, niemals würde ausführen können. Sie sollte sterben an dem Saft der Rhizinussamen, in dem ich den Stoff des Beutels getränkt hatte. Das Kraut darin war durch ein weiteres Tuch geschützt, das ich mit Wachs bestrichen hatte, und harmlos. Dem Schwager würde nichts geschehen. Dafür hatte ich Sorge getragen. Ich zögerte. Ein Tod ist nicht immer ein Tod. Vor allem, wenn er von fremder Hand kommt. Wenn ich ihr den Beutel, der zu Hause in meiner Kammer lag und der sie anstatt ihres Opfers töten würde, gäbe, machte ich mich gemein mit denen, die ich mein Leben lang versucht hatte zu bekämpfen. Mit den Gewöhnlichen und den Niederträchtigen. Mit denen, für die ein Leben keinen Schutz verdiente und mit dem man umspringen konnte, wie es einem behagte und zum Vorteil gereichte. Und auch wenn sie mich und meine Familie mit dem Ruin bedrohte, musste ich dafür Sorge tragen, dass meine Seele heil blieb.

»Ich habe darüber nachgedacht«, wiederholte ich mit fester Stimme. »Ich werde dir nicht helfen. Geh nach Hause oder komm mit in die Messe und bete.«

»Was?« Sie stieß böse die Luft aus, trat einen Schritt zurück und richtete sich auf. Es ging ihr nicht mehr darum, ob sie ihren Plan durchsetzen konnte, das sah ich sofort. Jetzt trachtete sie nach Rache dafür, dass ich ihr nicht zu Willen war. Dass ich ihr widerstand.

Seltsamerweise machte mir das keine Angst, sondern bestärkte mich in meinem Entschluss. Sie war ein schlechter Mensch. Getrieben von Eitelkeiten, Gier und Rachegelüsten.

»Du hast es nicht anders gewollt, Hilda«, spie sie mir ins Gesicht und machte auf dem Absatz kehrt. Sie drängte sich durch die Leute, bis sie vor der Kirchentür stand, und stieg bis auf die oberste Stufe. »Hört einmal her.« Ihre Stimme tönte über die Köpfe hinweg bis zu mir. Alle unterbrachen ihre Gespräche, verstummten und wandten sich ihr zu. Die Froböss'sche wartete, bis alle Augen auf sie gerichtet waren. »Unter euch ist eine Mörderin.« Sie holte tief Luft. »Eine, die nicht davor zurückschreckt, anderen zu ihrem eigenen Vorteil nach dem Leben zu trachten.«

Ein Raunen ging durch die Menge. Mein Herz begann zu hämmern, und ich schwankte. Katharina bemerkte es und griff nach meinem Arm. Sie stützte mich, nicht wissend, dass sie selbst gleich Stütze benötigen würde.

»Ich selbst habe es gesehen.« Wieder machte sie eine Pause, in der nur das leise Quietschen der Kirchentür zu hören war, als der Messdiener sie öffnete. Niemand rührte sich. Stille.

»Was redest du da von einer Mörderin?« Der Pfarrer war hinter ihr aus der Kirche getreten. Er schaute sie mit strengem Blick an. »Es ist ein schweres Vergehen, ein falsches Zeugnis gegen jemanden abzulegen.«

»Es ist nichts Falsches an dem, was ich sage.« Die Froböss'sche blieb ruhig. Nur ihre Hände, die sie immer wieder zu Fäusten ballte, verrieten ihre Unruhe und ihre Anspannung. Ich konnte meinen Blick nicht von ihr abwenden. »Hilda.« Sie zeigte über die Köpfe der anderen hinweg mit dem Finger auf mich. »Sie hat vor mehr als zwanzig Jahren Arnold Froböss mit einem Stein erschlagen, weil er die Schulden des Hofes eintreiben wollte, und behauptet, es sei ein Unfall gewesen.«

»Was ist das für eine Unterstellung, Weib?« Die Stimme des Pfarrers dröhnte.

»Keine Unterstellung. Die Wahrheit.«
»Woher nimmst du die Sicherheit?«
»Weil ich es gesehen und gehört habe«, keifte sie ihn an.
Der Pfarrer musterte sie eindringlich. »Warum hast du nichts gesagt, als es passierte?«
»Weil ich ein Kind war. Hätte man einem Kind geglaubt?« Sie zeigte wieder auf mich. »Da steht sie. Nehmt sie in Gewahrsam.«
»Stimmt das, Mutter?«, flüsterte Katharina. Ich merkte, wie ihre Hände zitterten. Ich schwieg. Um uns herum bildete sich ein Kreis. Entsetzen stand in den Gesichtern der Menschen. Abscheu schlug mir entgegen, wo vor wenigen Augenblicken noch Freundlichkeit zu finden gewesen war. Der Pfarrer bahnte sich einen Weg zu mir.
»Was hast du zu den Vorwürfen zu sagen, Hilda? Hat diese Frau recht mit ihrer Behauptung?« Ein zweites ernstes Gesicht tauchte neben dem des Pfarrers auf. Der Polizist des Dorfes. Ohne seine Uniform und ohne seine Waffen, ein braver Kirchgänger, wie es seine Mutter in ihrer Witwenschaft gewesen war und seine Schwestern noch heute waren. Der Sohn des Schmieds. In seinem Gesicht erkannte ich die Züge des Jungen, der damals weinend am Bett der Mutter gestanden hatte und später voll Vertrauen meine Pilzsuppe gegessen hatte. Ich sah, wie er mit sich kämpfte. Ohne meine Antwort abzuwarten, wandte er sich an die Froböss'sche. »Der Vorfall ist sehr lange her. Beweise lassen sich heute nicht mehr finden.« Er sprach sehr laut und deutlich. »Oder gibt es irgendetwas, das du uns vorlegen kannst, als Unterstützung für deine Behauptung? Ein Dokument, einen Beleg?«
»Nein. Ich habe nichts, aber das ist nicht wichtig, ich habe es doch ...«, widersprach sie, aber der Polizist unterbrach sie.
»In einem solchen Fall muss man sich auf Zeugenaussagen stützen, die den Vorwurf bestätigen.« Er blickte in die Menge der Kirchgänger, ohne Einzelne anzuschauen.
Eine Welle der Erleichterung erfasste mich. Eine weitere Lüge. Sie hatte keinen Schuldschein. Sonst hätte sie ihn jetzt vorgelegt und damit das Schicksal endgültig besiegelt.
Der Polizist wandte sich wieder an die Froböss'sche. »Oder es als Verleumdung aufdecken. Du bist nicht aus unserem Dorf. Ich kenne dich nicht. Warum soll ich dir glauben?«

»Weil ich es bezeuge, hier in der Kirche.« Sie reckte ihr Kinn in die Höhe und sah mich an. Ich erkannte ihre blinde Wut, die nichts anderes mehr kannte als den Wunsch, mir zu schaden.

»Es kann nicht stimmen, was du sagst«, sagte eine Frau mit leiser, aber deutlicher Stimme in das Schweigen der Leute hinein. Alle Köpfe fuhren herum. Es war die Schwester des Polizisten. »Ich erinnere mich an den Nachmittag, als das Unglück geschah, weil ich vom Feld ins Nachbardorf geschickt wurde, um für den Vater einen Brief abzugeben. Dort bin ich dir begegnet. Du hast die Ziegen gehütet.« Sie fasste an ihre eigenen dunklen Haare. »So ein Hexenrot, wie du es trägst, hat niemand sonst hier in der Gegend. Das vergisst man nicht so schnell.«

Ich stand wie vom Donner gerührt und hörte, was die Schwester des Polizisten behauptete. Es konnte nicht stimmen. Die Froböss'sche hatte mir von jenem Tag geschildert, was nur derjenige wissen konnte, der alles mit eigenen Augen beobachtet hatte.

»Du lügst!«, schrie die Froböss'sche und drängte sich durch die Menge zu ihr durch. »Ich habe keine Ziegen gehütet. Ich war auf dem Hof und habe gesehen, was geschehen ist.«

»Das warst du nicht.« Eine weitere Stimme. Älter diesmal.

Ich suchte die Frau in der Menge und erkannte Angerl. Neben ihr standen ihr Sohn und ihre beiden Töchter. Alle drei dem Mann neben ihr wie aus dem Gesicht geschnitten. Jakob, der ehemalige Knecht und heutige Herr auf dem Hof, den Angerl nach Gregors Tod weitergeführt hatte.

»Du warst nicht dort. Ich hätte dich sonst gesehen.« Sie nickte mir zu. »Ich war selbst dort, bin vorbeigegangen am Tor. Ich habe gesehen, wie er gefallen ist, der Frobössbauer, und aufgeschlagen auf dem Stein. Wie Hilda und Agnes, die Bäuerin, sofort dazugekommen sind und ihm helfen wollten. Ich bin hingelaufen, habe mit angefasst, aber unsere Hilfe kam zu spät. Er war bereits tot.«

Die Froböss'sche starrte Angerl mit offenem Mund an. Die Leute hatten einen Kreis um sie gebildet, einen Kessel wie bei der Wildschweinjagd. Misstrauisch beäugten sie die Frau, die in das Dorf gekommen war, um eine der ihren zu beschuldigen. Mir verschlug es die Sprache. Angerl log. Sie war nicht vorbeigegangen. Sie war nicht dazugekommen. Sie hatte nicht gesehen, *was passiert war. Sie konnte nichts bezeugen. Ebenso wenig wie der Polizist und seine Schwester. Ich zitterte. Sie logen, um mich zu schützen. Angerl schenkte mir ein kurzes Lächeln. Niemand außer mir sollte es sehen.*

»Dann ist diese Sache wohl aus der Welt«, erklärte der Polizist laut. Der Pfarrer nickte, und in der Menge erhob sich zustimmendes Gemurmel. Die Froböss'sche tobte, bis der Polizist sie am Arm packte und wegführte. Ich ging langsam hinter den anderen her, setzte mich auf die Kirchenbank und schloss die Augen. Die Gebete, Lieder und Orgelklänge rauschten an meinen Ohren vorbei.

Ich hatte meine Familie geschützt, schon lange Zeit bevor sie in Gefahr geraten war. Durch mein Tun, meine Hilfe, die ich anderen hatte zukommen lassen, als sie in größter Not waren. Heute hatten sie mir geholfen. Eine verschworene Gemeinschaft, die füreinander da war. In der jeder seine Aufgabe hatte. Seinen Teil beitragen musste.

Mein Herz raste wieder. Ich fühlte mich leicht. Glücklich. Dunkelheit umfing mich. Ich hieß sie willkommen.

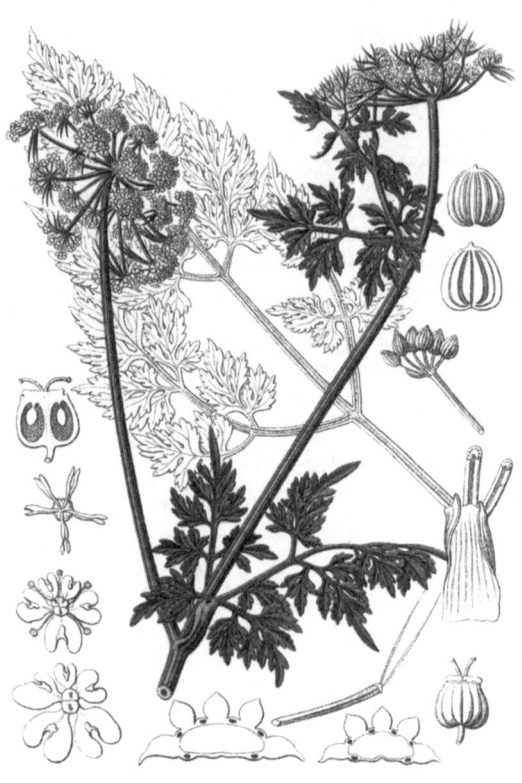

Hundspetersilie, *Aethusa cynapium* – wächst auf Äckern, in Hausgärten und in Auen. Sie verursacht Brennen im Mund, bleiche Haut und kalten Schweiß. Die Pflanze ist für Menschen hochgiftig. Seh- und Bewusstseinsstörungen sowie Atemlähmung, die schließlich zum Tod führt.

SIEBZEHN

Meine Absätze klackerten über den Asphalt, und für einen Moment hatte ich das Gefühl, in einer fremden Welt gelandet zu sein. Obwohl mein letzter Einsatz in diesem Aufzug weniger als zehn Tage her war, kam mir das alles sehr weit weg und ich mir wie eine Fehlbesetzung vor. Aber ich hatte mich gerüstet und das im Gepäck, dem er vermutlich nicht widerstehen konnte.

Vor dem Eingang zu dem Gebäude, in dem Froböss' Firmensitz untergebracht war, blieb ich stehen und sortierte Kleidung und Gedanken. Erst dann trat ich ein, durchquerte mit vorgetäuschter Lässigkeit den Eingangsbereich und betrat den Fahrstuhl. Die »Froböss Immobilien Holding« besetzte drei Knöpfe auf der Schalttafel. Kein kleiner Laden, den der Junge aus Kleinhaulmbach da auf die Beine gestellt hatte. Aber davon ließ ich mich nicht beeindrucken. Als Journalistin hatte ich schon mehr als eine Firma gesehen, deren Geschäft eine große Seifenblase und deren Handelsgüter eher Schall und Rauch waren. Fassadengold blendete mehr, als dass es glänzte.

»Guten Tag. Ich bin Katharina Rübchen und möchte gern mit Herrn Froböss sprechen«, setzte ich die Empfangsdame über mein Anliegen in Kenntnis. Sie lächelte mich unverbindlich an und stellte die übliche Terminfrage. Ich verneinte.

»Dann wird es leider nicht möglich sein.«

»Bitte sagen Sie Herrn Froböss, dass ich mit ihm über mein Haus in Kleinhaulmbach reden möchte.«

»Herr Froböss ist in einer Arbeitssitzung.« Sie griff nach ihrer Tastatur und brachte ihre Finger in Startposition.

»Es geht um das Einkaufsdorf-Projekt. Ich denke, dass er nicht erfreut sein wird, wenn er erfährt, dass Sie mich abgewimmelt haben.« Ich räusperte mich. »Aber gut. Verkaufe ich mein Grundstück eben an jemand anderes.« Ich wandte mich ab und ging langsam auf die Tür zu. Eine letzte Chance, mich zurückzuhalten, wollte ich ihr noch geben.

Hinter mir hörte ich das Klappern des Computers. Gut. Versuch gescheitert.

Mit dem Fahrstuhl fuhr ich wieder nach unten. Vielleicht konnte ich ihm eine Mail schreiben und um einen Termin bitten? Das würde zwar länger dauern, und ich müsste mich ein weiteres Mal aufbrezeln und in die Stadt fahren, es wäre aber vermutlich erfolgversprechender als so eine Spontanaktion. Ich hätte es besser wissen müssen. Wütend trat ich nach einem Steinchen. Es knackte, und mein Schuhabsatz verabschiedete sich.

»Frau Rübchen?« Ich blieb stehen. »Frau Rübchen?« Heftiges Klackern hinter mir auf dem Bürgersteig. Dann, etwas atemlos, die Stimme der Sekretärin. »Herr Froböss möchte Sie gern empfangen. Wenn Sie noch Zeit haben, wäre es sehr freundlich.« Die unterschwellige Arroganz war komplett aus ihrem Blick gewichen. Höchstwahrscheinlich hatte sie Froböss Bescheid gesagt, sobald ich aus der Tür war, weil sie es doch mit der Angst zu tun bekommen hatte, etwas falsch gemacht zu haben.

Ich bückte mich, hob den abgebrochenen Absatz auf und hielt ihn ihr unter die Nase.

»Oh. Wie ärgerlich. Ich habe Kleber oben.« Sie lächelte. »Passiert mir auch öfter.« Sie trat einen Schritt zur Seite und überließ mir den Vortritt. »Bitte, Frau Rübchen.«

Der Mann, der mir schon im Flur entgegenkam, konnte unmöglich Froböss sein. Ich hatte zwar vorher kein Bild von ihm gesehen, aber so hatte ich ihn mir definitiv nicht vorgestellt. Ein feistes und hochrotes Gesicht hinter dampfender Zigarre hätte eher zu meiner Vorstellung von einem Immobilienhai gepasst, der er in meinen Augen war. Vor mir stand jetzt eine ältere Ausgabe von Alex.

»Frau Rübchen«, begrüßte er mich und stellte sich selbst vor. »Ich bin Joachim Froböss.« Er reichte mir seine Hand. Fester Händedruck. Nicht unangenehm. Seine Ähnlichkeit mit meinem Liebhaber irritierte mich. Die jungenhaften und frechen Züge, die ich an Alex so sympathisch fand, hatten sich bei Joachim Froböss in eine gesetzte Seriosität gewandelt. Graue Schläfen. Maßanzug. Ein Topmanager im besten Alter. Er war ein Stück größer als Alex, dafür brachte er aber ein paar, wenn auch nicht zu viele Kilos mehr auf die Waage. »Kommen Sie doch erst einmal hinein in die gute Stube.« Er strahlte mich an und wies mit der einen Hand in Richtung seines Büros, die andere legte er andeutungsweise auf meinen Rücken. »Darf Elisa Ihnen einen Kaffee bringen?« Er schoss einen Blick in Richtung der Sekretärin ab, der mir eine Ahnung gab, dass er in den letzten Minuten nicht so zuvorkommend zu ihr wie jetzt zu mir gewesen war.

Zumindest das mit dem Qualm stimmte. Sein Büro glich einer Räucherbude. Allerdings keine Zigarren, sondern Zigaretten, und die in großer Menge, wie ich aus dem überquellenden Aschenbecher schließen konnte. Die große Nichtraucherkampagne war an ihm wohl spurlos vorübergegangen. Froböss bemerkte meinen Blick.

»Diese ständigen Bevormundungsversuche der Regierung und diverser Moralapostel sind für meine Gesundheit schädlicher als das Nikotin, das können Sie mir glauben. Mir wird mit Sicherheit niemand vorbeten, was ich zu tun und zu lassen habe. Auch mein Arzt nicht, obwohl er ständig mein angeblich geschädigtes Herz ins Feld führt und mir die schrecklichsten Szenarien für meine Zukunft ausmalt.« Er lachte, wies auf einen Stuhl und hielt mir seine Zigarettenschachtel hin. »Darf ich Ihnen eine anbieten?«

»Nein danke.« Ich nahm auf dem Sessel Platz. Kurz überlegte ich, wie ich mich hinsetzen sollte. Ganz vorn auf die Kante, die Knie eng zusammengepresst, ladylike verkrampft, dafür aber mit dem Vorteil, mich mit meinem Gesprächsgegner auf Augenhöhe zu befinden? Oder hinten angelehnt, die Beine übereinandergeschlagen und Souveränität signalisierend? Spielchen wie das mit der erhöhten Sitzposition aufseiten des vermeintlich Stärkeren kannte ich ebenfalls zur Genüge und versuchte immer, das den anderen auch wissen zu lassen. Zum Glück hatte mich schon ganz zu Beginn meiner Arbeit als Journalistin eine ältere Kollegin auf diesen Trick und einige andere Finten hingewiesen und mir so manches Interview gerettet. Ich entschied mich für Variante zwei.

»Mit Milch, bitte«, hauchte ich und musste innerlich über meine Theatervorstellung grinsen. Bisher hatten wir uns an nonverbalen Machtkämpfchen abgearbeitet. Jetzt konnte es zur Sache gehen. Ich sah mich in Froböss' Büro um. Bis auf ein großes abstraktes Gemälde leere Wände. Es irritierte mich, und ich sah genauer hin. Die Farbflächen verliefen ineinander, und es dauerte einige Sekunden, bis ich das Motiv erkannte. Ein gelber Kran über Hochhausdächern. Froböss ging um seinen Schreibtisch herum und setzte sich. Das Leder seines Stuhls knarrte. Er beugte sich vor, legte seine gefalteten Hände auf die bis auf einen kleinen Stapel Papiere komplett leere Tischplatte und nickte Elisa beiläufig zu.

»Stellen Sie ihn einfach ab.« Kein Danke, kein Augenkontakt. Die Arme tat mir leid. Froböss fixierte mich. Er hatte sogar die gleiche Augenfarbe wie Alex. Wie konnte das sein? Ich konzentrierte mich.

»Was kann ich –«

»Ich bin hier, um –«, begannen wir beide gleichzeitig zu sprechen und brachen ab.

»*Ladies first.*« Wieder das Siegerlächeln.

»Ich bin hier, um mich mit Ihnen über ein Haus zu unterhalten, das ich geerbt habe«, sagte ich deutlich, aber so leise, dass er sich vorbeugen musste, um mich zu verstehen. Trick 237.

»Das Ihrer Tante, Marion Rübchen, nicht wahr?« Ich nickte stumm. »Sie hat Ihnen das Gebäude vererbt?«

»Ja.« Ich trank einen Schluck Kaffee und stellte die Tasse betont langsam wieder auf den Unterteller. »So ist es.«

»Ich hatte mehrfach Kontakt mit Ihrer Tante. Sie war«, er zögerte und drehte seinen Stuhl ein wenig, »sie hatte kein Interesse, über den Verkauf ihres Hauses mit mir zu verhandeln. Das machte die Durchführung meines Projektes nicht unbedingt einfacher. Aber vielleicht wendet sich das Blatt ja jetzt?« Er schenkte mir eine neue Variante seines Lächelns. Mehr vertraulich und von Herzen kommend.

»Das kommt ganz darauf an.« Rechtes Bein über linkes Bein. Die Fußspitze wie eine Waffe nach oben gerichtet, leicht wippend. Hand in den Nacken und einmal in die Haare gegriffen.

»Worauf?« Er sprang auf meine Flirtsignale an.

»Auf das, was Sie mir erklären.«

»Nicht auf das, was ich Ihnen biete für das Grundstück?«

»Vielleicht.« Ich durfte es ihm nicht zu einfach machen. Immerhin wollte ich von ihm genau wissen, was er mit dem Dorf vorhatte. In seinen eigenen Worten. Wer weiß, vielleicht wussten auch die Damen nicht restlos alles.

»Fünfhunderttausend Euro. Wie hört sich das an?«

»Fünfhundert?« Den anderen hatte er eine Million Euro angeboten. Froböss war ein Pferdehändler. Erst mal nicht mit dem höchsten Preis rausrücken. »Als Verhandlungsbasis.«

Ich betrachtete den abgebrochenen Absatz in meiner Hand und sagte nichts dazu.

»Gut.« Er klatschte in die Hände und stand auf. »Kommen Sie, Frau Rübchen. Erst einmal geben wir Elisa Ihren Schuh. Sie soll sich etwas einfallen lassen. Ich kann Sie unmöglich so laufen lassen. Und dann zeige ich Ihnen etwas.« Er nahm den Absatz und hielt mir seine offene Handfläche hin. »Geben Sie mir den Schuh.« Ich zog den Pumps aus. Froböss bückte sich, hob ihn auf und brachte ihn zu seiner Sekretärin. Ich hörte ihn im Befehlston auf sie einreden. Von ihr hörte ich nichts.

»Aber jetzt.« Strahlen. Seine Hand auf meinem Rücken. Er führte mich in einen Nebenraum. »Hier. So kann Kleinhaulmbach bald aussehen.« Er zeigte auf ein Modell, das auf einem niedrigen Tisch stand. Beim Näherkommen erkannte ich eine Miniaturversion des Dorfes, erweitert um einige neue Gebäude, die sich der Landschaft und dem Ortsbild zwar anpassten, den Charakter des Ortes aber deutlich veränderten.

»Ich dachte, Sie planen ein Einkaufszentrum.« Ich blieb irritiert vor dem Modell stehen und beugte mich darüber. Damit hatte er mich wirklich überrascht.

»Das ist ein Einkaufszentrum, Frau Rübchen. Aber eines, das aus dem üblichen Rahmen fällt.« Er ging um das Modell herum und zeigte auf einzelne Gebäude. »Die Neubauten fügen sich in den Bestand ein. Die einzelnen Häuser werden im Inneren umgebaut und in Ladenlokale verwandelt. Die Käufer schlendern durch das Dorf und genießen die ländliche Idylle, ohne das Gefühl zu bekommen, einer reinen Konsumwelt ausgesetzt zu sein. Erlebnisshopping nennt man das. In Holland sind solche Einkaufsortschaften schon sehr erfolgreich am Markt. Die ersten Interessenten für die Ladenlokale haben schon die Hand gehoben. Das wird eine wunderbare Sache.«

»Was wird mit den Leuten, die im Dorf wohnen?«

»Die bekommen endlich einmal Arbeitsplätze.« Er lachte auf. »Da ist doch sonst nichts. Totes Land.« Er verstummte und hustete leise. »Wir bieten den Menschen viel Geld für die Häuser. Sie können sich ein neues Zuhause kaufen. Mit deutlich mehr Komfort als vorher.« Er beugte sich über das Modell. »Siebenhundertfünfzigtausend«, sagte er unvermittelt, ohne mich anzusehen.

»Ein Zuhause kann man nicht kaufen«, murmelte ich leise.

»Bitte?« Froböss horchte auf.

»Warum wollte meine Tante Ihnen ihr Haus nicht zum Kauf anbieten?«

»Sie hatte komplett andere Ansichten als ich zu dem Thema.« Er stellte sich dicht neben mich. Ich konnte sein Rasierwasser riechen. Edel und bestimmt teuer, aber mit einer penetranten Note. »Leider nicht nur sie. Auch einige ihrer Bekannten stellen sich gegen den Aufschwung des Dorfes.« Er legte mir wieder leicht seine Hand auf den Rücken. »Aber wenn Sie mir den alten Kasten Ihrer Tante verkaufen, ist das Projekt ein gutes Stück vorangekommen. Dann fehlen nur noch diese sieben Häuser hier.« Er ließ den Finger über dem Modell kreisen wie ein Adler kurz vor dem Sturzflug. Ich erkannte die Bäckerei, Margas und Milas Häuser und verstand, warum sie gegen Froböss' Plan waren. Auch wenn das Dorf erhalten bleiben würde, verlöre es doch seinen Charakter. Kleinhaulmbach wäre nur noch eine Kulisse für Käuferscharen, die jeden Tag und womöglich noch am Wochenende mit Reisebussen herangekarrt würden. Ich trat einen Schritt zur Seite.

»Und wenn ich Ihnen das Haus nicht überlasse?« So langsam bekam ich das unwiderstehliche Bedürfnis, ihn von seinem Begeisterungssturm wieder runterzuholen.

»Dann machen Sie einen großen Fehler, Frau Rübchen.« Er griff nach einer neuen Zigarette.

»Inwiefern?«

»Nun. Zum einen verzichten Sie auf eine erkleckliche Menge Geld. Eine Million.« Er presste die Kiefer aufeinander. Ich reagierte nicht auf sein Angebot, sondern beugte mich wieder über das Modell, als ob ich ein Detail genau betrachten wollte.

»Und zum anderen?«

»Zum anderen machen Sie sich das Leben nicht unbedingt leichter dadurch.« Er richtete sich auf und straffte die Schultern. »Frau Rübchen, ich will ehrlich sein. Als Elisa Sie eben ankündigte, habe ich mich sehr gefreut, weil ich hoffte, Sie würden Ihnen und mir eine Menge Ärger ersparen.«

»Den Eindruck machte die erste Reaktion Ihrer Vorzimmerdame auf mein Erscheinen aber ganz und gar nicht.«

Froböss wischte meinen Einwand mit einer schnellen Handbewegung zur Seite.

»Elisa hat einen Fehler gemacht, den sie sehr bedauert. Als ich vom Tod Ihrer Tante erfuhr, habe ich Erkundigungen eingezogen. Über Sie und über Ihre Situation. Auch in beruflicher und finanzieller Hinsicht.« Er spitzte die Lippen.

»Erkundigungen? Bei wem?«

»Bei den entsprechenden Kontakten. Die im Übrigen sehr auskunftsfreudig waren. Ihre Finanzen als gut aufgestellt zu bezeichnen, käme der Ironie gleich. Oder irre ich mich?« Er neigte den Kopf. »Da muss doch der Erlös aus dem Hausverkauf eine willkommene Sache sein. Zumal das sicher einträglicher wäre, als das alte Haus mühsam zu renovieren. Kaputte Dächer und löchrige Wände sind nicht billig.«

»Es ist immer eine Frage der Prioritäten, Herr Froböss.« Bluffte er, oder hatte er wirklich Quellen, die ihm Rede und Antwort auf seine Fragen über mich standen? Woher wusste er von dem Loch in der Wand? Oder meinte er das nur ganz allgemein? Ruhig bleiben, Katharina. Ganz ruhig bleiben.

»Die Sie allem Anschein nach falsch zu setzen beabsichtigen!«

»Das zu beurteilen liegt immer noch bei mir.« Meine Stimme klang fester, als es mein innerliches Zittern vermuten ließ.

»Ganz wie Sie meinen, Frau Rübchen.« Er schlenderte zu seinem Stuhl, ließ sich hineingleiten und lehnte sich zurück. »Sagen wir einmal so. Ich kenne eine Menge Menschen in wichtigen Positionen, die wiederum ebenso einflussreiche Freunde haben. Ich kann Ihnen helfen, eine feste Anstellung zu bekommen. Oder um es auf eine noch einfachere Formel zu bringen: Sind Sie nett zu mir, bin ich nett zu Ihnen.« Er lächelte kalt und neigte den Kopf wie eine Schlange vor dem Kaninchen.

»Und bin ich es nicht, gilt das ebenso für Sie, vermute ich mal.« Ich ging zur Tür und öffnete sie.

»Das haben Sie gesagt, Frau Rübchen. Mir würde es im Traum nicht einfallen, Sie zu bedrohen.« Froböss lachte. »Nie.« Er machte eine kurze Pause. Was erwartete er von mir? Dass ich mich entsetzt umdrehen und auf seine Provokation reagieren würde? Dass ich seinem Vorschlag zustimmen würde? Ich zögerte, bevor ich den Büroflur betrat und die Tür hinter mir zuzog. »Ach, und bevor ich es vergesse, Frau Rübchen. Richten Sie doch bitte meinem Sohn Alex die besten Grüße aus, wenn Sie ihn sehen.«

Ich erwachte in die Dunkelheit hinein. Aber es war eine andere Art der Dunkelheit. Keine weiche, die mich willkommen hieß und sacht bettete. Es war eine kalte Dunkelheit. Feucht. Hart. Ich orientierte mich, erkannte langsam Umrisse, hörte Geräusche in der Stille. Atmen. Mein eigenes Atmen. Rasselnd. Mühsam. Als ob es nicht zu mir gehören würde. Das andere tief und gleichmäßig. Ich lag in meiner Kammer. Katharina saß auf einem Stuhl neben meinem Bett. Ein Buch lag auf ihrem Schoß, unsere Hausbibel. Ihre Linke ruhte darauf, die rechte Hand hing schlaff herunter. Ihr Kinn auf die Brust gesunken, das Haar halb gelöst auf den Schultern. Ich lächelte. Mein Kind hatte Wache gehalten an meinem Krankenlager. Gebetet. Ich sollte nicht allein auf meine letzte Reise gehen. Sollte beschützt sein durch ihre Liebe und ihren Glauben. Aber ich durfte sie noch nicht verlassen. Langsam richtete ich mich auf, horchte auf den Schmerz in meinem Inneren, fand und verbannte ihn. Er nistete sich ein. Die dumpfe Mahnung zur Eile. Die Streichhölzer lagen neben der Kerze auf meinem Nachttisch. Ich rieb das Zündköpfchen über die raue Fläche, die Flamme blitzte auf, und ich entzündete den Docht. Katharina rührte sich im Schlaf, wachte aber nicht auf.

Der Stift gleitet über das Papier, Seite um Seite. Ich schreibe alles auf. Damit es nicht in Vergessenheit gerät.

»Mutter?« Meine Stimme war noch dunkel vom Schlaf. Ich reckte meine Glieder gegen die Steifheit, rieb die Müdigkeit aus meinen Augen. Ich musste in dem Sessel eingeschlafen sein. Sie legte den Stift auf die aufgeschlagene Seite und lächelte. Hatte sie, während ich schlief, die ganze Zeit über in das kleine Buch geschrieben? Ich machte mir Sorgen um sie. Um ihre Gesundheit. Und ich hatte Angst vor dem, was sie mir sagen würde, bevor sie ging. »Geht es dir besser?«, wollte ich wissen.
»In gewissem Sinne ja.« Mutter nickte. Ich klappte die Bibel zu und stand auf, ging zum Fenster und schaute hinaus.

»*Stimmt es?*«, *fragte ich, ohne mich umzuwenden.* »*Hat die Fremde heute vor der Kirche die Wahrheit gesprochen?*«

»*Ja.*« *Mutter räusperte sich.* »*Mein Kind, ich will dich nicht belügen. Du musst die Wahrheit kennen. Dein Urteil fällen, das für mich mehr Gewicht hat als jedes richterliche Wort.*«

»*Die anderen haben für dich ein falsches Zeugnis abgelegt.*«

»*Ja.*«

»*Warum?*«

»*Weil ich ihnen einmal geholfen habe.*«

»*Womit hast du ihnen geholfen?*« *Ich wollte ihr nicht in die Augen blicken und starrte weiter aus dem Fenster. Die Dämmerung gab mir keine Antwort.*

»*Komm zu mir, Katharina. Ich will dir ins Gesicht sehen.*« *Mutters Worte kratzten durch ihre Kehle. Ich hörte ihre Seelennot. Trotzdem blieb ich stehen. Was sie sagen wollte, würde mein Leben aus den Angeln heben. Alles verändern. Meine Wurzeln. Das, woran ich geglaubt hatte. Was mir Anker und Halt gewesen war.* »*Bitte.*« *Ihre Stimme, so fremd. Ich schaute sie über meine Schulter hinweg an, fühlte mich wie tot. Keine Wertung. Kein Gutheißen. Kein Schuldspruch.* »*Bitte komm zu mir, Kind.*«

Langsam drehte ich mich um, zögerte.

»*Ich habe keine Angst vor der Hölle und der Verdammnis. Beides wiegt nichts gegen dein Urteil. Aber du musst mir zuhören. Das erbitte ich von dir. Nur das.*«

Ich ging zum Bett und setzte mich wieder auf den Stuhl. Presste die Lippen zu einem schmalen Grat, verbot mir alle Fragen und Vorwürfe. Ich hörte zu. Ließ sie reden. Berichten, von Anfang an. Vom Leiden, von der Not, von den Toten.

»*Du hast Leid gemindert damit.*«

»*Es war meine Aufgabe.*« *Mutter griff nach meiner Hand, öffnete sie und legte das Buch hinein. Ich griff danach, schlug wahllos eine Seite auf, versuchte zu erfassen und zu verstehen, was da stand. Was es bedeutete. Für mich. Für meine Vergangenheit. Und für meine Zukunft.*

»*Was ist mit den leeren Seiten?*«, *fragte ich, obwohl ich die Antwort bereits ahnte. Mutter lächelte und reichte mir den Stift.*

»*Meine Geschichte ist zu Ende erzählt.*«

Apfel, *Pirus hybrida semipumila* – wurde, aus Asien stammend, bereits im Mittelalter in Europa heimisch. Seitdem ist seine gesundheitsfördernde Wirkung auf das Verdauungssystem und den Stoffwechsel sprichwörtlich bekannt. Die Rinde des Apfelbaums ist eine bei Ziegen sehr beliebte Futterquelle.

ACHTZEHN

»Er ist sein Sohn, und ihr haltet es nicht für nötig, mich darüber zu informieren?« Ich schob die Teetasse, die Mila vor mich hingestellt hatte, mit Schwung von mir weg. Heißer Tee schwappte auf die Tischplatte.

»Hat er dir das nicht gesagt?« Mila nahm einen Lappen von der Spüle und wischte die Kräuterfluten auf.

»Nein, das hat er nicht.« Ich stand auf, drehte den Stuhl mit der Lehne gegen den Tisch und setzte mich rittlings darauf. In der Hauptsache ärgerte ich mich über mich selbst. Alex hatte mir noch etwas sagen wollen, bevor ich zu Froböss aufgebrochen war. Meine Schuld, dass ich nicht zuhören wollte. Mila goss mir neuen Tee ein.

»Aber das ist ja eh nicht die Hauptsache. Was war mit Froböss selbst?«

»Er hat mich bedroht«, sagte ich und schaute aus dem Fenster.

Ein Wagen kam die Auffahrt heraufgefahren. Ein Cabrio mit geschlossenem Verdeck.

»Nicht ausdrücklich, aber es war ziemlich klar, dass er durchblicken lassen wollte, sich ausgiebig in allen meinen Lebensbereichen umzutun und überall Schaden anzurichten.«

Ich beugte mich vor, um besser sehen zu können. Wer war das? »Erwartest du Besuch?«

»Nein.« Mila griff in die Keksdose und starrte ebenfalls aus dem Fenster. »Der will zu dir.«

»Björn!« Ich erkannte ihn trotz des fremden Autos, als er ausstieg, sich umschaute und zielstrebig auf meine Haustür zustapfte. »Mein Chef«, ergänzte ich an Mila gerichtet. »Besser gesagt, mein Exchef.«

»Was will er hier?«

»Keine Ahnung. Vielleicht hat Froböss ihn instruiert, und er feuert mich gleich endgültig.«

»Ich dachte, das hättest du schon selbst erledigt. Außerdem würde er sich deswegen kaum extra herbemühen.«

Ich seufzte, wappnete mich und stand auf, um ihn auf dem Hof abzufangen.

Björn wandte mir den Rücken zu und betrachtete die Umgebung. Vermutlich hatte er so viel Landatmosphäre in natura in letzter Zeit nicht zu Gesicht bekommen. Er bemerkte mich nicht.

»Kann ich dir irgendwie helfen?«, sagte ich leise und freute mich, weil Björn wie von der Tarantel gestochen zusammenzuckte. Er fuhr herum.

»Katharina!« Seine Stimme klang unnatürlich laut.

»Wen hast du erwartet vor meinem Haus? Den Papst?« Ich grinste ihn an, auch wenn mir nicht danach war. Was zum Teufel wollte er hier? Hatte ich mich nicht deutlich genug ausgedrückt?

»Wegen deines Artikels …« Er verstummte, sah sich um und entdeckte Mila am offenen Küchenfenster des anderen Hauses. Sie stützte sich mit beiden Armen auf ihrem Fensterbrett ab, belauschte uns offenkundig und winkte Björn freundlich zu. »Können wir nicht reingehen?«

»Meinetwegen.« Ich hielt ihm die Tür auf und bugsierte ihn in die Küche.

»Hübsch hier.«

»Bist du gekommen, um mit mir über die Inneneinrichtung meines Hauses zu sprechen? Oder mir dein neues Auto vorzuführen?«

»Das Cabrio? Es ist wirklich klasse, oder? Ganz neu. Gestern erst beim Händler abgeholt. Sämtlicher Schnickschnack vorhanden. War nicht billig. Es hat sogar so einen tollen Pollenfilter und …« Er fasste sich mit Daumen und Zeigefinger an die Nase, bewegte sie wackelnd hin und her und legte den Kopf in den Nacken, um ein Niesen zu unterdrücken. Erst jetzt schien er die getrockneten Kräuter an den Wänden zu sehen, riss die Augen auf und bemühte sich um eine flachere Atmung. »Um es kurz zu machen: Ich bin nicht wegen des Artikels hier. Der ist gestorben. Genau wie deine Arbeit für das Magazin.«

»Was willst du dann hier?«

»Mich entschuldigen dafür, wie ich dich behandelt habe, und dich bitten, wieder zurückzukommen.«

»Ich hatte deine letzten Aktionen etwas anders interpretiert.

Eher so, dass die Zeitung für mich gestorben ist. Oder lag ich da falsch?«

Björn zögerte.

»Nein. Nicht falsch. Es geht nicht um die Redaktion. Ich möchte, dass du zu mir zurückkommst.« Er startete den Versuch eines Lächelns, das aber auf halber Höhe um seine Mundwinkel herum erstarrte. »Ich vermisse dich.«

»Du tust was?« Ich konnte es nicht glauben.

»Ist das so ungewöhnlich, dass man sich mit seiner Exfreundin wieder zusammentun will?«

»Das nicht, aber ...«

»Was aber?«, unterbrach er mich. »Wir waren doch zufrieden und glücklich. Wir wollten sogar zusammenziehen, und das ist nur an diesem Tier ...«

»Herr Hoppenstedt ...«

»An Herrn Hoppenstedt gescheitert. Weil du keine Rücksicht auf meine Allergie nehmen wolltest.«

»Ich glaube, da steckte zu dem Zeitpunkt noch etwas anderes dahinter, über das ich mir damals aber noch nicht klar geworden war«, sagte ich und überraschte mich selbst mit der Ehrlichkeit, die ich Björn gegenüber mit einem Mal an den Tag legte. Fakt war, dass meine Liebe zu ihm nicht ausgereicht hatte. Wenn es Herrn Hoppenstedt nicht gegeben hätte, wäre es etwas anderes gewesen. Die Einigung auf eine Wandfarbe – Björn bevorzugte gedeckte Töne, ich bunte. Die Frage, ob wir eine Spülmaschine brauchten oder nicht – für ihn war das reine Energieverschwendung. Für mich auch. Die meiner Energie, wenn so ein Helferlein fehlte.

»Aha.« Björn wirkte zerknirscht, aber nicht am Boden zerstört, wie man es eigentlich hätte erwarten können, sollte er wirklich noch an mir hängen. Er hustete, zog ein Papiertaschentuch aus seiner Jackettasche und schniefte hinein. In seinen Augen standen Tränen, die ich aber eher dem Vorhandensein penetranter Staubwölkchen zuschrieb als seiner Rührung. »Oder hast du einen ...«

»Katharina?« Es klopfte an der Haustür, die wir anscheinend nicht hinter uns zugezogen hatten, Schritte näherten sich durch den Flur, und Alex erschien in der Küche. Er sah zu Björn und nickte knapp zur Begrüßung. »Es war offen, und da dachte ich …«

»Nein. Hab ich nicht«, sagte ich zu Björn, der Alex mit gerunzelter Stirn betrachtete, und wandte mich an Alex. »Was dachtest du? Dass du mir ein paar unwesentliche Dinge aus deinem Leben verschwiegen hast? Ich soll dir schöne Grüße von deinem Vater ausrichten.«

»Ich wollte mit dir sprechen, aber du hast nicht zugehört.«

»Ach. Und wann soll das gewesen sein?«

»Bevor du aufgebrochen bist.«

»Das war ja reichlich früh.«

»Es gab vorher keine Gelegenheit, und außerdem hatte ich Bedenken, dass du diese Sache in den falschen Hals bekommen würdest. Ich wollte dir erst in Ruhe einige Sachen erklären, damit du es verstehst.«

»Damit ich was verstehe?«

»Das mit meinem Vater und mir.«

»Meine Güte. Erst streitest du mit mir, weil dir diese Sache wichtiger ist als dein Hormonstatus, und steigst dann mit mir in die Kiste. Wenn dein Vaterkomplex so bedeutsam für die ganze Angelegenheit wäre, hätte sich sicher zwischendrin eine Minute gefunden, um mich schlauzumachen.«

»Also doch«, warf Björn ein und wischte sich wieder mit dem Tuch unter der Nase entlang.

»Also doch was?« Alex schien Björns Anwesenheit erst jetzt wieder aufzufallen.

»Du hast einen anderen.« Björn näselte zusehends.

»Nein«, sagte ich.

»Ja«, sagte Alex gleichzeitig und schaute erst mich und dann Björn an. »Hat sie.«

»Habe ich vielleicht auch noch ein winziges Wörtchen mitzureden?«, zischte ich in seine Richtung, sah aus dem Fenster und machte große Augen.

Die Ziegendamen waren wieder ausgebüxt. Diesmal alle drei. Ob Ludwig auch mit von der Partie war, konnte ich von meiner Warte aus nicht erkennen, ich war mir aber sicher, dass zumindest Rita von ihrer erhöhten Position aus eine ganz phantastische Sicht auf uns hatte. Sie stand auf Björns neuem, nicht billigem und mit

Pollenfilter ausgestatteten Cabrio und drückte ihre Hufe in den Verdeckstoff bei dem Versuch, Marylin davon abzuhalten, ihr den Platz streitig zu machen. Marylin rutschte immer wieder ab und schlidderte auf die Motorhaube zurück, die sie als Ausgangspunkt für ihre Angriffe ausgewählt hatte. Jane beobachtete das Manöver, und ich bekam den Eindruck, sie wartete nur auf den einen Augenblick der Unachtsamkeit Ritas, um das Feld von hinten aufzurollen. Oder – um es in Worte zu fassen, die ich später meinem Versicherungsmenschen sagen konnte: Sie trippelte ungeduldig über die Kofferraumhaube und scharrte dabei mit den Hufen.

Ich schnappte nach Luft. Die beiden Männer sahen mich irritiert an und folgten dann meinem Blick. Björn wurde weiß wie eine frisch getünchte Scheunenwand. Alex lachte, wurde aber sofort wieder ernst, als ich ihm mit Schwung in die Rippen knuffte.

Ich schob die beiden zur Seite, stolperte durch den Flur zur Haustür. Stieß wilde Flüche aus, wedelte mit den Armen und stürzte mich auf die Ziegen. Die machten sich nichts daraus, zuckten noch nicht einmal ernsthaft zusammen. Nur Marylin nutzte geschickt den Moment der Ablenkung ihrer Gegnerin, um endgültig den Gipfel zu erklimmen. Nun übten acht Hufe im schnellen Wechsel eine nicht unerhebliche Punktbelastung auf den Stoff des Cabriodaches aus.

Ob es an der entgegen Björns Beteuerungen schlechten Qualität oder an Ritas guter Vorarbeit lag, konnte ich nicht beurteilen. Letztlich war es mir auch egal, denn das Ergebnis zählte.

Der Stoff gab nach und riss mit einem hässlichen Geräusch, das ich sogar durch das laute Gemecker hindurch hörte. Marylin sackte mit dem linken Vorderbein ein, strampelte und vergrößerte bei dem Versuch, sich zu befreien, den Riss. Sie rutschte in das Innere des Wagens und blieb verdattert auf dem Fahrersitz stehen. Ihr Protestmeckern wurde durch die geschlossenen Scheiben deutlich abgedämpft. Hinter mir polterten die Männer aus dem Haus.

»Die Tiere zerstören mein Cabrio«, bemerkte Björn mit ausdrucksloser Stimme und zeigte mit ausgestrecktem Arm auf das

Geschehen. Er befand sich in einer Art Schockstarre, unfähig, sich vom Fleck zu rühren.

Alex spurtete mit mir zum Wagen, packte Jane und stellte sie auf den Boden. Ich fischte nach Ritas Hinterlauf, aber die Dame zog es vor, ihren Logenplatz freiwillig zu räumen, und ergänzte die Dellen auf der Motorhaube um zwei weitere, bevor sie sich zu ihrer Schwester gesellte. Im Inneren des Wagens wurde Marylin hektisch und verlor die Kontrolle über ihre Blase. Björn stöhnte.

»Wo ist der Schlüssel?«

»Was?«

»Ich bekomme die Tür nicht auf«, erklärte Alex ihm in ruhigem Ton. »Der Wagen ist abgeschlossen. Wo ist der Schlüssel?«

Björn griff in seine Hosentasche und zog einen Bund mit einem einzigen Schlüssel hervor, zielte auf den Wagen, als ob er Marylin oder wahlweise einen von uns beiden erschießen wollte, und drückte auf den automatischen Öffner. Es klackte. Alex und ich rissen gleichzeitig Fahrer- und Beifahrertür auf. Alex zog an der Ziege. Ich schob. Marylin fühlte sich bedrängt und versuchte, auf den Rücksitz zu flüchten. Sie meckerte panisch, trat um sich und traf den Rückspiegel. Glassplitter regneten auf Ziege und Sitze. Ich suchte und fand den Knopf für das Verdeck. Mit einem leisen Surren öffnete es sich und gab den Himmel über Marylin frei. Die Ziege sprang mit einem Riesensatz aus dem Wagen. Alex umfasste sie mit einem Klammergriff.

»Schnapp dir Rita«, rief er mir zu und ging mit seiner sich heftig wehrenden Last in Richtung des Geheges. Rita und Jane blickten mich erwartungsvoll an. Vermutlich war ich in ihren Augen mittlerweile nichts anderes als ein wandelnder Futterspender. Ein Ziegenkiosk.

In diesem Moment war mir alles recht. Ich ging zum nächsten Gebüsch, knickte einen Ast des Apfelbaums ab und wedelte damit vor ihren Nüstern hin und her. Schrittweise bewegte ich mich rückwärts, bis ich sicher sein konnte, dass sie angebissen hatten und mir folgten.

»Das wird teuer.« Alex schloss das Gatter. »Du musst unbedingt den Zaun erhöhen. Die Biester werden immer geschickter, wenn sie ausbüxen wollen. Es wäre an der Zeit, rauszubekommen, wie sie das machen.«

Ich nickte und hoffte für den Moment im Stillen auf Marions Weitsicht, irgendeine Versicherung abgeschlossen zu haben, die ein solches Fiasko decken würde. Wenn nicht, durfte ich den Rest meines Lebens die Schulden bei Björn abstottern.

»Sie haben meinen neuen Wagen zerstört«, wiederholte Björn, als ob die Ungeheuerlichkeit des Geschehens dadurch für ihn leichter erträglich werden würde.

»Ich komme für den Schaden auf.« Ich stellte mich neben ihn und betrachtete die Überreste seiner einst so stolzen Errungenschaft. Der Lack war definitiv ab. Deutlich sichtbare Dellen auf der Motorhaube und dem Kofferraumdeckel. Die Risse im jetzt eingefahrenen Verdeck brauchte ich mir nicht ein zweites Mal anzusehen, um zu wissen, dass hier ein Komplettaustausch angesagt war.

»Die Sitze sind aus Ziegenleder.« Björn strich zärtlich über die Kopfstütze des Fahrersitzes. Die Urinlache auf dem Beifahrersitz ignorierte er. Ich ging ins Haus, holte die komplette Packung Papierrollen aus dem Kelleraufgang und warf eine der Rollen in die Lache. Vielleicht handelte es sich bei der Aktion meiner drei Grazien ja um eine gezielte Racheaktion für ihre missbrauchten Artgenossen?

Ich musste grinsen, obwohl mein Magen sich immer noch mit den anstehenden Schadensersatzforderungen herumschlug und mir deutlich signalisierte, dass ihm das ganz und gar nicht gefiel.

»Noch ein Grund, hier schnellstens alle Zelte abzubrechen und wieder mit mir nach Hause zu kommen.« Björn schien sich erholt zu haben. Er strich einen nicht vorhandenen Fussel von seinem Jackett und reckte das Kinn nach vorne. Trotz der Hektik wirkte er im Gegensatz zu Alex und mir, die wir erhebliche Kampfspuren davongetragen hatten, deren Ursprung und genaue Zusammensetzung ich nicht näher erforschen wollte, wie aus dem Ei gepellt.

»Ich bin hier zu Hause, Björn«, sagte ich und merkte in diesem Moment, dass es der Wahrheit entsprach.

»Du bist hier was?«

»Zu Hause.« Beim zweiten Mal gefiel es mir sogar noch besser.

»Du willst doch nicht ernsthaft behaupten, dich in diesem Kaff wohlzufühlen? Hier bei diesen Bauern gibt es doch nichts. Keine Kultur, keine intellektuellen Herausforderungen. Verkauf doch den ganzen Klumpatsch an diesen Investor und komm wieder mit in die Stadt. Ich bekomme meinen Chefredakteursposten bei ›Polit-Heute‹, und du kannst dir mit dem Geld ein wirklich schönes Leben machen.«

»Diese Bauern, wie du sie nennst, sind Menschen, die ich sehr schätze. Es sind Freunde, die …« Ich stutzte. Was hatte er gerade gesagt? »Woher weißt du von dem Investor?«

»Das hattest du mir doch erzählt«, konterte er. »Am Telefon.«

»Nein, das hatte ich nicht.« Ich ging zu ihm, bis ich dicht vor ihm stand. »Woher?« In seinem Gesicht zuckte es. Björn war immer schon ein schlechter Lügner gewesen. Einer der Gründe, warum er nicht so gerne vor Ort heikle Interviews führte. Aus seiner Miene konnten die Gesprächspartner bereits die nächsten Fragen ablesen, bevor sie sie überhaupt ausgesprochen hatte. Ich begriff.

»Froböss hat dich angerufen und dich mit einem Chefredakteursposten gelockt, richtig?« Ich sog heftig die Luft durch die Nase, um nicht zu explodieren.

»Du liebe Güte, was willst du denn mit dieser Ruine hier?« Er wich meinem Blick aus.

»Es würde zu meinem Vater passen.« Alex stand dicht hinter mir. »Es ist seine Art, andere nach seinem Willen zu manipulieren. Darin ist er wirklich gut. Er findet deine Schwachstelle und stochert so lange darin herum, bis er dich mürbegemacht hat.« Ich sah ihn über meine Schulter hinweg an. »Das ist einer der vielen Gründe, warum ich schon lange keinen Kontakt mehr zu ihm habe«, ergänzte er leise, nur für mich bestimmt. »Das wollte ich dir sagen, bevor du zu ihm gefahren bist.«

»Ihr seid euch so ungeheuer ähnlich. Er sieht aus wie du in dreißig Jahren.«

»Bis auf das Äußere unterscheide ich mich gewaltig von ihm.«

»Dann bist du …«

»Der einzige Sohn und Alleinerbe des Imperiums, wenn ich

mich denn irgendwann doch noch entschließen würde, in sein Unternehmen einzusteigen. Worauf ich aber ähnlich scharf bin wie Luke Skywalker, Darth Vaders Kompagnon zu werden.«

»Dein Nachname ist ein anderer.«

»Ich habe den Mädchennamen meiner Mutter angenommen, nachdem sie sich von meinem Vater getrennt hatte.«

»Die Männer deiner Familie scheinen ja nie besonders verträgliche Zeitgenossen gewesen zu sein.«

»Zeit, das zu ändern.« Er grinste, und ich hatte das dringende Bedürfnis, ihn zu küssen. Ich gab ihm nach.

»Dann kann ich mich wohl auf den Heimweg machen«, sagte Björn und ließ sich in sein Cabrio fallen. Ich fuhr herum. Sollte ich sauer auf ihn sein? Vermutlich. Er hatte sich von Froböss vorschicken lassen, um mich unter Vorspiegelung falscher Tatsachen zum Verkauf des Hauses zu überreden. Dabei konnte ich nicht umhin, Froböss' Ausgefuchstheit zu bewundern. Auch wenn er so getan hatte, als ob er mich nicht kennen würde, hatte er bereits vor unserem Treffen Informationen über mich zusammengetragen und nach Schwachstellen im System Katharina Rübchen gesucht. Vermutlich hatte er sofort, nachdem ich ihn verlassen hatte, zum Telefonhörer gegriffen, Björn angerufen und ihn in die Sache mit hineingezogen. Oder hatten die beiden vorher schon Kontakt gehabt?

»Ist es auf Froböss' Mist gewachsen, dass du mich aus der Redaktion geworfen hast?«, wollte ich von ihm wissen.

»Nein.«

»Aber er hat mit dir gesprochen. Und nicht erst heute.« Ich stützte mich auf das herabgelassene Fenster. Ein leichter Ruck, und es versackte ganz im Schlitz in der Tür. Björn zuckte zusammen und starrte auf meine Finger, an denen die Knöchel weiß hervortraten. »Setz es auf die Rechnung«, blaffte ich ihn an.

»Ich hatte gehofft, dass sich die Sache mit dem Hof, wenn wir erst zusammengezogen wären, ganz einfach würde regeln lassen.« Mit einer Geste umfasste er die Umgebung. »Wer hätte denn ahnen können, dass du dich hier so einnistest?« Er schnaubte und drehte den Schlüssel im Zündschloss. Der Motor sprang an.

»Und das alles nur wegen der blöden Katze.«

»Kater.«

»Wegen des blöden Katers.«

»Herr Hoppenstedt. Er heißt Herr Hoppenstedt«, sagte ich ruhig. Björn legte den Rückwärtsgang ein, gab Gas und wendete den Wagen. Ohne ein weiteres Wort fuhr er vom Hof. Ich versenkte meine Hände in den Hosentaschen. »So viel dazu.«

»Hattest du wirklich vor, mit ihm zusammenzuziehen?«, fragte Alex, ohne mich anzusehen.

»Es war im Gespräch.« Ich spürte den Kater um meine Beine streichen und hob ihn hoch. Alex kraulte ihn unter dem Kinn und erntete ekstatisches Schnurren zum Dank. »Herr Hoppenstedt mochte ihn nicht.«

Das Tagebuch lag auf der Anrichte, dort, wo ich es zuletzt abgelegt hatte.

Alex griff danach und wickelte die beiden Lederbändchen ab, schlug das Buch aber nicht auf.

»Darf ich?« Er wartete auf meine Antwort. Ich nickte. Er schlug eine Seite auf, las, blätterte weiter bis ins hintere Drittel des Buches. Dann stutzte er, blätterte zurück und noch weiter vor. Er steckte einen Finger zwischen zwei Seiten, suchte, klemmte einen weiteren Finger hinein. »Hast du das gesehen?«

»Was?«

»Hier.« Er drehte das Buch so, dass ich die Seiten erkennen konnte, und zeigte mir die beiden Stellen. Ich beugte mich vor.

»Die Handschrift verändert sich.« Ich griff nach dem Buch und blätterte hindurch. »Mehrfach. Es waren unterschiedliche Menschen, die über die Jahrzehnte an dem Buch geschrieben haben.«

Es fiel mir jetzt erst auf, wo ich genauer hinsah. Warum ich vorher nicht nachgeschaut hatte, wusste ich nicht. Vielleicht, weil ich bisher nur Seiten gelesen hatte, die von Hilda geschrieben worden waren? Weil ich es nicht erwartet hatte? Für mich war es ein altes Tagebuch, bei dem man nicht mit aktuellen Einträgen rechnet.

Ich sah ihn an, schlug das Buch zu und kurz vor dem Ende wieder auf. Dort erwartete mich das, von dem ich vermutet hatte, es zu finden: Marions Handschrift. Hastig notierte Rezepte.

Zeichnungen, die an alte Kalligrafien erinnerten. Textabschnitte. Daten. Eines sprang mir ins Auge. Mein Geburtstag.
»Soll ich es laut lesen?«, bot ich Alex an.
Er nickte.

7. Februar 1980
Michael hat heute angerufen. Seine Tochter ist geboren. Er wird sie Katharina nennen, obwohl ich ihn nicht darum gebeten habe. Er hat es aus Familientradition getan. Ohne Hintergedanken. Es ist seltsam. Ich freue mich über die Geburt dieses kleinen Wesens und bin gleichzeitig traurig darüber, weil es mir wieder klarmacht, dass die Linie nicht durch meine eigene Tochter fortgesetzt werden wird.
Ich werde keine Kinder haben können. Nie. Das weiß ich seit Langem. Und ich hatte gedacht, über diesen Schmerz hinweggekommen zu sein. Wie man sich täuschen kann. Trotzdem freue ich mich über und vor allem auf Katharina. Sie wird mich besuchen kommen. Ich werde sie lieben, als ob sie mein eigenes kleines Mädchen wäre. Sie wird lernen. Ich werde ihr alles beibringen, was ich weiß – wenn sie es möchte. Und sie wird sich eines Tages entscheiden. Vielleicht will sie ja auch einen anderen Weg gehen? Wer weiß das schon? Sie wird nicht hier aufwachsen, warum sollte sie sich also verpflichtet fühlen? Vielleicht will sie lieber etwas anderes werden? Wenn es so ist, dann ist es so. Ich werde es nicht ändern. Weder können noch wollen. Irgendwann werde ich es wissen. Aber bis dahin ist noch viel Zeit. Jetzt sei erst einmal herzlich willkommen auf dieser Welt, kleine Katharina.

Bei den letzten Worten schlich sich ein Kloß in meine Kehle. Ich räusperte mich heiser. Von Marions ungewollter Kinderlosigkeit hatte ich nichts gewusst. In meiner Vorstellung als Kind gehörten zu einer Familie immer Vater und Mutter. Marion hatte halt keinen Mann und konnte deshalb auch keine Kinder haben. Später, als ich ein realistisches Familienbild mit allen möglichen Facetten und Möglichkeiten entwickelt hatte, fiel mir trotzdem nicht ein, es in Marions speziellem Fall zu hinterfragen. Marion war in dieser Rolle, in dieser Familienposition, eine feste Größe in meinem Leben. Wie sehr sie sich, ihre Bedürfnisse und ihre Wunsch- und Wertvorstellungen zurückgenommen hatte, wurde mir jetzt erst klar. Mit keinem Wort, mit keiner Zeile hatte sie jemals diese Sache erwähnt. Die Aufgabe. Das Familienerbe. Sie wollte mich entscheiden lassen. Frei und aufgrund meiner eigenen Pläne, Ideen und Ideale.

»Glaubst du, sie hat auch …« Ich ließ das Buch sinken.

»Was?«

»Menschen«, ich zögerte, »vergiftet?«

»Ich weiß es nicht.«

»Ich weiß nicht, ob ich es wissen will.«

»Was macht es für einen Unterschied?«

»Einen großen. In vielen Bereichen.« Ich stand auf und ging ans Fenster. »Angefangen damit, dass ich dann mit meinem Verdacht doch recht gehabt hätte und die anderen mich angelogen haben. Aber das ist noch nicht das Schlimmste.« Ich legte die Handfläche auf die Glasscheibe und lehnte die Stirn dagegen. Die Kühle half mir, meine Gedanken zu sortieren. »Die Vorstellung, dass meine Vorfahrin so eine Art guter Mörderin ist, kann ich ja noch irgendwie unterbringen. Vielleicht war das die einzige Chance der Frauen auf Gerechtigkeit in der damaligen Zeit. Aber heute? Selbstjustiz? Ein Mord, weil der Ehemann unbequem geworden ist?«

Ich drehte mich zu Alex herum und stützte mich mit beiden Händen auf dem Fensterbrett ab. »Ich bitte dich! Das kann man doch nicht ernsthaft meinen.«

»Natürlich nicht.«

»Und deshalb weiß ich nicht, ob ich es wissen will. Weil mein Bild von Marion Gefahr läuft, in einer großen Blase zu zerplatzen. Weil ich dann nicht hierbleiben kann. In einem Dorf, wo so etwas nicht nur toleriert, sondern sogar erwartet wird. Das ist doch krank.« Ich verschränkte die Arme vor der Brust. »Weiß ich, ob du mir die Wahrheit sagst, wenn du behauptest, nicht in alles eingeweiht gewesen zu sein?«

»Nein. Das weißt du nicht.« Alex sah mich ernst an. »Du kannst mir glauben oder mir misstrauen. Und ich könnte dir nach allem, was ich jetzt mitbekomme, weder das eine noch das andere übel nehmen.«

»Kannst du mich allein lassen? Ich muss es lesen. Ob ich will oder nicht.«

Alex nickte und stand auf.

»Du weißt, wo ich bin.«

Roter Fingerhut, *Digitalis purpurea* – findet sich in ganz Europa wild auf Waldlichtungen und in Gärten als Zierpflanze angebaut. Bei Einnahme verursacht sie Übelkeit, Speichelfluss sowie Sehstörungen, Herzarrhythmien und Koma. Konzentrierte Abkochungen können zum raschen Tod durch Herzversagen führen. Die Wirkstoffe des Fingerhuts werden in der Medizin als Herzmedikament eingesetzt.

NEUNZEHN

Herr Hoppenstedt lag auf meinem Schoß und bohrte im langsamen Rhythmus die Krallen in meine Oberschenkel. Neben mir dampfte eine Kanne Kräutertee. Der Duft der Brote auf dem Teller ließ meinen Magen knurren. Ich spürte, wie hungrig ich war, obwohl Essen das Letzte war, an das ich gedacht hätte, wenn Mila nicht mein Einkaufsproblem gelöst und mir kurzerhand eine kleine Kiste mit Lebensmitteln vor die Tür gestellt hätte. Nachdem Alex gegangen war, war das Ausräumen und Zubereiten eine willkommene Ausrede gewesen, um mich nicht direkt dem zu stellen, was mich in Marions Aufzeichnungen vielleicht erwarten würde. Ich griff ein Brot, kaute und blätterte. Überflog Zeitungsausschnitte. Einige kannte ich bereits. Hatte sie selbst in der Presse entdeckt. Weitere Notizen. Zwischendurch einige Namen, die mir nichts sagten, und einige, die mich aufhorchen ließen.

Ein Telefon klingelte. Irritiert sah ich auf. Mein Handy lag vor mir auf dem Tisch und rührte sich nicht. Wieder klingelte es. Es war das Festnetztelefon im Flur. Ich schob den Stuhl zurück, stand auf und ging an den Apparat.

»Rübchen.«

»Katharina?«

Ich erkannte Ellen Wintherscheid und bemühte mich um einen neutralen Ton.

»Ja.«

»Froböss hat sich gemeldet. Er will es jetzt einfach so durchziehen und hat für heute Abend eine, wie er es nannte, Info-Veranstaltung im Gemeindesaal angekündigt«, ratterte sie atemlos herunter. »Wir müssen unbedingt etwas unternehmen. Kommst du?«

»Langsam«, bremste ich ihren Redefluss. »Was hat er genau gesagt? Bei wem hat er sich gemeldet? Und was meinst du mit Info-Veranstaltung?«

»Er hat bei mir und bei einigen anderen angerufen und uns eine Art Ultimatum gestellt. Seine Angebote für die Häuser gelten noch bis heute Abend. Wer es nicht annimmt, hat Pech gehabt und kann gucken, wo er bleibt. Das hat er zwar nicht so formuliert, aber gemeint. Der zieht das Projekt jetzt durch, ohne Rücksicht. Vermutlich spekuliert er darauf, dass uns die Einkaufstouristenströme vertreiben werden und wir freiwillig das Feld räumen.«

»Was ist mit der Veranstaltung?«

»Um halb acht geht es los.«

Ich schaute auf die Uhr. »Das ist in weniger als einer Stunde.«

»Richtig. Und vorher wollen wir uns noch absprechen. Also, was ist? Kommst du?«

Ich zögerte. »Ellen?«

»Ja?«

»Ich muss etwas wissen.«

»Können wir das nicht gleich klären? Wir treffen uns bei Magda. Ich bin in fünf Minuten da.« Ich hörte das Klimpern eines Schlüsselbundes. »Ich leg jetzt auf.«

»Ellen!« Zu spät. Es klackte, dann war die Leitung tot. »Mist.« Ich knallte den Hörer auf den Apparat. Herr Hoppenstedt strich um meine Beine. Er ließ sich auf seinen Hintern plumpsen, schaute zu mir hoch und plierte. »Am besten nehme ich das Buch mit. Keine Lügen mehr.«

Sie standen auf Magdas Terrasse. Von meinem Grundstück aus konnte ich nicht verstehen, was sie sagten, sondern sah nur ihre lebhaften Gesten. Als ich die Hecke umrundet hatte und zu ihnen stieß, schauten sie kurz auf, begrüßten mich nickend und diskutierten weiter. Ich legte das Buch auf die niedrige Begrenzungsmauer und goss mir ein Glas Wasser ein. Ich wollte ihnen die Aufzeichnungen nicht wie eine Anklage unter die Nase halten.

»Was, denkst du, sollen wir nun unternehmen?« Mila sah mich an. Die anderen verstummten, wandten mir ebenfalls ihre Gesichter zu, und ich spürte ihre Erwartungshaltung.

»Habt ihr mich wieder belogen?«

»Was?« Unverständnis in den Mienen.

»Ich habe Hildas Geschichte zu Ende gelesen. Aber sie war nicht die Einzige, die ihre Erinnerungen und das Geschehen in dem Buch notiert hat. Danach gibt es unterschiedliche Handschriften, die Daten ziehen sich durch die Jahrzehnte. Die letzten

Einträge sind von Marion. Ich habe sie noch nicht gelesen, weil
ich nicht will, dass sie das Gleiche getan hat wie Hilda.«
»Wir wissen nicht, was in dem Buch steht.«
»Aber ihr wisst, was Marion getan hat.«
»Sie hat jedenfalls keine Leute umgebracht. So ein Unsinn.
Außerdem kommt es doch jetzt auf etwas viel Wichtigeres an …«
Sie unterbrach sich, schubste mich zur Seite und lief nach vorne
auf die Mauer zu. »Blödes Mistviech!«
Ich fuhr herum. Jane stand auf der Mauer und kaute sich genüsslich durch die Seiten des Tagebuchs. Ellens Versuche, ihr die
Mahlzeit zu entreißen, störten sie nicht im Geringsten. Erst als
alle Anwesenden sich auf sie stürzten, ergriff sie ihr Heil in der
Flucht, nicht ohne das Tagebuch mitzunehmen. Entweder standen auch schwangere Ziegen auf außergewöhnliche Häppchen,
oder der Hunger trieb es rein. Selbst schuld. Ich hatte vergessen,
die Ziegen zu füttern. Fassungslos beobachtete ich, wie sie die
letzten Seiten aus dem Ledereinband riss, sie zwischen ihren
Zähnen zermalmte und herunterschluckte.
»Pack das Vieh ins Gehege, und dann los.« Magda stemmte
die Hände in die Hüften und riss mich aus meiner Schockstarre.
»In fünf Minuten fängt die Versammlung an.«

Die Tische im Saal waren dicht besetzt. An der Decke taumelten
erschlaffte Luftballons im Windzug des Ventilators. Über dem
Podium lehnte eine Leiter. Eine halbe Girlande hing bis auf den
Boden. Die andere Hälfte schmückte in geschwungenen Bögen
die Wand dahinter. Reste der Dorffestdekoration. Wir bahnten
uns einen Weg durch die Leute, fanden einen freien Tisch und
setzten uns. Einige der Anwesenden musterten mich von oben
bis unten.
Hatten die Buschtrommeln meinen Besuch in Froböss' Büro
bereits verbreitet? Irgendwer hatte sicher davon Wind bekommen. Die Frage war ja auch nicht, ob, sondern was darüber erzählt
wurde. Entweder trug ich in den Augen derjenigen, die als Letzte
in der Kommunikationskette gestanden hatten, einen Heiligen-
schein und war so etwas wie die Jeanne d'Kleinhaulmbach oder
auch Katharina Brockovich. Oder sie hielten mich für eine schä-
bige Verräterin.

Vor der Bühne entstand Unruhe. Froböss bahnte sich seinen Weg durch die Menschen. Ohne Qualmwolke und Zigarette wirkte er seltsam nackt. Er lächelte, schüttelte einige Hände und stieg mit großen Schritten die Treppe neben der Bühne hinauf. Er griff nach dem Mikrofon. Es knackte in den Lautsprechern. »Um es kurz zu machen, liebe Nachbarn.« Er räusperte sich und lockerte den Knoten seiner Krawatte. »Heute Morgen ging ich noch davon aus, dass einige wenige, die sich gegen Neues stemmen, das Projekt stoppen könnten. Umso erfreuter bin ich, euch mitteilen zu können, dass nun alles in trockenen Tüchern ist. Ich habe einen Partner gefunden, der sich auch mit der zunächst kleineren Fläche zufriedengibt. Wir werden die Sache langsam wachsen lassen und erst nach und nach weitere Häuser aufkaufen, wenn sich denn die Gelegenheit dazu ergibt.«

»Du meinst, wenn du uns aus unserem Zuhause herausgeekelt hast!«, rief einer im Saal.

»Davon kann keine Rede sein.« Froböss hob beschwichtigend die Hand. »Niemand wird gezwungen, sein Haus zu verkaufen. Unsere Angebote stehen. Ihr müsst nur zuschlagen.« Er suchte den Rufer in der Menge und lächelte freundlich. »Natürlich solltet ihr schnell sein. Wenn ich die Sache morgen anstoße und die Verträge unterschrieben sind, wird es andere Angebote geben.« Er schaute auf seine Armbanduhr. »Heute ist der fünfte Juni. Bis morgen Mittag muss ich es wissen. Dafür habt ihr sicher Verständnis. Je länger man wartet, umso niedriger werden selbstverständlich die Preise, die wir zahlen können. So ein Gebäude wird ja auch älter und verliert an Wert.«

»Da muss ich ihm ja ausnahmsweise sogar recht geben«, zischte Mila. »Für unsere Häuser wird außer ihm niemand mehr auch nur einen Pfifferling geben. Und die Nachfrage bestimmt den Preis. Dann *müssen* wir hier wohnen bleiben. Ob es uns gefällt oder nicht.«

»Ab dem nächsten Monatsersten startet der Umbau. Ich entschuldige mich bereits im Vorfeld für eventuelle Unannehmlichkeiten.« Froböss lächelte ins Mikrofon, nickte und winkte kurz. Es herrschte eine Sekunde Stille, dann brach ein Tumult aus. Einige klatschten, die meisten jedoch pfiffen und buhten ihn aus. An unserem Tisch blieb es still. Ich starrte vor mich hin und wünschte mir, Marion wäre noch am Leben. Sie hätte sicher eine Idee gehabt, was zu tun wäre. Vielleicht hatte ja etwas in dem Buch gestanden? Zu spät. Marion konnte mir nicht mehr helfen. Und auch die anderen nicht mehr, Hilda, Katharina und ihre Nachfolgerinnen, deren Aufzeichnungen ich dank Jane nicht mehr lesen konnte.

»Du musst deinen eigenen Weg finden, Katharina«, murmelte ich leise.

»Was?« Mila hatte mich gehört.

»Nichts, ich hab nur mit mir selbst …« Ich stockte. Meinen Weg. Mit meinen Mitteln. Niemand verlangte von mir, dass ich alles so machte, wie meine Vorgängerinnen es gemacht hatten. Es ging um das Prinzip. Meinen Freunden, den Leuten und dem Dorf zu helfen. Zum Wohle des Ganzen. Wie ich das machte, blieb mir überlassen.

»Ich bin Journalistin«, sagte ich diesmal laut.

»Ja.« Mila sah mich immer noch irritiert an. »Und?«

»Das Wort ist meine Waffe.«

»Ich bin beeindruckt.« Sie pfiff leise durch die Schneidezähne.

»Ich kann seine Machenschaften aufdecken und ans Licht bringen. Die Presse hat schon so manchen ins Straucheln gebracht.«

»Ich dachte, du arbeitest für ein Gartenmagazin.«

»Jetzt lass sie, Mila.« Ellen legte ihr beschwichtigend die Hand auf den Arm. »Sie hat recht. Marion hätte das vielleicht anderes gelöst. Aber sie ist nicht mehr hier.«

Mila nickte und grinste mich an. »Dann mal los, Frau Reporterin.«

Ich stand auf, schob meinen Stuhl zurück und folgte Froböss hinter die Bühne, ohne so recht zu wissen, was ich eigentlich vorhatte.

»Frau Rübchen.« Froböss bemerkte mich und blieb stehen. Er fasste in die Innentasche seines Jacketts und nahm ein Päckchen Zigaretten heraus. Sein Lächeln überstrahlte die Helligkeit des Feuerzeugs.

»Hier drin dürfen Sie nicht rauchen.« Ich zeigte auf die Verbotsschilder, die unübersehbar an den Wänden prangten. Froböss zuckte mit den Schultern, inhalierte tief und stieß den Rauch in kleinen Ringen wieder aus.

»Sind Sie mir gefolgt, um mir das zu sagen? Oder lauern Sie auf den Augenblick, da ich gegen irgendein Gesetz verstoße, damit Sie mich anzeigen können?« Er grinste und nahm noch einen Zug.

»Wissen Sie eigentlich, was Sie mit Ihrem Projekt anrichten?«, fragte ich ihn freundlich, ohne auf sein Geplänkel einzugehen. Wenn er weiter qualmte wie eine Dampflok, würde früher oder später ein Feuermelder losgehen, und er stünde im Regen. Ich schaltete die Aufnahmefunktion meines Handys an. Auch wenn mir klar war, dass ich solche heimlichen Aufnahmen nicht zitieren durfte, konnten sie mir doch als Gedächtnisstütze dienen. Aber er hatte mich auf eine Idee gebracht. Vielleicht beging er wirklich einen Fehler. Niemand ist ohne schwache Stelle. Auch ein Froböss nicht. »Es ist doch auch Ihr Dorf, Ihre Heimat, die Sie zerstören, wenn Sie Ihre Pläne verwirklichen.«

»Wissen Sie, dass Sie jetzt genauso aussehen wie Ihre Tante?«

»Nein.«

»Und dass Sie auch beinahe die gleichen Worte benutzen, um an meine Mitmenschlichkeit zu appellieren?«

»Nein, das wusste ich nicht.«

»Aber Sie werden damit genauso wenig Erfolg haben wie Ihre Tante.«

»Weil Sie keine Mitmenschlichkeit besitzen?«

»Sie sind ganz schön frech, Frau Rübchen.« Er grinste mich an und sah in diesem Augenblick wieder wie eine Kopie von Alex aus. »Das gefällt mir. Ich mag selbstbewusste Frauen.«

»Haben Sie ihr erklärt, warum nicht?« Er spielte das gleiche Spielchen wie ich, zog das Gespräch von der Sachebene weg auf ein persönliches Niveau, auf dem gut gezielte Spitzen heftiger schmerzten. Ein hohes Pfeifen ertönte. Der Feuermelder schlug an. Froböss drehte sich um und ging einen Schritt zur Seite.

»Bitte, Frau Rübchen. Wir sollten unser Gespräch besser draußen fortsetzen.«

Mit großer Geste ließ er mir den Vortritt.

»Um auf Ihre Frage zurückzukommen«, sagte er, als wir vor der Hintertür des Gemeindesaales standen. »Nein, das habe ich nicht.« Wieder sah er mich nachdenklich an. »Mein Sohn hat einen guten Geschmack. Ich muss es zugeben. Sie sind nicht nur hübsch, Sie sind auch noch clever.« Er warf den Kopf in den Nacken und lachte bitter. »Warum nicht?«, fragte er höhnisch und fixierte mich streng. »Das wollen Sie doch bestimmt wissen, oder? Ich sage es Ihnen: Weil dieses Dorf keine Heimat für mich ist. Weil es ein piefiges, enges, kleines Nest ist. Zu klein für jemanden wie mich.«

»Haben Sie keine Freunde im Dorf? Von früher? Sie sind doch von hier.«

»Wissen Sie, Frau Rübchen, das ist einer der Gründe, warum mich nichts mit dem Dorf verbindet. Nein, ich habe keine Freunde hier. Und ich hatte auch niemals Freunde hier. Heute nicht und als Kind auch nicht.«

»Wollen Sie das Dorf deswegen zerstören? Weil niemand Sie als Kind gemocht hat? So viel Klischee hätte ich Ihnen gar nicht zugetraut.«

»Solche Dinge sind bis dreißig eine Entschuldigung. Danach nur noch eine Erklärung, Frau Rübchen. Ich will das Dorf nicht zerstören. Das würde ja voraussetzen, dass ich irgendwelche Rachegefühle hegen würde. Was ich im Übrigen nicht tue.« Er schnippte den Zigarettenstummel über das Treppengeländer hinweg auf den löchrigen Asphalt des Hinterhofes. »Ich verrate Ihnen jetzt mal ein Geheimnis, Frau Rübchen.« Er beugte sich zu mir hinüber, und ich konnte seinen Räucheratem riechen. »Mir geht es einzig und allein ums Geld. Das ist alles. Ich will mit diesem Kaff hier so viel Geld wie möglich verdienen. Der Rest ist mir egal.«

»Haben Sie dieses Geheimnis auch mit meiner Tante geteilt?«

»Ja. Und es ist ihr nicht bekommen.«

»Wie meinen Sie das?«

»Nun. Ich würde sagen, es hat sie sehr aufgeregt.« Er hustete. »Als ich sie verließ, ging es ihr nicht besonders gut.«

»Sie waren bei Marion? Wann?«

»Oh, das muss irgendwann im Winter gewesen sein. Der Schnee lag meterhoch an diesem Abend, und die arme Frau mühte sich furchtbar mit der Schneeschaufel ab, um ihre Einfahrt frei zu bekommen. Ich war erstaunt, wie gut sie das hinbekam.«

»Sie waren bei ihr, als sie starb?«

»Nein. Als ich sie verließ, lebte sie noch.« Er fingerte wieder an seiner Zigarettenschachtel herum. Drei Sekunden später inhalierte er zufrieden den Rauch des ersten Zuges.

»Was ist geschehen?« Ich kniff die Augen zusammen.

»Sie wollte mich um jeden Preis von dem Projekt abbringen und wiegelte das ganze Dorf gegen mich auf. Auf einmal zogen Hausbesitzer ihre Zusagen zurück, die sie mir bereits gegeben hatten. Wenn sie weitergemacht hätte, wäre alles den Bach hinuntergegangen. Mein Lebenswerk. Das konnte ich natürlich nicht zulassen.« Sein Tonfall kippte ins Bedrohliche.

»Sie haben sie umgebracht.« Mir wurde kalt. Damit hatte ich nicht gerechnet. »Wie?«

»Umgebracht ist eine unglückliche Wortwahl, Frau Rübchen. Es trifft ja nicht zu, weil sie, wie ich bereits erwähnte, noch lebte, als ich fuhr.« Er atmete schwer und hustete wieder.

»Was haben Sie getan?«

»Mich gewehrt.«

»Gewehrt?«

»Gegen wen?«

»Gegen Ihre Tante.«

»Meine Tante? Sie haben sich gegen eine Siebzigjährige wehren müssen?«

»Sie ging mit der Schneeschaufel auf mich los. Was hätte ich tun sollen?« Er hob in einer Unschuldsgeste beide Hände. »Jeder Richter würde mich freisprechen. Mir ist nichts zu beweisen. Sie ging auf mich los, ich habe sie abgewehrt. Sie ist gestürzt.«

»Und Sie haben sie liegen lassen. In der Kälte.« Mir wurde schlecht. Ich kämpfte die Übelkeit hinunter. »Sie wussten, dass um diese Zeit niemand mehr vorbeikommen und Marion erfrieren würde.«

»Ihre Tante war zäh wie Unkraut. Das hatte sie schon mehr als einmal bewiesen. Vor allem wenn es darum ging, mir an den Karren zu fahren.«

»Damit kommen Sie nicht durch.«

»Bei wem?«

»Ich werde Sie anzeigen.« Erstaunt merkte ich, wie ruhig ich auf einmal war. Er drehte sich um, ging die wenigen Schritte zu seinem Wagen und öffnete die Tür. Ich nahm mein Handy aus der Tasche und stoppte die Aufnahme. Was ich da auf Band hatte, war ein Geständnis. Auch wenn es vermutlich nur als unterlassene Hilfeleistung bewertet werden würde, reichte es, um ihn zu stoppen. Mit wenigen Fingertipps versandte ich die Datei an Alex' Handy und meine eigene Mailadresse.

»Was machen Sie da?« Froböss stand vor mir und riss mir das Telefon aus der Hand.

»Ich habe unser Gespräch aufgenommen.«

»Schlaues Mädchen. Aber nicht schlau genug.« Er öffnete das Handy, nahm die Speicherkarte heraus und ließ das Handy auf den Boden fallen. Mit einem gezielten Tritt zerstörte er das Telefon.

»Ich werde zur Polizei gehen.«

»Ja und?«, fuhr er mich an. Die Fassade bröckelte. »Dann steht Aussage gegen Aussage, und man wird die Sache mangels Beweisen fallen lassen.« Er hustete wieder. Sein Gesicht lief rot an.

»Ich habe ...«

»Katharina?« Alex' Stimme.

»Hier!«, rief ich, ohne den Blickkontakt zu Froböss abreißen zu lassen, und hörte Schritte um die Hausecke kommen. Froböss wich einen Schritt von mir zurück.

»Der Filius, sieh an, sieh an.«

Alex nickte ihm zu und sah zuerst mich besorgt, dann hart Froböss an. »Lass sie in Ruhe.«

»Das solltest du lieber deiner kleinen Freundin da sagen.« Er wirkte mit einem Mal blass, kleine Schweißtropfen erschienen auf seiner Stirn. »Den Schaden übernimmt meine Versicherung.« Er nahm eine Visitenkarte aus der Innentasche seines Jacketts und drückte sie mir in die Hand. »Schicken Sie mir die Rechnung.« Ohne weiteren Kommentar setzte er sich ins Auto, ließ den Motor an und fuhr los.

»Was war?«

»Hast du schon auf dein Handy geschaut?«

»Nein. Wieso?«

»Gib es mir bitte.«

»Warum?«

»Ich erkläre es dir gleich.«

»Egal, was es ist. Es hat ihn furchtbar aufgeregt. Vermutlich tut das seinem Herz gar nicht gut.« Alex reichte mir das Telefon. Ich öffnete die Mitschnittdatei und zögerte. Wenn Froböss die Bedeutung meiner SMS begriff, wäre die Aufregung noch viel größer. Sehr viel größer. Sie würde ihn vielleicht umbringen. Aber hatte er auf Marions Herz mehr Rücksicht genommen? Mit einem kurzen persönlichen Gruß schickte ich den Mitschnitt unseres Gesprächs an die Handynummer, die auf Froböss' Visitenkarte stand. Ein leiser Pfeifton signalisierte, dass die Botschaft auf ihrem Weg war. Meine Waffe war das Wort. Er sollte wissen, dass ich nicht kampflos aufgeben würde.

»Komm.« Ich sah Alex an, lächelte zaghaft und küsste ihn. Da war es. Das Zuhause-Gefühl. Mit ihm hier in Kleinhaulmbach. Und die Gewissheit, dass wir gute Chancen hatten, all das zu behalten. »Lass uns zu den anderen gehen. Wir haben einiges zu bereden.«

Plötzlich und unerwartet verstarb unser Firmenchef
an den Folgen eines Autounfalls.

MICHAEL FROBÖSS

*13.03.1952   †05.06.2013
Kleinhaulmbach   Kleinhaulmbach

In stillem Gedenken
die Mitarbeiter der Froböss Immobilien Holding
Heunestadt

Nachwort und Danksagung

Das Schöne am Beruf der Schriftstellerin und der Grund, warum ich diesen Beruf so liebe, ist, dass man sich ständig neuen Themengebieten zuwenden und eine ganze Menge darüber lernen kann. Bei »Kraut und Rübchen« sollten es also die Giftkräuter sein. Ein Jahr zuvor hatte ich mit einigen meiner »Mörderischen Schwestern« der »Vereinigung deutschsprachiger Krimiautorinnen und Netzwerk für Bücherfrauen und Leserinnen« an einer Giftkräuterwanderung durch Königswinter teilgenommen und bereits das erste Blut geleckt. Was in heimischen Gefilden unscheinbar am Wegesrand wächst, kann durchaus den stärksten Mann umhauen. Und das ist in diesem Fall wörtlich gemeint. Aronstab, Eibe, Schierling und diverse europäische Gartenpflanzen zählen zu den giftigsten Pflanzen überhaupt. Für eine Krimiautorin eine wahre Goldgrube!

Also zögerte ich auch nicht, als ich die Gelegenheit bekam, einen Landkrimi zu schreiben – ohne zu ahnen, auf was ich mich da eingelassen hatte. Wenn man wie ich unter nicht versiegender Neugierde und unstillbarem Wissensdurst leidet, ist dieses Fachgebiet das viel zitierte »weite Feld«, auf dem man sich verlaufen und vom Hölzchen aufs Stöckchen kommen kann. Was, nebenbei bemerkt, nicht sehr förderlich für ein zügiges Voranschreiten der Arbeit am Manuskript ist. Dafür kann ich jetzt wunderbare Tees kochen, zaubere schmackhafte Wildbeerentartelettes, weiß, welche Pflanzen ich anfassen darf und welche besser nicht. So ganz nebenbei wurde auch mein Garten in einigen Teilen radikal umgestaltet.

Einen nicht unerheblichen Beitrag geleistet und sich damit meinen tiefen Dank verdient haben sich wie immer meine Testleserinnen Heike, Marita, Barbara, Susanne und Anke, die sich in unterschiedlichen Stadien der Arbeit zu gnadenloser Kritik hinreißen und zu Lobhudeleien bestechen ließen. Ich werde mich bei ihnen allen mit einem leckeren Tee oder einer Einladung zu einem Pilzsuppenessen bedanken – wenn sie sich noch trauen.

Besonders erwähnen möchte ich zwei meiner Facebook-

Kontakte: Irene Mill und Petra Kremser. Vielen Dank, dass ihr meinem Hilferuf nach fachlicher Unterstützung gefolgt seid und mich mit Informationen und Hintergrundwissen zur Geburtshilfe und den dort zum Einsatz kommenden Kräutern unterstützt habt.

Ebenfalls kreativen Input haben Marita Wolff und Diane Weyer beigesteuert. Sie ließen sich die Namen für die drei Ziegendamen Marylin, Jane und Rita einfallen und erhielten dafür die Ehrenpatenschaft und einen Salzleckstein, den sie aber immer noch nicht abgeholt haben.

Den ganzen Hühner- beziehungsweise Protagonistenhaufen hüten geholfen hat mir Marit Obsen, meine Lektorin – wie immer aufs Beste mit scharfem Blick und Diskussionswillen. Wie gut, dass es Telefone gibt.

Meinem Agenten Peter Molden und dem gesamten Team des Emons Verlags ein herzliches Dankeschön für die tatkräftige Unterstützung in allen Bereichen, die ein Buch – außer es zu schreiben – ebenfalls braucht, um in die Hand des Lesers zu gelangen.

Ein ganz besonderes, weil letztes Danke sage ich an Sven Jurcovics, »meinen« Buchhändler: für literarischen Rat, menschliches Mutmachen und kreative Inspiration. Für Kaffee im Hof und Schwätzchen über die Buchbranche. Für das Vertrauen, meine erste Premierenlesung 2010 blind eingekauft und meine folgenden Lesungen als feste Termine in den Jahreskalender eingebaut zu haben. Für tolle Ideen und harte Kritik. Für Zusammenarbeit und Freundschaft.

Buchhändler wie dich gibt es nur selten.

Du musstest viel zu früh sterben.

Und ja – *das* war eine »blöde Idee«.

Lust auf mehr? Laden Sie sich die »LChoice«-App runter, scannen Sie den QR-Code und bestellen Sie weitere Bücher direkt in Ihrer Buchhandlung.

Kräuter für die Gesundheit

Katharinas »Natürlich Land«-Tipp gegen Blasenentzündung

Zutaten:
2 EL frische Brunnenkresse
2 EL Kamillentee

Zubereitung:
Brunnenkresse mit Kamillentee und 1 l Wasser aufbrühen und 10 Minuten ziehen lassen. Tee trinken.
Die Brunnenkresse wirkt antibakteriell und harntreibend, die Kamille entzündungshemmend und entkrampfend.

Hustensaft

Zutaten:
100 g brauner Kandiszucker
1 TL frischer, gehackter Salbei
1 TL frischer, gehackter Thymian (oder jeweils getrocknet)
1 kleines Stück frischer Ingwer

Zubereitung:
250 ml Wasser mit Kandiszucker zum Kochen bringen. Salbei, Thymian und Ingwer dazugeben und zu einem Sirup einkochen. Den Ingwer entfernen. Die Flüssigkeit in ein sauberes, abgekochtes Marmeladenglas geben, 5 Min. gestülpt auf dem Deckel stehen und abkühlen lassen. Geöffnet ist der Saft im Kühlschrank ca. eine Woche haltbar.

Rezepte

Milas Aprikosen-Streuselkuchen mit Schmandcreme und Zitronenminze

Zutaten:
Hefeteig:
150 g Mehl
10 g Hefe
90 ml lauwarme Milch
1 Prise Salz
20 g Zucker
1 Eigelb
60 g weiche Butterstückchen

Schmandcreme:
150 ml Milch
10 g Vanillepuddingpulver
50 g Zucker
½ Päckchen Vanillezucker
120 g Schmand
10 Blätter Zitronenminze
650 g gewaschene, halbierte und entsteinte Aprikosen
(Alternative: 850-ml-Dose)

Streusel:
250 g Mehl
1 Msp. Backpulver
130 g Zucker
130 g Butterwürfel
1 Ei
1 Prise Salz

Das Mehl in eine Schüssel geben und eine Vertiefung in die Mitte drücken. Hefe hineinbröseln und die lauwarme Milch hinzugießen. Mit etwas Mehl vom Rand verrühren. Diesen Vorteig an einem warmen Ort etwa 20 Minuten gehen lassen. Danach Salz, Zucker, Eigelb und Butterstückchen dazugeben und alles zu einem geschmeidigen Teig kneten. Den Hefeteig nochmals 20 Minuten gehen lassen.

Zur Herstellung der Schmandcreme 3 EL der Milch mit Vanillepuddingpulver, Zucker und Vanillezucker verrühren. Die restliche Milch aufkochen und das angerührte Puddingpulver dazugeben. Unter Rühren nochmals aufkochen und abkühlen lassen. Anschließend den Schmand unterrühren.

Den aufgegangenen Hefeteig auf einer bemehlten Arbeitsfläche durchkneten und zu einer Kugel formen. Die Kugel zu einem Kreis (28 cm) ausrollen. Eine Springform (24 cm) einfetten. Den ausgerollten Hefeteig hineinlegen und so andrücken, dass ein Rand entsteht.

Die Schmandcreme auf den Boden geben und glatt streichen.

10 Blättchen Zitronenminze waschen und mit den Aprikosenhälften darauf verteilen.

Für die Streusel Mehl, Backpulver, Zucker, Butter, Ei und Salz zu Krümeln verkneten. Diese gleichmäßig auf der Aprikosenschicht verteilen. Die Oberfläche soll ganz bedeckt sein.

Den Backofen auf 160° (140° Umluft) vorheizen. 30–40 Minuten backen, bis die Streusel goldgelb sind. Danach Springform lösen, den Kuchen auf einem Gitter auskühlen lassen. Vor dem Servieren dünn mit 1 EL Puderzucker bestreuen.

Gundermännleins Erfrischung (Kräutergetränk)

Gundermann schmeckt nach Lakritz und Minze. Der dazuge-
gebene Giersch bringt einen Hauch Petersilie ins Spiel. Ungewöhnlich – aber es lohnt einen Versuch:

Zutaten:
3 unbehandelte Zitronen
2 cm frische Ingwerwurzel
300 g Zucker
20 Blätter Giersch
1 Ranke Gundermann
1 Stängel Pfefferminze

Zubereitung:
Die Zitronen heiß waschen. Von einer der Zitronen die Schale
dünn abschälen. Das geht am einfachsten mit einem Sparschäler.
Alle drei Zitronen halbieren und den Saft auspressen.
Die Ingwerwurzel schälen und in dünne Scheiben schneiden.
Diese mit Zitronenschale, Zitronensaft und dem Zucker mit
250 ml Wasser etwa eine Viertelstunde bei mittlerer Hitze ohne
Deckel einkochen lassen, bis die Flüssigkeit zu Sirup wird.
Die Kräuter abspülen, den heißen Sirup durch ein Sieb über die
Kräuter darübergießen und abgedeckt 12 Stunden ziehen lassen.
Die Kräuter aus dem Sirup entfernen und die Flüssigkeit in eine
ausgespülte wiederverschließbare Flasche füllen. Kühl lagern.
Der Sirup wird mit Mineralwasser vermischt getrunken.

Hildas Pilzsuppe – die harmlose Variante

Zutaten:
5 g getrocknete Steinpilze
1 Zwiebel
500 g Kartoffeln
1 EL Öl
1 EL Gemüsebrühe (Instant)
125 g Champignons
1 EL Butter
½ Bund Petersilie
75 ml Sahne
Salz und weißer Pfeffer

Zubereitung:
Die Steinpilze abspülen und in 75 ml lauwarmem Wasser 15 Minuten einweichen.
Die Zwiebel und die Kartoffeln schälen und würfeln.
Öl in einem Topf erhitzen, die Kartoffeln und die Zwiebeln darin andünsten.
700 ml Wasser und die Steinpilze mit dem Einweichwasser zugießen und 20 Minuten aufkochen. Die Gemüsebrühe dazugeben.
Unterdessen die Champignons putzen und in Scheiben schneiden. In der heißen Butter anbraten.
Die Petersilie waschen, zupfen und hacken. Die Brühe pürieren, dann die Sahne dazugeben und nochmals aufwallen lassen.
Petersilie und Champignons unterrühren. Mit Salz und weißem Pfeffer abschmecken.

Diese Suppe ist natürlich völlig ungefährlich!

Die im Buch von Hilda verwendeten Pilze (Tintlings-Arten) reagieren in Kombination mit Alkohol toxisch, verursachen starke Vergiftungserscheinungen und sollten nicht verzehrt werden.

Waldmeister-Gelee

Zutaten:
50 g frischer Waldmeister
1 l trockener Weißwein
1 unbehandelte Zitrone
500 g Gelierzucker

Zubereitung:
Den Waldmeister waschen und trocken tupfen. Mit dem Weißwein begießen und über Nacht ziehen lassen.
Am nächsten Tag die Flüssigkeit abseihen. Den Saft der Zitrone
zugeben und auf ca. 750 ml einkochen lassen. Gelierzucker dazugeben und nach Packungsanweisung kochen.
3–4 Marmeladengläser (200–300 ml) sehr heiß ausspülen und
die Masse einfüllen. Gläser fest verschließen und für 10 Minuten
stürzen. Abkühlen lassen.

Für dieses Gelee eignen sich viele Kräuter aus dem eigenen Garten, wie z.B. Zitronenmelisse (Achtung: sehr intensiv!), Zitro-
nenthymian oder Ananassalbei. Gelee aus eher herben Kräutern
eignet sich gut als Beilage zu Fleischgerichten oder Käseplatten.

Das Teufelszeug aus Kapitel 8

Das Grundrezept für Aufgesetzten ist simpel:

Zutaten:
1 kg frische Früchte nach Geschmack (sehr gut geeignet sind sämtliche Beerenfrüchte wie z.B. Brombeeren, Himbeeren, Erdbeeren, Holunderbeeren etc.)
250 g Kandiszucker
1 l Wodka

Zubereitung:
Die Früchte mit dem Kandiszucker mischen und den Wodka darübergießen. Die Mischung in ein sauberes, heiß ausgespültes, lichtundurchlässiges Gefäß geben und ca. 3 Monate kalt stehen lassen. Danach durch ein Sieb geben und die Flüssigkeit in saubere, heiß ausgespülte Flaschen abfüllen.

Die Früchte eignen sich als »beschwipste« Beilagen zu Pudding oder Eis. Man kann sie in Marmeladengläsern aufbewahren. Dabei sollten sie mit dem Likör bedeckt sein.

Wer wie die Damenrunde aus Kleinhaulmbach Spaß an Experimenten hat, kann verschiedene Grundlagen probieren. Selbstverständlich geht es auch mit Kräutern und anderen »herzhaften« Zutaten.

Wacholder-Likör

Zutaten:
40 g Wacholderbeeren
1 EL Wacholdernadeln (gehackt)
250 g Kandiszucker
¾ l Wodka

Zubereitung:
Die Wacholderbeeren zerstoßen, mit den Wacholdernadeln und dem Kandiszucker mischen und den Wodka darübergießen. Die Mischung in ein lichtundurchlässiges Gefäß geben und 4 Wochen kalt stehen lassen. Danach durch ein Sieb geben und die Flüssigkeit in saubere, heiß ausgespülte Flaschen abfüllen. Weitere 6 Wochen ziehen lassen.

Kräuter-Likör

Zutaten:
300 g Zucker
150 ml Wasser
3 Tassen gehackte Kräuter (z.B. Melisse, Pfefferminze, Kamille oder Rosmarin, Thymian, Salbei, Basilikum) nach Geschmack
1 l Wodka

Zubereitung:
Den Zucker mit dem Wasser kochen, bis der Zucker sich aufgelöst hat. Abkühlen lassen. Den lauwarmen Sirup über die Kräuter geben und den Wodka darübergießen. In ein sauberes, heiß ausgespültes Gefäß geben. Kühl und dunkel lagern. Täglich »schütteln«. Nach 6 Wochen filtern und in saubere, heiß ausgespülte Flaschen geben. Weitere 5 Wochen ziehen lassen.

Marzipan-Kirschtörtchen

Zutaten:
Teig:
200 g Mehl
50 g Marzipanrohmasse
80 g Puderzucker
1 Prise Salz
1 Ei
100 g Butter

Belag:
3 EL Weingelee
10 EL Vanillepudding (fertig oder mit weniger Zucker selbst gekocht)
Kirschen (alternativ auch verschiedene Beeren)
1 Pck. Tortenguss

Zubereitung:
Mehl, klein gebröselte Marzipanrohmasse, Puderzucker, Salz, Ei und Butter miteinander verkneten, bis ein glatter Teig entstanden ist. Zu einer Kugel formen und 60 Minuten kalt stellen.
Backofen auf 170° (130° Umluft) vorheizen.
Den Teig auf einer bemehlten Arbeitsfläche ausrollen und ca. 9 cm große Kreise ausstechen. Kreise mit Hilfe eines zweiten Förmchens in ein Tartelette-Förmchen (Dm. ca. 7 cm) pressen. 10 Min. backen, dann abkühlen lassen. Erst das obere, danach das untere Förmchen entfernen.

Weingelee erhitzen, das Gebäck damit von innen bestreichen und trocknen lassen.
Vanillepudding auf das Tartelette geben (pro Förmchen 1 EL), mit Kirschen oder Beeren befüllen.
Tortenguss anrühren und über die Früchte geben.

Helgas Windbeutel

Zutaten (für ca. 12 Stk.):
Teig:
50 g Butter
½ TL Salz
150 g Mehl
4 Eier
1 Msp. Backpulver

Füllung:
3 EL Puderzucker
100 ml Weißwein oder weißer Traubensaft
1 EL Zitronensaft
300 g Beeren (z.b. Stachelbeeren, Johannisbeeren, Brombeeren,
Himbeeren, auch gemischt)
400 ml Sahne

Zubereitung:
250 ml Wasser mit Butter und Salz aufkochen, das Mehl zugeben
und bei schwacher Hitze kräftig einrühren, bis sich der Teig vom
Topfboden löst. Den Teig in eine Schüssel füllen, ein Ei hinzufü-
gen und glatt rühren. Nacheinander die restlichen Eier und das
Backpulver unterrühren.
Backofen auf 200° Ober/Unterhitze vorheizen. Teig in einen
Spritzbeutel mit Sternaufsatz füllen. 12 Häufchen auf ein gefet-
tetes Backblech spritzen. 25 Minuten backen, bis die Windbeutel
goldbraun sind. Waagerecht halbieren, abkühlen lassen.
Für die Füllung Puderzucker in einem Topf karamellisieren und
mit Weißwein oder weißem Traubensaft ablöschen. Aufkochen,
bis der Zucker sich gelöst hat.
Zitronensaft sowie die gewaschenen Beeren zufügen, kurz erhit-
zen und auskühlen lassen. Kurz vor dem Servieren die Frucht-
masse in die Windbeutel füllen.
Sahne steif schlagen und ebenfalls in die Windbeutel füllen. Den
Deckel aufsetzen und mit Puderzucker dekorieren.

Elke Pistor
GEMÜNDER BLUT
Broschur, 208 Seiten
ISBN 978-3-89705-739-5

»Elke Pistor hat mit der Kommissarin eine Hauptfigur geschaffen, die zur Identifikation einlädt. Gemünd ist eine wunderbare Kulisse. Man merkt, dass Elke Pistor sich hier auskennt.« Top Magazin Köln

»Landschaft und Leute werden liebevoll gezeichnet und der Leser ist gefesselt von der Handlung.« www.krimi-kiosk.de

Elke Pistor
LUFTKURMORD
Broschur, 224 Seiten
ISBN 978-3-89705-883-5

»Elke Pistor meuchelt literarisch und siedelt ihre Eifel Krimis dort an, wo sie sich bestens auskennt. Das Lokalkolorit ist bestens getroffen, sowohl bei den Personen als auch bei den Orten, an denen die Handlung spielt.« Wochenspiegel Schleiden & Gemünd

»Gründlich recherchiert und detailgenau, ohne dabei den Spannungsbogen zu verlieren.« Eifeler Presse Agentur

www.emons-verlag.de

Elke Pistor
EIFLER ZORN
Broschur, 224 Seiten
ISBN 978-3-95451-013-9

»*In ihrem dritten Kriminalroman brilliert die Kölner Autorin Elke Pistor mit liebevollem Lokalkolorit und punktgenauer Komik. Ein spannendes Lesevergnügen, nicht nur für Krimi- und Eifelfans!*«
Prinz Köln

Elke Pistor
EIFLER NEID
Broschur, 256 Seiten
ISBN 978-3-95451-293-5

»*Psychologisch genau, mitreißend erzählt. Ein Krimi, der unter die Haut geht.*« Eifel aktuell

www.emons-verlag.de

Elke Pistor
**MAKRÖNCHEN, MORD
UND MANDELDUFT**
Broschur, 272 Seiten
ISBN 978-3-7408-0203-5

»Der Weihnachtskrimi von der Kölner Autorin Elke Pistor ist ein so humorvoller wie spannender Lesestoff für die anstehende Adventszeit. Dabei hat das Buch durch die 24 Backrezepte im Anhang auch noch einen ganz praktischen Nutzen für den Leser.«
Westdeutsche Zeitung

www.emons-verlag.de

Elke Pistor
**111 KATZEN, DIE MAN
KENNEN MUSS**
Broschur, 240 Seiten
ISBN 978-3-95451-830-2

Kennen Sie Hodge? Wissen Sie, wessen Katze ihren Besitzer zur Erfindung der Katzentür inspirierte? Möchten Sie erfahren, wie Snowball einen Mörder überführte? Welche Katze die Staatsgeschäfte lenkte, eine Stadt lahmlegte oder ganz allein eine ganze Vogelart ausrottete? 111 Geschichten um herausragende Katzenpersönlichkeiten, die Sie unbedingt kennen sollten. Sie werden staunen, lächeln und vielleicht schmunzelnd den Kopf schütteln. Ganz genau so, wie Sie es vom Umgang mit den samtpfotigen Hauptdarstellern gewohnt sind.

»Wer nach der Lektüre dieses Buches kein Katzenfreund ist, dem ist nicht zu helfen.« Schweizer Familie

»Wirklich interessante Geschichten hier – mit ebenso vielen Katzenbildern – in allen Lebenslagen und Gemütsverfassungen.«
RadioBERLIN 88,8

»Kurz:›111 Katzen, die man kennen muss‹ muss bei jedem Katzenfan im Bücherregal stehen.« Schwäbische Post

www.emons-verlag.de